L'ÊTRE SOLAIRE

SORIA
Maître d'information pour les
Créateurs de notre Univers

TOME IV

Texte reçu par Régine Françoise Fauze

Ariane Éditions

L'Être solaire
Régine Françoise Fauze
B.P. 32, Cuers 83390 France

© 2002 Ariane Éditions Inc.
1209, av. Bernard O., bureau 110,
Outremont, (Québec) Canada H2V 1V7
Téléphone : (514) 276-2949, télécopieur : (514) 276-4121
Site Web : ariane.qc.ca
Courrier électronique : info@ariane.qc.ca

Tous droits réservés

Révision linguistique : Monique Riendeau
Graphisme : Carl Lemyre
Concept illustration : Régine Françoise Fauze
Illustration : Daniel B. Holeman, www.AwakenVisions.com

Première impression : juillet 2002

ISBN : 2-920987-63-1
Dépôt légal : 3e trimestre 2002
Bibliothèque nationale du Québec
Bibliothèque nationale du Canada
Bibliothèque nationale de Paris

Diffusion
Québec : ADA Diffusion – (514) 929-0296
Site Web : ada-inc.com
France : D.G. Diffusion – 05.61.000.999
Site Web : dgdiffusion.com
Belgique : Vander – 22.761.12.12
Suisse : Transat – 23.42.77.40

Imprimé au Canada

Table des matières

Mot de l'auteure – *vii*
Introduction – *1*

Un : L'âme, création de l'homme – 19
Deux : Frère solaire, frère atomique – 41
Trois : L'étincelle de Vie ou le petit Être intérieur – 61
Quatre : Voyage sur le concept de l'amour – 79
Cinq : Début de la reconnaissance de l'identité solaire – 95
Six : Couronnement d'une planète
 ou le mariage du Noir et du Blanc – 109
Sept : Expression profonde des énergies masculine
 et féminine –123
Huit : Apprendre à être solaire – 135
Neuf : Le laboratoire du premier
 Cercle atomique de Vie –149
Dix : La lumière or, source de guérison – 163
Onze : La joie, le rire, le plaisir,
 source d'envol de l'Être solaire – 177
Douze : La paix, demeure de l'Être solaire – 189
Treize : La légèreté, chemin de la sagesse – 203
Quatorze : L'eau, matrice initiatrice,
 mère de votre vie – 217

Conclusion – *229*
Conférence de Montréal – *239*
Conférence de Paris –*251*
Message d'Helios – *265*
Cercle des lecteurs – *269*
Mot de la coauteure – *273*

Mot de l'auteure

Heureuse de vous retrouver.
 Ce livre aborde l'état d'être. C'est là toute une histoire ! Je vais m'efforcer d'être claire et précise autant que je le pourrai en respectant notre cahier des charges. Eh oui, la responsabilité, c'est avant tout avoir des critères de référence.
 Décidément, je coupe les ailes de vos illusions sur le libre arbitre. Préparez-vous. Les jours à venir vont redéfinir ce concept. Les amoureux de la liberté ne sont-ils pas avant tout des réfractaires patentés ? La liberté, voilà un autre concept à découvrir avec les yeux des initiés. Des lois, des chartes, des cahiers des charges jalonnent notre chemin. Pourtant, nous sommes libres ; nos choix sont conscients, nos oui et nos non également. Nous sommes UN avec la volonté divine. Voilà notre liberté. Pas question de nous éloigner de notre demeure, de notre rayonnement.
 Pour vous, être libre signifie ne répondre à aucune sollicitation des hommes ou de leurs lois. Le moule humain est l'ultime test de la volonté de service. Alors, vous qui vous dites amoureux de la liberté, êtes-vous simplement des êtres à part sourds à la Vie ? Chose certaine, vous êtes éloignés de votre centre d'Amour. Nous reconnaissons les êtres humains sérieux et désireux de s'unir à la Lumière par le silence de leur souhait, leur volonté de tendre vers le but ultime et leur opiniâtreté en vue d'obtenir les résultats escomptés. Ils ont usé de leur liberté afin de donner du corps à leur choix.
 Nous allons tenter d'éclaircir le fatras lié à ces concepts et d'amener la grandiose liberté à exprimer, au

travers des Chartes de Vie et des cahiers des charges, la joie du service et les pouvoirs de l'Être. L'Être solaire est une identité dans l'Identité. Dans les deux prochains volumes de cet enseignement et celui-ci, nous nous efforcerons de séparer ce qui est inséparable afin de vous amener d'abord à comprendre les subtilités rattachées à chaque identité, puis à réunir ces données et à reconstituer l'Identité.

Bref, nous allons couper les cheveux en quatre de façon à vous démontrer le Autour, le Sur et le Dedans d'une identité. Alors, à ne pas en douter, vous finirez par vous dire : soyons simples, centrés et le reste suivra. Le fait de vous éloigner temporairement du centre afin d'en faire le tour vous permettra d'obtenir le résultat souhaité. Commençons donc simplement par définir et cerner les subtilités des rouages complexes de la personnalité.

À coup sûr, vous allez identifier votre propre clé. Cela étant, peut-être aurons-nous enfin trouvé votre mécanisme personnel et atteint votre sensibilité. Assurément, nous abordons ici une essence vitale de l'Amour christique qui englobe toutes les identités différenciées et forme chaque corps subtil.

Étudions alors l'identité solaire, première étape avant l'identité cristalline et l'identité atomique.

Les informations descendant vers votre planète activeront des zones bien particulières de votre mémoire de création. N'oubliez pas ceci : à la naissance d'un être (ou étincelle de Vie), celui-ci est dépositaire d'un programme susceptible d'émerger uniquement lorsqu'il commence à comprendre en incarnation ce qu'il Est et où il retourne. Ainsi, votre choix d'un secteur de service vient se greffer sur ce dépôt de votre devenir et vous restez uniques dans le développement de votre propre plan conceptuel. Ce dernier, enrichi de votre expérience au cours de sa reconnaissance d'enfant divin et solaire, entre dès lors en résonance pour s'appuyer sur les germes à développer dans la division future du grand sidéral. Votre couronnement sera l'annonce de votre arrivée dans le cœur de votre potentialité mise au service des mondes en formation.

Ainsi en est-il et en sera-t-il toujours.

Soria

Introduction

Cet enseignement sur l'Être solaire est un programme d'études mis à votre disposition – oh, une simple approche bien sûr – afin d'écarter les zones nébuleuses vous encerclant.

Je ne suis pas la seule à transmettre des informations à ce sujet. Disons que je vais compléter, voire élargir, la connaissance et vous emmener dans des régions de l'Être encore méconnues.

Vous n'ignorez plus les corps subtils et les roues d'énergie appelées chakras, vous commencez (peut-être) à songer aux trois approches offertes (le autour, le sur et le dedans) peu importent l'information, le lieu, la pensée ou l'action. Nous allons désormais aborder trois autres secteurs d'identités qualifiées de solaire, cristalline et atomique. Trois hauteurs de l'esprit au service de l'Amour et uniquement de l'Amour. Chaque identité se rattache à un corps subtil puis à un chakra. Nous débutons par l'approche solaire.

En quelques mots, je vous projette en un lieu très particulier de vos échanges chimiques, car tout ce qui se rattache de près ou de loin à ce sujet touche les harmoniques bioélectrochimiques du corps physique et des corps subtils. Un déséquilibre dans les humeurs solaires, et vous voici aux prises avec les plus grandes tragédies humaines. Alors là, je ne pense nullement à l'homme et à sa condition de vie ; je fais plutôt allusion à l'homme devenu humain, donc installé dans son centre. Pourtant, aujourd'hui, on ne peut prétendre vous donner ce nom d'*humains,* tant cela est prématuré dans votre réalité. Et dans ce cas, comment vos déséquilibres peuvent-ils influer sur votre état « humain » encore inexistant ? Enfin, selon votre façon de penser. Bien qu'embryonnaire, cet état vit déjà, enregistrant les modifications permanentes et les répercutant dans ce moule vous représentant dans le futur. L'identité solaire répond à cette entité en cours de formation. Tout comme un embryon dans le ventre de sa mère enregistre la vie autour de lui et commence son programme d'études, l'humain embryonnaire fait de même. Ainsi, l'embryon que vous fûtes existe toujours mais dans une gestation plus longue, votre état incarné ne représentant qu'une étape intermédiaire vers l'être à venir. Vous vivez ce paradoxe continuellement, et même de retour de l'autre côté du voile, cet embryon humain continue de se nourrir de votre pensée.

Les humeurs perturbées dans ce corps en gestation permanente se répercutent aussi bien dans le monde dense que subtil. Votre parcours binaire (tantôt dans la densité, tantôt dans le monde subtil) forme la trame existentielle et nourricielle de l'être à naître que vous ne connaîtrez qu'en pénétrant l'identité solaire. L'étape suivante transporte le nouveau-né dans l'identité cristalline qui, juste après, conduira l'adolescent dans l'identité atomique, puis l'adulte prendra enfin racine dans l'identité christique parachevée. Autant comprendre immédiatement que les mondes subtils et denses ne sont que la première condition au développement de ce qui doit apparaître. Toute la trajectoire suivie depuis votre expulsion de votre Père/Mère solaire ne sert qu'à vous donner naissance dans un troisième monde : l'indifférencié. Peut-être vous demandez-vous : « Mais ne sommes-nous pas issus de l'indifférencié, dont nous nous éloignons dans une descente progressive afin d'entrer dans les mondes différenciés ? » La grande révélation est la suivante : lors de votre naissance solaire, vous êtes apparus dans le monde différencié et votre parcours n'a jamais rejoint le monde indifférencié. L'humain permettra d'ouvrir les mondes indifférenciés et d'y pénétrer. Les mondes subtils et denses constituent les aspects de la dualité, soit les visages de l'Ombre et de la Lumière, l'Ombre/Lumière.

Par cela, votre vécu se situe dans ce pôle et jamais au grand jamais dans le monde de la Lumière de Vie, matrice du Tout uni ne laissant aucune place aux états relatifs au Noir et au Blanc ou à votre étape intermédiaire : l'âme, cet état viable seulement dans ce coin du grand sidéral.

Nous allons ainsi visiter le troisième monde où, en fait, nous sommes et vous êtes attendus, soit la demeure de l'Esprit primordial. Je vous arrête ici, vos sourires complaisants n'étant pas de mise ; je ne parle pas d'une hypothétique possibilité mais bien d'un bouleversement qui vient à grands pas. Alors, soyons clairs, je n'aborde pas un événement qui aura lieu dans des milliers et des milliers d'années, mais une entrée rapide dans ce lieu d'être. Tous vos efforts enregistrés tendaient vers ce but ultime et offraient donc une réalisation hors norme sensée et recensée dans l'expression finie des mondes en évolution.

Ainsi, le travail de certaines tribus des pays d'Amérique, d'ailleurs disparues du jour au lendemain, trouvera sa légitimité dans l'explosion des barrières entre les mondes évolutifs. Savez-vous, puisqu'on aborde ce sujet, que ces êtres ont disparu de la fréquence d'observation de votre vue terrestre et vivent toujours sur votre planète, mais à une vibration supérieure de manifestation ? En clair, ils évoluent sur les mêmes lieux et dans des habitations générant une civilisation très évoluée mais simplement invisible à vos yeux. Certes, leurs actions physiques ne se répercutent pas dans votre réalité mais sur la matrice suivante, lieu où vous allez les rejoindre, enfin une partie d'entre vous (selon votre choix d'évolution). Ajoutons à cela qu'au sein de cette présente humanité, des hommes et des femmes se lèvent en ce moment même en vue de pénétrer ces zones de vie répondant à des normes précises de fréquences vibratoires. Ils seront des émissaires et des intervenants agissant dans votre monde et le leur afin d'établir un protocole respectueux quant aux conséquences des actes-pensées de votre niveau de vie.

Les dix années qui se profilent serviront à sélectionner et à préparer tous les groupes devant assumer de hautes responsabilités. Complétons cela par l'autorisation d'entrer dans les deux cités (interdites jusqu'à ce jour) Shambhalla et Agartha puis par votre arrivée dans les hémicycles de votre univers local et de son Univers d'appartenance. Votre humanité se présente aux portes de la réalité qu'elle devra intégrer dans sa vie. Elle devra aussi gérer au quotidien les mouvements de modulation de son esprit au cours de cette intégration incontournable. Voilà une des raisons nécessitant l'approche des hautes vérités et de leurs lois scientifiques et mathématiques. Vous allez découvrir de vieux écrits, le trouble viendra vous visiter. Vous trouverez des preuves de toutes sortes attestant les visites d'humanités successives sur cette planète, des humanités extra-terrestres et intraterrestres agissant en permanence sur votre sol et des humanités vivant sur une fréquence plus haute.

Ces constatations achèveront vos dernières résistances.

Attention, car à ce moment-là précisément, vous serez fragiles. Faites alors appel à des sages. Ce sera là une période délicate et Urantia Gaïa aura besoin d'un gouvernail pour cette traversée. Les frontières solaires tomberont simultanément, et ainsi vous ne disposerez plus d'aucun point de repère. Cet éclatement sera le support idéal pour vous amener vers une contrée non explorée, le monde indifférencié.

L'approche des identités solaire, cristalline et atomique formera une assise stable pour cet envol. Votre Terre prend sa dimension réelle. À vous maintenant de vous couler dans cette expansion de l'esprit. Un groupe de résidents est préparé afin que ses membres deviennent vos professeurs de langues, celles en usage dans votre système solaire et

Introduction

votre galaxie, ceci de manière à vous intégrer dans la communauté fraternelle. Parallèlement, l'enseignement sur les Lois cristallines est prêt à être propagé. Je vous le dis, vous ne pourrez plus vous sécuriser en trouvant refuge dans vos vieilles valeurs. Surtout que celles-ci vont révéler leurs limitations d'expansion et tous leurs côtés obscurs. Les dix années à venir vous donneront à la fois les pôles Ombre et Lumière de ces anciennes forces. Vos dirigeants essaieront tant bien que mal de nier leurs engagements pervers, mais ils se trouveront devant le plus terrible des tribunaux : vous, la conscience du peuple d'Urantia Gaïa.

Le travail effectué au cœur même de vos cellules dans le plus grand des secrets (et cela depuis le traité de vos dirigeants avec cette humanité extra-terrestre très ancrée dans la technologie et éloignée de la plus élémentaire notion d'amour) délivre maintenant et en masse les résultats escomptés. Cette base solide installée dans le cœur de chaque étincelle de Vie de cette sphère fournit un tremplin informel et inexpugnable. Ainsi, vos dirigeants seront-ils confrontés à un problème insurmontable. Ils ont eu le choix lors de deux rendez-vous ; d'une part sur le sol américain avec ceux que d'aucuns ont nommés « les petits gris », race en voie de disparition, et d'autre part avec les Confédérés. Ils ont préféré le profit immédiat et ont fait preuve d'un manque d'amour total envers l'humanité d'Urantia Gaïa. Nous nous sommes retirés alors et avons en permanence surveillé le devenir de cette planète et de votre humanité. Le temps accordé en vue de recueillir les paramètres afférents à ce choix prend fin. Nous avions fixé une séquence dans l'espace de temps. Aujourd'hui, l'extrême liberté ne peut plus avoir cours.

De nouveau, les responsabilités reviennent sur une spire plus haute de l'esprit et dans des conditions obligeant les futurs résidents à devenir autonomes dans la gestion des énergies de tout être vivant et à réintégrer la connaissance.

Ne jetez pas la pierre à vos dirigeants, certes ô combien responsables du virage pris dans l'évolution de cette planète, car vous les avez aidés !

Au moment où vous entrez dans le sas conduisant à la quatrième dimension, tout en reprenant le pouvoir sur le devenir de votre vie, ayez une pensée moins meurtrière mais toutefois ferme envers eux. Ce groupe à la tête d'Urantia Gaïa a reçu l'accord d'œuvrer comme bon lui semble afin de vous offrir la matrice idéale de votre passage. Rectifiez ce qui doit l'être et remerciez-le de vous avoir finalement conduits avec force vers votre destin. L'entrée dans le sas entre les troisième et quatrième dimensions s'effectuera le 1er janvier 2004, année importante puisqu'elle recevra les forces et les lois de la quatrième dimension. Votre travail et vos souffrances vous ont positionnés soit pour aller vers ce passage, soit pour demeurer dans la troisième dimension. Nous resterons attentifs à vos besoins là où vous serez.

N'ayez aucune crainte, il n'y a pas de punition. Seule la nécessité d'approfondir des sujets d'études détermine votre position à venir. Quoi qu'il en soit, cette planète se propulse dans une autre réalité et les voyageurs de l'espace en résonance avec la dimension encore en vigueur (la troisième) remarqueront que cette terre est inhabitée. Leurs yeux enregistrant des ruines, cela les laissera perplexes. [Cette dimension sera cependant dépolluée avec le passage dans la quatrième]. *Le texte entre crochets indique les réponses de Soria à nos questions. (NdE)* De toute façon, Urantia Gaïa ne portera plus d'êtres vivant sur la fréquence de la troisième dimension. Quant à ceux qui se dirigent vers la suivante, ils y découvriront la beauté des infrastructures, des parcs et des jardins, les lois d'harmonie et les habitants qui les attendent. C'est là que nous viendrons installer les bâtiments pouvant recevoir les informations de tout secteur sidéral. Vous retrouverez des animaux connus mais, avec votre venue, vous ensemencerez ces lieux de nouvelles espèces appartenant à toutes les familles. Enfin, vous verrez

Introduction

concrètement par vous-mêmes tout ce qui vous a été enseigné et qui fut pour vous un acte de foi véritable. Votre patience sera récompensée.

Laissez-moi aborder ici un autre sujet qui perturbe beaucoup vos esprits : celui des cent quarante-quatre mille élus. Voyez-vous, nous pouvons l'étudier sur sept niveaux. Sur le plan physique, ces élus représentent le premier groupe initiateur qui entrera dans le sas entre les deux dimensions. Il y aura bien ce nombre d'individus préparant l'arrivée de la multitude.

Plus subtilement, ce chiffre révèle la quantité de pétales du chakra situé à environ 20 cm au-dessus de votre tête, et son activation. Cela suggère une élévation particulière du taux vibratoire et une résonance bioélectromagnétique de votre corps. Dans l'ensemble, ce chiffre révèle une condition d'état d'être nécessaire pour ce passage à un autre niveau de vie. Je vous rassure, ne croyez pas que seules 144 000 personnes « seront élues » et connaîtront tous les délices promis à une élite. Ceci serait totalement injuste envers toutes les autres personnes fournissant un effort marqué en vue de s'aligner sur cette résonance des mondes nouveaux. Si cette prédiction était vraie, elle relèverait de la pure cruauté ! Pourquoi autant d'êtres devraient-ils œuvrer, souffrir afin de permettre à 144 000 individus seulement de s'affranchir de la densité de la troisième dimension ? Ce serait un non-sens, voilà tout. Vous avez dû en affronter d'autres de cette trempe. Alors, qu'il soit clair que tous, individuellement, vous avez reçu les mêmes énergies afin de vous présenter sur le seuil de la porte et que l'enseignement vous parvenant est donné à chacun sans discrimination. Retenez le chiffre 144 000 comme un palier décisif dans votre élévation personnelle et ne lui attribuez plus cette connotation restrictive. Bref, les enseignements furent proposés à six milliards d'êtres invités ensuite à s'installer dans une autre région de leur esprit. Le choix restant à votre disposition, nous découvrirons jusqu'à la dernière minute des retardataires ou des âmes prêtes depuis le début mais reculant au dernier instant. Nous connaissons le nombre d'individus probables, mais pas le nombre exact. Ouf, voici un bon coup de balai dans une restriction injuste ! Toutefois, éclaircissons encore un point. Pour que les invités décident de franchir le seuil de la quatrième dimension, les Sages firent appel à un groupe d'entités en cours d'études de la troisième dimension. Ils leur proposèrent de servir de révélateurs à ce groupe destiné à franchir le quatrième cercle de l'esprit. Tout fut exposé, sans omettre d'énoncer les difficultés à traverser (incluant les épreuves personnelles dans le but d'aider les appelés), les chances d'apprendre des données particulières à cette période et les retombées positives pour eux. Bien sûr, elles ne feraient pas partie de la vague quittant la troisième dimension mais il y aurait un acquis bien particulier à retirer de cette situation. Quelle fut la réaction de ces étincelles de Vie ? Elles furent toutes unanimes dans leur décision de vous aider et comprirent qu'un jour elles seraient dans une situation similaire et recevraient à leur tour un soutien les propulsant vers un cercle d'études plus élevé. Rien n'est injuste, mais vous qui pouvez quitter cette zone de l'être, ne vous en prenez qu'à vous-mêmes si vous ratez la sortie.

Afin de vous guider dans la compréhension de cet état plus rayonnant, des informations descendent qui révéleront les tonalités de l'être répondant au quatrième corps de l'Être solaire.

Tout est construit de manière à vous mener doucement vers cette hauteur de l'esprit. J'évoquais, quelques lignes plus haut, le sas entre les dimensions ; allons maintenant un peu plus loin. Qu'en est-il en réalité de ce sas ? S'agit-il d'un lieu ou d'une vibration ? De tout cela en fait et de bien plus encore. Ce passage sera à la fois intérieur et extérieur.

Intérieur, du fait que toutes vos cellules changeront de

géométrie et que vos énergies, actuellement concentrées dans votre troisième corps, se déplaceront et s'étireront tel un élastique jusqu'au quatrième corps. Arrivées à destination, les premières molécules énergétiques ramèneront les suivantes. Votre corps glissera ainsi de la troisième dimension dans la quatrième, vous ouvrant les portes des mondes en relation avec les paysages correspondants. Pas de manipulation génétique. Rien que de la souplesse et de la transformation intérieure.

Extérieur, car tout fonctionne comme un seul corps englobant la Terre, les végétaux, les animaux, les minéraux, vous, l'air, l'eau et le feu. Par conséquent, quand un des membres de la famille cosmique grandit, il entraîne les autres avec lui. Seuls les éléments désireux de ne pas répondre aux nouveaux schémas de Vie restent en arrière. Vous ne partirez pas dans des vaisseaux afin de rejoindre une planète X établie dans les vibrations de la quatrième dimension. Tous en même temps, avec votre Terre, vous glisserez sur une résonance magnétique plus intense.

Pourquoi, selon vous, notre ami KRYEON a-t-il travaillé sur votre grille magnétique ? Regardons de plus près ce qui va se passer pour vos frères demeurant dans ce monde présent. Les événements seront tous qualifiés par un seul mot : effondrement. Afin de créer en eux une matrice mémorielle relative à ce passage de dimension, ils vivront l'éclatement des valeurs illusoires et aliénantes construites autour de l'argent roi et des faux pouvoirs ou faux prophètes. Ainsi, en quittant cette planète avec une dualité implantée dans ces sacs de mémoire, ils travailleront à intégrer ces données nouvelles et à se nettoyer en vue de s'accorder aux vibrations supérieures de l'esprit. Oui, une dualité s'installera en eux, comme pour vous il y a fort longtemps au cours d'une situation similaire, cela faisant partie de l'apprentissage de l'HUMAIN. On ne naît pas humain, on le devient par degrés, par étapes et par franchissements de cercles de sagesse.

Là aussi, puisque nous avons abordé le sujet des faux prophètes, attendiez-vous des prédicateurs ? Non, ces faux prophètes, ce sont l'argent roi, le rendement, la Bourse, la télévision, les satellites, les voitures, les discothèques, la drogue, la forme aliénante des Églises d'aujourd'hui, la science et son non-respect de la Vie et de ses lois, vos faux gardiens ou protecteurs (les armées) et vos pantins désarticulés (les politiciens). Voilà les faux prophètes. Tous vous entraînent vers l'esclavage et vous privent de liberté. Aussi, la dualité représente-t-elle un engrais, un ferment très puissant. Ceux qui passent dans la quatrième dimension ont brûlé toutes les énergies liées à la dualité et acquis la conscience de l'illusion de toutes les belles paroles et des promesses faites par les faux prophètes. Ils deviennent un peu plus maîtres d'eux-mêmes. Nous pouvons dire que la troisième dimension sert à reconnaître en incarnation les vraies valeurs divines. Avec cette loi, vous êtes maintenant à même de comprendre pourquoi des civilisations parfois plus avancées ont disparu du jour au lendemain. Les ruines de certaines correspondent à leur phase décadente (comme la vôtre actuellement). Eh oui, vous vivez cette période. Alors, ironiquement, cela peut être un bon signe si vous abrégez ce temps de maturation. Pour cela, soyez attentifs à vos mal-être, à vos refus d'adhérer à des schémas prédigérés, à vos intuitions et, envers et contre tout, écoutez votre petite voix intérieure qui cherche désespérément à se faire entendre. En clair, décodez le message de vos cellules qui vous transmettent une somme considérable d'énergie afin de vous faire prendre le bon chemin. Plus que jamais l'heure est à l'écoute du Soi. Savez-vous enfin ce qu'il représente ? Non ou vaguement, je le ressens bien. Ce SOI, c'est vous uni. Bon, je vous l'accorde : « *Uni !* Comment y arriver ? » Très simplement en respectant toutes les petites interventions de vos cellules dans votre quotidien, et par là j'entends un retour à la vie de chaque instant dans la matière. Ne vous

Introduction

projetez pas hors de votre monde, cela équivaudrait à renoncer à soi. Comprenez que l'Être solaire ne peut devenir UN si vous n'accordez aucune attention à votre plus belle possession : votre corps avec ses fonctions. J'ai envie d'ajouter de ne plus vous occuper que de vous ici et au moment présent et de rien d'autre. Dans ces instants anodins se cache le plus grand des secrets : la Lumière des lumières. En rejetant votre vie, si misérable soit-elle à vos yeux, vous vous rejetez vous-même et vous vous empêchez de partir à la reconnaissance de la plus fabuleuse aventure mise à votre disposition : la maîtrise consciente des fonctions d'un corps en incarnation. Ouf, on y arrive ! Être reconnu et ascensionné, c'est ça : honorer le plus beau des cadeaux divins, le corps humain. Étrange, vous êtes tous hommes (dans ce terme générique, j'inclus bien sûr la femme) alors que votre corps est déjà humain. N'y a-t-il pas dans cela le plus beau message de l'Univers ? L'homme doit devenir humain alors qu'il habite une enveloppe corporelle HUMAINE. Naître représente la première étape de la maîtrise des fonctions du véhicule mis à sa disposition. Puis, un laps de temps lui a été imparti afin de démontrer sa puissance à le gouverner. Alors, quand retrouverez-vous la mémoire de votre plus grande mission ? Ne vous y trompez pas, occuper un poste X ou Y ne signale pas votre arrivée dans la volonté de gérer les fonctions vitales. Et pourquoi vitales, selon vous, la mort n'étant qu'une réponse à votre défaillance de maîtrise ?

Pour vous installer dans vos corps de lumière, vous êtes dans l'obligation d'apprendre à reconnaître les organes correspondants à chaque corps, leurs inter-réactions, leurs pouvoirs physiques et subtils, et d'en prendre le gouvernail. À chaque dimension, son lot délivre une foule d'informations contradictoires ou duelles et vous devez unir ce qui semble opposé. Une prise de conscience et de position redonne une partie de son propre pouvoir de contrôle au Soi.

L'Être solaire

L'Être solaire, composé de corps subtils, ne peut être sans le plus essentiel : le corps physique. La présente période a le mérite d'exposer chacun de vous à ses responsabilités et de l'inviter à retrouver son pouvoir de décision. Par conséquent, ne vous arrêtez pas devant les images dramatiques savamment diffusées et devenez moins réceptifs à l'abus affectif. Autant le savoir, tout est orchestré de façon à vous laisser croire que vous vivez une grande crise économique aux répercussions multiples, alors que cela est faux. Jamais les caisses n'ont été aussi pleines. Seule la soif de domination et de vous placer sous celle-ci motive les possesseurs desdites caisses. Diviser pour mieux régner, voilà la politique de cette période visant à amener sûrement un contrôle de tous les pays sous l'égide d'un seul : l'Amérique, encore elle et toujours elle. Tout est centralisé sur son sol, tout part de chez elle et, si vous êtes objectifs, surtout l'Ombre : on pollue, on tue, on militarise, on impose sa loi ou vendetta, on fait passer des fins mercantiles pour des œuvres humanitaires. Ne vous y trompez pas, chaque intervention actuelle cache un motif peu empli de lumière et d'amour. Pourquoi ne sommes-nous pas intervenus avant ? Cela est très simple. Malgré la force destructrice sur ce sol, toute la planète, l'humanité entière et l'Être solaire en retireront un grand savoir. Encore dix ans de contrôle de ce pays sur les autres, puis s'ensuivra l'effondrement du géant de l'hypnotisme. Le fabricant d'illusions sera foulé aux pieds et s'écroulera, oublié et rejeté par le reste de l'humanité. La leçon savamment amenée au fil des incarnations successives d'un groupe d'êtres arrive à maturité. Son égoïsme ou égocentrisme devient la cible des étincelles de Vie prêtes à rentrer chez elles. Ces dernières, avant de quitter la troisième dimension, dispenseront toute une série de leçons de pureté, de force et de pouvoir intérieur. Ce groupe dominateur s'engage désormais à devenir les futurs esclaves d'autres humanités en reconnaissance de pouvoir.

Introduction

Les dominateurs seront les dominés.

Quant à vous, leurs agissements vous aideront à retrouver les sentiments élevés de l'identité christique où résident les expressions supérieures : la tolérance, l'amour sans condition, le partage, le respect, l'utilisation du oui et du non. Mais la nécessité de définir les attitudes relatives aux identités solaire, cristalline et atomique se présente à tout amoureux sincère et dénué de possessivité. Le pouvoir est intérieur ; l'extérieur singe cela. Tous les abus sociétaux vous renvoient l'image déformée de votre laisser-aller. Ce laxisme créateur des ambiguïtés de la personnalité de la période actuelle sera le terrain propice pour implanter vos racines dans les trois éléments suivants : la *terre*, le *soleil* et l'*éther*, soit vos chakras racine ou sacré, solaire et coronal. L'étape suivante inaugurera la découverte des lois relatives aux chakras du hara, du cardio et du frontal. En finalité, vous ouvrirez l'étude du chakra de la gorge, celui du Verbe créateur.

Aujourd'hui, vous avez donc la possibilité de trouver vos racines et vos filiations. Pas décisif dans votre reconnaissance de l'identité d'enfants divins. Avant de partir à la découverte de vos dons, vous nourrir de votre Père/Mère devient une priorité. Il faut remplir votre corps aurique de la lumière de vos parents afin d'accroître la vôtre. Si vous ne prenez pas conscience des canaux apportant la nourriture à votre vaisseau, vous ne pourrez pas le faire démarrer ; il ne bougera pas (les dons ne seront pas activés). Pour cela, il existe une bonne méthode : la méditation dirigée ; oui, dirigée. Oh la la ! La méditation, c'est déjà compliqué, mais la méditation dirigée, encore bien plus ! Voilà ce que j'entends au départ.

Arrêtons-nous quelques instants. La méditation représente trop souvent un défi pour un grand nombre d'entre vous. Il faut déjà réussir à ne plus penser ; eh bien, voyez-vous, la méditation dirigée va canaliser vos pensées puisqu'elle sera à thème. Vous allez consciemment et volontairement penser à établir des racines sous vos pieds, dans la terre et voir un échange de lumière entre votre Mère la Terre et votre corps, puis vous agirez de la même manière avec le Soleil puis avec le Ciel (l'éther). Vous vous relierez ainsi aux trois centres primordiaux de nourriture céleste. Enfin, votre corps physique et vos corps subtils vont se revitaliser et votre lumière, grandir. Votre œuf aurique se nettoiera de tout ce qui l'encombre, autant des fausses idées que des intentions extérieures malveillantes.

Avant d'étudier l'Être solaire, vous devez rétablir l'échange d'énergies entre vous et ces trois racines nourricières. Vous ne pourrez vous glisser dans le fleuve des changements sans cela. Les évolutions sont contenues dans le Souffle divin, la lumière solaire et dans la densité de la matière terrestre. Ces changements commenceront par ces trois points. En établissant le flux et le reflux des échanges énergétiques entre eux, vous serez au centre de l'évolution, point de rencontre et d'union. Être UN, c'est avant tout être cela. Ne cherchez pas de grand miracle et devenez l'outil transformateur de vous-mêmes en réemployant ce qui a toujours été à votre disposition. L'esprit directeur sommeille en vous, oublié de vous. D'ailleurs, vous ne possédez plus la conscience d'être des maîtres directeurs d'énergies. Et si être solaire ne représentait que cela ? Qu'en pensez-vous ?

Il faut retrouver les points d'ancrage de l'énergie solaire, redéfinir ses valeurs et son action, redécouvrir où elle demeure, ses stimuli ou bien ce qui l'empêche de vivre. C'est vers cela que nous tenterons désormais de nous diriger afin de poser les bases solides de votre envol. Avec les trois premiers livres, je me suis efforcée de vous restituer une partie de votre identité et, partant, de vous aider à récupérer vos racines. Je vous ai dit que d'autres enseignants se joindraient à moi dans le but de vous guider au fil de vos dédales d'incompréhension, et nous ne serons

Introduction

pas trop nombreux. L'heure qui vient exige beaucoup d'efforts. Pierre par pierre, nous allons démonter vos constructions mentales et vous donner d'autres points de repère qui seront à même de vous diriger en douceur vers votre véritable état d'Êtres divins solaires.

Pourtant, le paradoxe suivant se révélera : plus nous vous éclairerons sur votre véritable dimension et vos pouvoirs, plus l'Ombre grandira autour de vous jusqu'au moment où elle éclatera d'elle-même. Cette période est donc un passage de grands troubles où vous rencontrerez les plus grands enseignements lumineux et les plus grandes contrariétés dues à l'Ombre. La balance cosmique cherche l'équilibre. Alors, plus que jamais, vous devez reprendre la maîtrise de votre vie malgré les circonstances difficiles et parfois aliénantes du quotidien. Tendez-vous vers la reconnaissance des clins d'œil journaliers de la Vie et, de nouveau, vous renouerez alors avec la facilité, passant peut-être simplement au travers d'événements périlleux sans éprouver de grande frayeur.

Dans les temps à venir, ne cherchez pas de grandes démonstrations mais bien plutôt l'aisance à franchir le fleuve des épreuves. Le théâtre de la vie quotidienne sera bouleversé plusieurs fois par jour durant certaines périodes ; vos yeux enregistreront une instabilité et un grand déploiement de violence, de revendications et parfois même de catastrophes. En abordant ce sujet, sachez que si nos frères intraterrestres n'étaient pas intervenus lors de la catastrophe de Toulouse en France (explosion d'une usine de produits chimiques), cette ville n'existerait plus. Ils ont bien contenu l'onde de choc à plus de 75 %, comme les réactions en chaîne qui auraient dû atteindre les usines voisines. [La ville de Toulouse est depuis des millénaires sous la surveillance du monde intraterrestre. Elle fut visitée physiquement par ces êtres dans son épopée cathare. Le tout en conformité avec ce but de soutenir l'élargissement de la conscience.] Soyez conscients également que bien des attentats seront camouflés en accidents afin de prolonger votre sommeil.

Bref, les temps engagés ne seront d'aucun repos, sollicitant toutes vos sphères mentale, affective, psychique et autres. Il vous faut surtout acquérir la paix en passant au travers de tout ce que vous allez entendre et voir, clé essentielle à l'ouverture de la quatrième dimension. Comprenez qu'au cours de ce passage, vous devrez abandonner toute peur, tout clivage de votre progression et tout terrain propice à tout type de clonage. Là aussi je tiens à vous préciser ceci : « Le clonage physique qui se profile actuellement représente une densification de votre clonage subtil. » Attention aux merveilleux jouets tels les puces électroniques et autres gadgets s'y rattachant ; vous risquez de devenir tous des robots humains à la solde d'une poignée d'hommes et de femmes peu scrupuleux et avides de pouvoir. Réagissez, retrouvez la conscience de l'usage du *non* et du *oui* ; sans cela, vous digérerez des nourritures insipides détruisant vos centres de création. Les enjeux présents sont considérables et les forces de l'Ombre ont tout pouvoir d'action en vue de vous tester et de vous offrir la possibilité de choisir entre rester dans la troisième dimension ou aller vers la quatrième. Dans le premier cas, les acteurs iront répéter sur d'autres sphères et rencontreront les scénarios appropriés à leurs désirs (abus de pouvoir, excès de réglementation, etc.) ; dans le deuxième, ils connaîtront la liberté de se mouvoir dans le respect des lois cosmiques et d'entrer dans le cercle de la Confédération des peuples sidéraux responsables de l'énergie de la Paix.

Comme chaque fois, je vous rappelle que le choix vous revient et que nous ne déciderons pas pour vous. Avant de vous livrer un nouvel enseignement, je me devais de reprendre la base d'envol afin que votre esprit se dirige vers les hauteurs de votre être.

Attention, les pages suivantes fourniront peut-être des

Introduction

sujets de réflexion, mais elles seront fermes et vous placeront devant vos responsabilités. Le jeu reste une étape ; celle qui suivra conduira à l'adolescence, où la quête de la maîtrise constituera l'apprentissage. La quatrième dimension sera un lieu intermédiaire entre l'enfantillage, l'insouciance et l'arrivée dans l'autonomie. Ajoutons à cela qu'à tout moment vous pouvez vous désolidariser de l'humanité et regagner votre demeure solaire. Cette période offre toutes les possibilités et, au cours des dix années à venir, les portes se présenteront à vous et à votre choix. Quelle sera votre décision : demeurer dans la troisième dimension, partir vers la quatrième ou quitter cette humanité et revêtir votre vêtement d'or ? Complétons avec le visage de votre service et vous comprendrez combien la pluralité de choix vient vous visiter. Pour cela, nous serons à votre écoute et notre enseignement viendra instruire toutes les voies d'expression émises. Ne vous étonnez pas d'avoir connaissance de cours semblant se contredire car, en fait, il n'en sera rien. Certains instructeurs choisiront une partie de l'histoire alors que d'autres axeront leurs interventions sur une partie antérieure à celle-ci. Il faut apporter la nourriture correspondante à chaque choix. Nous respecterons tous les états d'être, et l'enseignement destiné au groupe restant dans la troisième dimension sera forcément éloigné de celui correspondant au groupe entrant dans la quatrième.

Parallèlement, un tout petit groupe commence à se dessiner, réclamant des études plus élevées et, ayant au préalable choisi de réintégrer sa demeure céleste : la Merkaba.

Ainsi, plus que jamais, ce qui s'en vient vers vous sera pluriel, et cela est bien ainsi. Maintenant, préparons-nous à parcourir l'enseignement au fil de ce nouveau volume.

Que vous restiez, partiez ou réintégriez votre demeure, il vous est destiné. Découvrons-le.

UN

L'ÂME, CRÉATION DE L'HOMME

Je commence ce chapitre en éclaircissant la notion de l'âme, pure création de ce secteur de l'Univers rattachée à la dimension du Fils divin. Beaucoup d'encre a coulé à ce sujet.

Comme vous êtes Fils et Filles de Dieux solaires, l'évidence apparaît immédiatement.

Dans l'étude comportementale, ce thème sera également repris par d'autres instructeurs. Je vous demande donc de faire preuve de prudence dans vos déductions.

L'heure venue délivre une somme considérable d'informations. Aussi, à tout étudiant sérieux je suggère d'ouvrir un cahier où il pourra prendre des notes se référant aux ouvrages, aux chapitres, aux pages et aux paragraphes, enfin, à tout élément lui permettant de brosser un tableau concret et efficace. Ceci deviendra une base solide d'études et de compréhension.

L'âme est donc une création de l'humanité dans ce système solaire. Nécessitant d'être *pesée* à la sortie du corps en incarnation, elle doit jauger ses progrès, ses reculs et ses rails, et cartographier sa route et son itinéraire. L'âme n'a rien à voir avec l'esprit qui demeure ce qui Est de naissance, et elle ne vient pas s'apparenter avec l'âme sœur, autre notion relative cette fois au masculin/féminin. L'âme est également étrangère à la multiplicité des expressions incarnées de l'esprit.

Alors qu'est-elle au juste ? Une émanation de l'esprit humain en incarnation lorsque celui-ci accepta l'éloignement de la conscience de son esprit divin. L'homme (rappelons que j'inclus ici la femme), en s'éloignant de sa réalité, perdit sa légèreté et eut du mal à franchir la distance lumineuse le ramenant à son origine, l'Esprit solaire. Progressivement, son élancement vers les hauteurs de sa réalité fut brisé et il lui devint bientôt impossible d'atteindre le sommet précédant chaque tentative, le précipitant ainsi dans « *une chute* ». Il dut alors imaginer un lieu intermédiaire pour sa période de repos entre deux études et sa pensée forma une matrice solide devenant une terre refuge. Cependant, l'opacité s'installa tant sur cette planète qu'il fut conscient de risquer de perdre une partie de sa personnalité et en vint à créer un double, gardien de son savoir acquis. Par contre, dans l'ensemble de ce processus émergea une étrange sensation : de la culpabilité. Il imagina alors un endroit où il pourrait examiner ses faits et gestes et, par la suite, les réajustements à opérer. Il fit appel à un groupe demeuré pur, lui remettant les clés de sa création : l'âme. Voilà en somme comment celle-ci naquit avec le hall du karma et ses gardiens.

Après ces actes, l'homme s'éloigna encore plus sûrement de son identité primaire, oubliant les origines de sa naissance, de ses Père et Mère solaires, et de son Esprit agile et maître à projeter plusieurs parcelles de lui-même à l'intérieur de corps incarnés. Vous Êtes une parcelle de votre Esprit solaire ; votre âme est une création de la parcelle de l'Esprit solaire.

L'Esprit solaire est le Fils du Soleil. (En réalité, nous employons le mot *fils* puisque vous avez décrété la supériorité du masculin par rapport au féminin, ceci représentant une pirouette de plus de votre imagination terrestre.) Dans l'étude de l'Esprit solaire, nous allons rendre à César ce qui lui appartient et au Soleil, ses attributs. Pas question de compromis. Soyons clairs et efficaces afin de rendre les heures futures limpides et d'en faire les sources de nouvelles inspirations.

Dans l'immédiat, vous voyagez dans l'espace sidéral

avec un corps physique et des corps subtils, avec une âme, pure création terrestre de l'homme, et avec l'Esprit solaire. Votre science sur les corps physique et subtils délivre déjà des informations et des traités en tous genres, en passant par la médecine contemporaine auréolée d'être la seule et unique fiable et à faire office de loi, par la traditionnelle et très ancienne médecine des plantes, par le traité de médecine chinoise (l'acupuncture), par l'homéopathie et par la redécouverte des médecines holistiques ayant recours aux couleurs, aux sons et aux énergies. La notion de l'âme quant à elle demande à être beaucoup mieux comprise. Il y a bien ici et là quelques petites pierres ou suggestions apparaissant sur votre chemin afin de vous indiquer une direction, mais cela se résume à peu près à ça. Vous avez davantage d'exposés sur l'Amour christique. Alors, essayons d'abord de saisir le fonctionnement de l'âme, ce parfait sosie de la personnalité incarnée.

Nul besoin d'un grand débat : elle est la création du Fils divin en incarnation. Voici sa naissance.

Elle est légère et épouse la densité des mondes subtils. Au commencement, elle possédait les mêmes caractéristiques psychologiques que son créateur (vous). Sa particularité réside dans sa mémoire des acquis obtenus lors des passages successifs (incarnations). Elle a aussi la possibilité de devenir autonome suivant l'éveil spirituel de son créateur. L'âme est intelligente ; elle ressent, pense, agit et se meut indépendamment du corps physique. Elle réside à l'intérieur de celui-ci et détient les clés des pouvoirs de l'homme. À la cessation des activités du corps physique, elle le quitte et va vers une autre création, sur des terres dites *saintes*. J'aimerais ajouter ici que l'âme n'est pas la prolongation de l'esprit désirant s'incarner.

Depuis sa création, elle a formé plusieurs matrices mémorielles (ou corps) afin de centraliser les connaissances. L'image des poupées russes s'emboîtant est la fidèle représentation des corps de l'âme. Vous avez identifié l'âme à l'esprit, mais cela ne correspond pas à la réalité. Comme vous avez épousé une énergie appelée culpabilité, vous n'arrivez plus – avant la fin de votre vie – à vous séparer des reliquats de pensées non élucidées, non transmuées. Ainsi, il se forme un lest empêchant ce travail non exécuté d'atteindre la pureté de l'esprit. Ce lest est comme une limaille aimantée ; bien généralement, il vous attire vers le précédent lieu de votre mort afin de reprendre l'histoire interrompue. Dans le cas de la multitude ne reprenant pas son évolution en main, cela ira jusqu'à renaître dans le signe zodiacal de la mort. Si, par exemple, madame X décède en Virginie dans le signe du Taureau, son âme réintégrera un corps du même signe, dans le pays quitté. Naturellement, ceci n'est pas systématique mais concerne toutefois la majorité.

Vous vous demandez peut-être où se trouve l'esprit.

Le jour de la conception, l'esprit s'incarne en employant le moule de l'âme. Je souhaite du moins que votre conscience s'éveille et retrouve ce processus. L'Esprit solaire ne se résume pas à la vie de l'âme. Il emprunte cette matrice au passage et respecte cette création. Finalement, l'esprit s'est fort bien accommodé de cette intermédiaire. Les temps présents nécessitent le discernement de votre multiplicité.

Afin de mieux comprendre, voyons l'Esprit solaire. Il est pure lumière et ne peut accéder à la densité sans lésion. Ainsi, une fois la décision prise d'envoyer une parcelle de lui-même à l'intérieur d'une matrice appelée corps (de manière à poursuivre la compréhension de son état divin), cette parcelle est logée dans une cellule hermétique la protégeant absolument de tout ce qui aurait trait à la densité. C'est elle que l'on appelle le petit Être. Abrité, celui-ci pourra diriger le corps et étudier les matières souhaitées. Au début de l'aventure, tout allait bien, jusqu'au jour où des idées parasites ne permirent plus au

L'âme, création de l'homme

petit Être de demeurer maître des commandes du cerveau, organe centralisateur des fonctions de transmission et de réception ayant la charge d'émettre des signaux électriques et de renvoyer à l'esprit les informations recueillies sur les études en cours.

Établissons un premier schéma du processus d'incarnation.

Normalement, un Esprit solaire qui désire sentir une idée de lui-même et cerner les conséquences s'y rattachant extériorise une infime partie de lui-même dans un moule prédestiné à le recevoir. Cependant, au cours des cycles évolutifs sur terre, un dysfonctionnement du circuit bio-électrochimique du corps créa une idée qui, à son tour, donna naissance à une matrice aujourd'hui appelée âme. Dans les circonstances actuelles, ce fonctionnement perdurant, l'esprit se voit dans l'obligation d'intégrer l'existence de ce moule d'idée et de le traverser pour connaître toute nouvelle expérience. Ainsi, progressivement, l'esprit trouva pratique l'existence de l'âme et l'intégra à la réflexion et à l'étude des inter-réactions des mondes. Aujourd'hui, il s'en sert aussi comme deuxième réalité. Nous verrons cela un peu plus loin. L'âme ne réintègre jamais l'esprit. La particularité de sa vie lui confère une existence propre. De par sa présence et sa reconnaissance par l'esprit, elle a acquis un statut autonome et, de ce fait, ne sera jamais détruite.

L'expérience et la connaissance accumulées au cours des études successives lui donnent un statut de création dans l'Univers. *L'âme est fils de l'homme, l'esprit est fils de Dieu,* et le fils de Dieu respecte et légitimise le fils de l'homme. Ainsi, l'Esprit solaire a fait une place réelle à cette créature parallèle et la nourrit. L'âme est devenue la médiatrice entre l'homme et l'esprit. Ainsi est née la trinité homme-âme-esprit.

Revenons ici sur l'existence de cette trinité. Elle existe uniquement dans ce coin du grand sidéral et elle est le fruit

L'Être solaire

d'un dysfonctionnement entre le corps et l'esprit dû au cerveau du corps humain. Le Créateur des Esprits solaires accorde également une légitimité à cette naissance. En cela, l'âme devient une réalité à part entière dans le processus de création.

Regardons ailleurs dans le reste du cosmos, là où l'âme n'a pas pris naissance.

Quand un esprit décide d'une exploration, une partie de lui-même descend en un rai de lumière à l'endroit de la conception physique et se loge dans le fœtus. Dès cet instant, il dirige les fonctions vitales de l'embryon et amorce son étude. Tout au long de celle-ci, il ressentira des émotions et des sensations le renseignant sur lui-même, par le biais du corps physique. Quand il choisit de mettre un terme à l'expérience, la mort intervient et la partie de lui-même projetée dans le corps physique regagne sa place. L'esprit incarné, conscient de lui-même et de son potentiel, écoute et agit en accord avec les directives de son Être solaire. Il sait qui il est. Il voyage dans l'Ombre ou la Lumière, selon ses besoins, sachant que toutes deux sont issues de la même source.

Le bon, le mauvais, il ne connaît pas ; il étudie, voilà tout.

L'âme, quant à elle, passe par une palette de sentiments contradictoires, et ce, aussi bien dans l'étude de l'Ombre que de la Lumière. Après la cessation des activités du corps physique, l'âme se retrouve dans un lieu intermédiaire en résonance avec les aspirations fortes émises pendant l'incarnation. Elle a accumulé cette dose d'énergie et éprouve la nécessité d'éliminer cette charge en vivant les désirs d'incarnation. Pour ce jeu subtil, elle rejoindra un groupe d'âmes en quête de la même résonance, dans le but d'éliminer cette surcharge électrique encombrante. Si l'âme a enregistré une croyance en l'enfer, elle vivra cet enfer.

Elle réagit aux stimuli de son créateur, surtout si elle

est « jeune ». Avec l'expérience et l'accumulation de la reconnaissance du Soi, l'âme devient un être et affirme son autonomie. Au cours de l'évolution, elle reconnaît la présence de l'esprit et réagit à ses stimuli, qu'elle retransmet au corps humain. Elle prend sa place dans la réalité de la vie supérieure et, progressivement, digère le brouillard de l'éloignement, soit la distanciation d'avec son origine.

L'âme est devenue une entité reconnue et honorée pour son travail. Par ailleurs, elle acquiert une autorité solaire de par sa volonté.

Dans ce coin du grand sidéral où des milliards d'âmes se côtoient, les Dieux créateurs se sont penchés sur cette création parallèle. Ils examinent ce moule d'identité nouvellement apparu. Il a déjà fallu opter pour le refus ou l'acceptation de ce fait. La sagesse, moteur de leur amour, décida de surveiller la progression de cette création et d'évaluer les possibilités qu'elle offrirait à d'autres secteurs de vie. L'âme fut longue à trouver sa forme actuelle, où plusieurs matrices mémorielles s'emboîtent les unes dans les autres. La surprise fut grande de constater que l'homme créa une matrice mémorielle en correspondance avec chaque corps subtil et en laquelle il déposa tous les embryons d'idées n'ayant pas eu l'occasion de parvenir à maturité, formant ainsi des énergies parallèles aux siennes. L'étonnement s'amplifia en réalisant que ces dernières interféraient dans la maîtrise des fonctions vitales du corps physique. L'esprit n'était plus le gouvernant ; l'âme avait pris les commandes de ces fonctions et l'homme oublia que l'esprit hôte avait tout contrôle sur l'harmonie corporelle. Ainsi naquit toute la panoplie de maladies que vous expérimentez encore à ce jour. La maladie est une création de l'homme et non de l'esprit divin. La mort, telle que vous la vivez, est aussi une création de l'homme ; la mort d'un corps dirigé par l'esprit, sans parasitage, ne ressemble en rien à la vôtre et se rapproche plutôt d'une ascension. À propos de la maladie, savez-vous qu'elle existe aussi sur d'autres secteurs d'univers ? Rassurez-vous, elle n'est pas le propre de votre humanité seulement. Toutefois, elle ne sévit pas ailleurs avec cette ampleur. Sur votre planète, aucun être ne peut se vanter d'être indemne de désordre biologique, même si l'apparence donne l'image contraire. Avec l'implantation de l'âme, l'esprit voit son pouvoir d'intervention devenir moins efficace et doit attendre que celle-ci accumule une connaissance suffisante pour avoir un accès plus direct au corps physique. Au fur et à mesure, l'âme acquiert un savoir réel et une belle identité. Sa présence fut un défi à relever et l'esprit dut examiner l'expérience potentielle dans ce phénomène.

Les étincelles de Vie se réunirent alors et demandèrent conseil auprès des Sages afin de déterminer les conséquences de cette création sur leur programme évolutif. Les études démontrèrent l'utilité à en retirer comme les difficultés. À l'unanimité, il fut accepté de vivre pleinement le défi.

Un esprit évolue dans les mondes subtils et a accès à la densité par une projection de lui-même à l'intérieur d'un corps. L'expérience achevée, cette partie lui revient. Un esprit débutant dans la connaissance des mondes denses enverra une seule partie de lui-même en exploration de cette matrice de Vie. L'esprit est alors considéré comme « jeune et inexpérimenté ». Grâce aux expériences, il acquiert une stabilité dans ce jeu de l'être et envoie, peu à peu, plusieurs parties de lui-même. La Loi divine autorise jusqu'à huit extériorisations de son Être. Votre humanité est issue en majorité d'esprits maîtres. Aussi, des hommes et des femmes issus du même esprit sont-ils sur cette planète ou sur d'autres. De plus, vous ne savez pas si, parmi les visiteurs (lumineux ou non), réside une autre partie de votre Esprit solaire.

De manière à vous éclairer sur votre rôle, abordons ce

sujet. Prenons l'exemple d'un esprit déjà expérimenté et maîtrisant ce processus. Au début, il a rappelé à lui toutes ses extériorisations. Seule l'émergence de la personnalité de ces dernières ne rentre pas dans l'esprit*. Un groupe d'Anges spécialisés gardent en dépôt l'acquis de la personnalité entre deux extériorisations. Oui, là aussi, prenez conscience de la continuité de l'expérience. L'Esprit solaire devra utiliser les mêmes parties de lui-même. L'embryon de la personnalité en développement pendant chaque étude prendra une forme de plus en plus affirmée, jusqu'au moment où la personnalité pourra se créer un corps sans avoir à retourner à l'esprit entre deux séquences d'action. La maturité de ces personnalités permettra à l'esprit de devenir un esprit directeur et les amènera elles-mêmes à devenir progressivement esprits. Elles passeront chaque étape d'identification en remontant la filière de la reconnaissance du Père/Mère initial, créateur de leur esprit directeur. On appelle cela le mouvement ascendant. L'esprit directeur ne sera libéré de ces personnalités évolutives et ascendantes que le jour où elles arriveront dans l'Île Centrale où ils seront alors reçus ensemble. L'esprit directeur obtiendra alors son nouveau statut et sera libéré de ses personnalités, qui se verront proposer l'aventure du mouvement descendant. Si celles-ci reviennent en maîtrisant parfaitement le processus descendant et présentent à leur tour d'autres personnalités, elles seront admises dans le groupe des finalitaires. Pour y entrer, un esprit ou une personnalité doit avoir parcouru le chemin descendant et ascendant. Aujourd'hui, quelques finalitaires résident sur votre planète, groupe tout aussi discret à vos yeux.

---

* Quand l'esprit maître extériorise une parcelle de lui-même, il envoie des cellules de son être vivant. Au retour, il réintègre ces cellules et lit l'émergence de la personnalité et ses expériences, mais ne peut se les approprier.

Revenons à l'âme, création intermédiaire de l'homme, donc d'une personnalité. Jusqu'ici, cette aventure n'était pas encore entrée dans le ballet descendant/ascendant. L'âme, nouvelle création, devait se placer sous l'autorité lumineuse. La question se posa alors de savoir si on lui accordait une place dans le théâtre cosmique ou si on intervenait afin de mettre un peu d'ordre dans tout ça. La question remonta alors jusqu'aux Sages du Super-Univers et fut source d'un grand débat et d'un intérêt marqué pour cette création. Une décision fut prise : l'observation en vue d'obtenir assez de renseignements pour comprendre l'intérêt d'une telle création et le progrès qu'elle serait susceptible d'apporter à l'ensemble communautaire. Cela étant, l'autorité fut remise à un groupe de Maîtres ascensionnés résidant dans la zone universelle concernée et qui rendraient compte régulièrement, aux Sages de l'Univers, de l'évolution et des interférences, par le biais d'un émissaire spécialement affecté à ce travail. Ainsi naquit donc une approche de légitimité de l'âme. Des postes d'observation furent mis en place afin de suivre le déroulement de cette nouvelle aventure. À la fois d'assez près, de manière à ne rien laisser échapper dans le compte rendu, et d'assez loin pour ne pas perturber la progression de cette création. Les Maîtres ascensionnés requis enregistrèrent une nette mise en forme de la vie de l'âme. Celle-ci s'élabora doucement mais sans obstacle majeur. La création de l'homme en incarnation, devenant de plus en plus complexe, répondit à des lois de mouvement et s'ajusta parfaitement aux lois cosmiques. Elle réussit même à différencier les corps subtils et à fabriquer des corps de l'âme en corrélation avec ceux de l'esprit.

Les corps subtils représentent une densification spécifique de l'état indifférencié de la lumière de l'Être solaire. L'ajustement des corps de l'âme aux corps subtils donna lieu à l'assentiment et à un acte de viabilité de la part des Sages du Super-Univers, qui décrétèrent une étude approfondie des lois bioélectrochimiques animant l'âme. Celle-ci est d'ailleurs toujours en cours afin de cibler une application judicieuse dans les futurs Univers. Si, au début, ce double ectoplasmique fut encombrant pour l'esprit directeur, il réussit à s'en faire un allié dans sa reconnaissance d'identité divine.

Progressivement, l'Être solaire transmit à l'âme des informations sur sa réalité, en sorte d'éduquer et de réduire les interférences entre lui et sa partie incarnée. Une fois les premières contrariétés passées, il prit plaisir à cette découverte. L'étude demandée intégra les réactions de l'Esprit solaire en contact avec cette émanation de l'entité incarnée. La joie et la stimulation de l'esprit furent enregistrées ; les Sages du Super-Univers accordèrent alors un statut universel à l'âme, qui devint une création divinement reconnue. L'étape suivante nécessitait la construction d'un chemin évolutif de l'âme dans le théâtre de la Vie ; il fallait également lui donner un moyen d'accéder à une totale indépendance, soit de devenir une entité. Comme l'homme avait réussi à donner sept réalités corporelles à l'âme, celle-ci recevrait un programme d'études en vue de reconnaître la Lumière de Vie comme demeure éternelle et impérissable. Une troisième voie de reconnaissance était née. Elle fut dite parallèle à la voie ascendante. On autorisa l'âme à apprendre à penser et à être, indépendamment des idées émises par l'être incarné.

Un chemin différent s'offrait alors à l'âme et à l'esprit incarné. De ce fait, une forme de dualité s'instaura entre eux. Cependant, comme toute création, l'âme est rattachée en permanence à son créateur, et lorsque l'étincelle de l'esprit retourne à l'Esprit, l'âme demeure en attente. Durant ce temps, elle poursuit sa vie et son évolution avant d'être de nouveau projetée dans le moule de l'incarnation.

Ainsi, le moment de procréation d'un embryon dans le ventre d'une femme met en œuvre deux mouvements. Le premier appelle une partie (étincelle) d'un Esprit solaire et regroupe les gardiens de son histoire passée, qui restituent la mémoire déposée entre leurs mains. Le moule de la personnalité se recrée à partir de cela. L'âme, deuxième mouvement, est convoquée afin de recevoir une proposition ayant trait à ses acquis et à ses faiblesses. Les deux phénomènes sont juxtaposés en vue de parfaire la nouvelle aventure. Le défi pour l'esprit incarné consiste alors à trouver une voie médiane où le corps, l'âme et l'esprit directeur trouvent un plaisir, une voie et un objectif commun. S'il réussit, il unit alors les trois réalités. Débute ainsi tout un programme construit par les Sages du Super-Univers. L'esprit directeur, ou encore Esprit solaire, se met dès lors à nourrir la partie de son esprit incarné dans le but de la détacher progressivement de lui. Un habit de lumière commence alors à descendre ; il est appelé Merkaba.

De son côté, l'âme consciente de ce processus profite de ces énergies pour parachever son identité. Dans la voie ascendante, elle est liée à son créateur jusqu'à son arrivée à l'Île Centrale où, là, elle sera détachée de lui afin de devenir une identité atomique reconnue et en service auprès des Père/Mère solaires, non pas ceux alors en poste mais les Père/Mère solaires accédant actuellement aux matrices vierges du grand sidéral. Dans les futurs Univers, ces entités occuperont des positions de responsabilités dans l'harmonisation des énergies différenciées.

Pour l'instant, regardons encore un peu la vie de l'âme à votre niveau. Entre deux incarnations, l'âme se dirige vers un monde intermédiaire et en relation avec sa compréhension personnelle de la Lumière de Vie. Ce, ou plutôt ces mondes, sont des créations de l'homme. Dans ces lieux, l'âme voit défiler son passé non pas par bandes mais par miniscènes vécues. Tous les embryons d'idées de l'âme non parvenus à maturité sont alors étudiés plus en profondeur.

Nous distinguons huit étapes essentielles dans le degré

de l'intelligence de l'âme. Les trois premières sont reliées à l'étude comportementale du corps physique ; les autres peuvent se rapporter à l'étude de chaque corps subtil. Dans les trois premières étapes, l'âme étant inexpérimentée, elle est constamment sous surveillance (subtile) d'entités célestes dépêchées pour ce travail. Nous pouvons dire que les réactions et les mouvements de la personnalité à ce stade sont mécaniques et non contrôlés. Doucement, petit à petit, l'âme s'éveille à la conscience universelle dans ces trois stades de reconnaissance. Généralement, nous avons constaté que cela était en corrélation avec le degré d'expérimentation de l'esprit incarné.

Avant d'aller plus loin, précisons une chose : l'âme, création de l'homme, est maintenant une réalité ancienne dans ce secteur sidéral, et même les nouveaux esprits en descente vers une incarnation épousent ce choix parallèle. Vous employez une expression résumant cet aspect : « C'est rentré dans les mœurs. »

Tant que l'âme navigue sur les trois premiers niveaux de la reconnaissance de l'esprit, elle ne prend aucune initiative quant au choix des expériences à venir ; elle est entièrement sous tutelle et ne décide donc de rien, sa réalité encore faible ne le lui permettant pas. À partir du quatrième palier d'éveil, elle acquiert du discernement et de la volonté ; aussi, quand elle se rend dans le hall du karma, elle devient plus attentive à ses progrès et moins accablée par le constat du déroulement de sa vie. Elle nuance l'influence du Noir et du Blanc et réagit avec plus de paix en étudiant ses réactions et ses affinités avec l'Ombre ou la Lumière. Partant, l'esprit directeur commence à avoir une influence sur elle et peut travailler à l'unité des trois pôles corps-âme-esprit. C'est également ici que l'âme réagit et intervient dans les propositions d'incarnation ou bien demande, entre deux incarnations, à vaquer à des occupations à responsabilités en vue d'aider ceux qui sont en cours d'études sur les mondes denses. Elle débute sa carrière de service à partir de là. Sa chimie évoluant également, elle devient plus ordonnée et davantage en symbiose avec la géométrie sacrée.

Doucement, elle prépare sa réalité au premier stade important. En effet, sa structure moléculaire intégrant les lois du mouvement solaire, quand l'esprit incarné se présente à l'ascension, l'âme participe à l'événement en s'intégrant dans le processus afin de ne pas entraver ce couronnement de l'esprit. Dans un premier temps, la création de l'homme en incarnation fut source d'étonnements et de préoccupations puis fournit un terrain d'études ; aujourd'hui, nous arrivons à une troisième étape, celle des applications la concernant dans un secteur réduit ou global.

Les Sages du Super-Univers s'interrogent et étudient les probabilités dans ces deux cas. Le plan du Grand Constructeur se dévoile en ce qui concerne les Univers en formation, aussi de nombreuses réunions ont-elles lieu en ce moment afin de préparer les semences idéales en vue d'amener ce plan à maturité. L'âme, dernière-née de l'esprit, prend position dans les germes conceptuels reconnus et apportera son potentiel d'action. Ce terrain deviendra le support de séquences évolutives. Il reste à déterminer jusqu'où son intégration s'effectuera.

Dans ce secteur du grand sidéral, l'esprit incarné a manifesté une créativité viable avant l'heure. En principe, celui-ci attend d'être en phase d'ascension avant d'accéder à ce type de création. La particularité de ce lieu universel demeure en permanence troublante par son aisance à passer dans des secteurs d'activité sans tenir compte de l'ordre préétabli pour l'exploration de l'identité solaire. Rien à faire, votre Univers se distingue par une suite impressionnante de mouvements hors de l'énergie primordiale du fleuve de la découverte. Il n'est pas étonnant de vous retrouver aujourd'hui au centre de tout projet innovateur et au cœur du grand laboratoire sidéral. Peut-être même en êtes-vous la cause.

De manière à bien cerner ce sujet, rappelons que tous les esprits à l'origine de la création de l'âme ne sont pas sortis de leur secteur universel d'appartenance en vue de porter celle-ci à sa viabilité. Pour cela, ils devaient démontrer l'aptitude de cette émanation d'eux-mêmes à reconnaître l'Esprit solaire et à se mettre sous sa volonté. Ceci se produit actuellement dans une forme élevée de compréhension ; il aura fallu 50 000 ans. L'âme est la dernière des créations (dites parallèles) de l'esprit. Auparavant, toutes les humanités descendues dans ce système solaire suivaient la norme préétablie par le *Soleil Central*. De ce fait, vous n'en trouverez aucune trace, et voilà pourquoi elles n'ont pas rencontré vos difficultés. Seul l'alignement entre leur esprit incarné et leur esprit directeur motivait leurs pensées. Vous avez ajouté à cela la présence d'une autre réalité que vous avez nommée ÂME.

Votre performance se résume aujourd'hui à ceci : un alignement sur la Lumière de Vie de l'esprit en incarnation, de sa création (l'âme) et de l'esprit directeur. Trois points au lieu de deux, et vous devez démontrer votre maîtrise en intégrant la vie différenciée de ces trois aspects.

Nous allons maintenant voir comment l'esprit directeur agit avec toutes ses parties projetées hors de lui-même. Initialement, il ne rencontrait pas de grands problèmes. Choisissons un esprit directeur ayant extériorisé cinq parcelles de lui-même, soit cinq projets d'études. L'esprit est donc déjà expérimenté et contrôle ce processus, sinon il se serait contenté d'une ou deux extériorisations. Ses sujets d'études seront adaptés à ses manques de reconnaissance d'identité. Il sait qu'il EST de naissance, sans l'avoir toutefois éprouvé, et il n'est pas reconnu par l'expérience. L'esprit directeur a tout loisir d'action dans un secteur universel dit d'appartenance. Aussi choisira-t-il les systèmes solaires évoluant à l'intérieur de celui-ci. Ceci lui offre un champ d'action considérable. Sa scène se construit en fonction de ses besoins, et ses extériorisations seront permanentes ; dès la première manifestation, il ne prend plus de repos jusqu'au moment où il atteint le but ultime. Les cinq parcelles de Vie ne seront peut-être pas toujours en mouvement ensemble. Cet esprit directeur a choisi d'envoyer deux esprits explorateurs sur Urantia Gaïa, un sur Krypton, un autre sur Vénus, le dernier demeurant en attente.

Sur Urantia Gaïa, l'un d'eux est incarné dans la race blanche et l'autre, dans la race noire. Le premier occupe un poste à hautes responsabilités ayant de l'influence sur les autorités en place ; le deuxième évolue dans un groupe tribal. Deux choix se profilent pour eux : soit ils s'ignorent totalement pendant le déroulement de cette présente incarnation, obtenant alors des données dans des domaines très éloignés, soit l'esprit directeur a décidé de les amener à se rencontrer afin de stimuler sa reconnaissance. Dans ce cas précis, le vis-à-vis engendrera une métamorphose des énergies contenues. Généralement, un dépôt d'informations a été effectué pour cette raison. Là aussi, deux possibilités se présentent : ou ils continuent de s'ignorer ou ils fraternisent en ayant, pour le moins, un échange conscient. S'ils passent l'un à côté de l'autre sans établir une jonction, l'échange aura lieu par le frôlement des auras et les informations les stimuleront selon le schéma préétabli. Si l'esprit directeur détermine une fraternisation, les informations stimuleront un travail en profondeur et l'esprit directeur se focalisera tout particulièrement sur eux pendant cette période, octroyant une séquence de relâche aux autres esprits en incarnation. Si l'Esprit solaire a engendré une friction entre les esprits incarnés, beaucoup de travail l'attend, car il devra alors maintenir une pression permanente afin que l'amitié ne s'installe pas. En réalité, ce cas se rencontre deux fois sur trois, servant alors de terrain d'études idéal. L'animosité développe des stratégies qu'il n'obtiendrait pas autrement, celle-ci impliquant une vigilance de chaque instant de la part des deux protagonistes et démultipliant les possibilités de mouvement. Or, si un esprit directeur décide d'une telle rencontre, cela est forcément en vue de rattraper un retard d'études, surtout si une fin de cycle se profile. La nécessité d'acquérir pendant ce laps de temps toutes les sources de conscience de lui-même en incarnation sera alors retenue et exploitée.

Certains esprits directeurs envoient jusqu'à quatre parcelles sur un même lieu en cas de fin de cycle.

De façon à tempérer les rencontres, une partie de son esprit s'incarne généralement sur une planète hautement évoluée. Au cours de l'évolution, toutes les parties de l'esprit directeur ont des échanges entre elles. En fait, il n'est pas rare de voir l'une d'elles entrer en communication télépathique avec une autre pour la guider dans son parcours.

Revenons à cet exemple ayant trait à l'esprit.

La planète Krypton a la vocation de favoriser ces échanges, et bon nombre de « guides » ou d'esprits intervenants sont basés sur ce sol. La structure moléculaire de cette terre amplifie les émanations psychiques. N'oubliez jamais qu'une planète reçoit un apport en minéraux remplissant un rôle particulier dans les fonctions vitales du grand sidéral. Venir habiter sur Urantia Gaïa développera des prouesses différentes de celles acquises sur Vénus ou Altaïr. Les Esprits solaires connaissent toutes les portes ouvertes aux études proposées par chaque planète, ils tiennent compte bien sûr de ces données en établissant les programmes d'études.

Dans le cas de notre esprit directeur, en envoyant deux parties sur Urantia Gaïa, il a doublé ses chances de progrès en cette fin de cycle de l'univers local. En incarnant une autre parcelle de lui sur Krypton, le lien télépathique et spirituel se trouve renforcé, alors que sa présence sur Vénus étayera la réalité d'Amour. Voici donc un esprit directeur fort sage. Les résultats obtenus par cette conjonction détermineront la feuille de route de sa cinquième étincelle de Vie. Quand l'opportunité d'une fin de cycle n'est pas en vue, il peut choisir plutôt des aventures indépendantes.

J'aimerais souligner ici que l'esprit directeur ne se sent pas concerné en premier lieu par la présence de l'âme. En fait, ses choix ne tiennent pas compte de celle-ci. Aussi, quand la feuille de route est établie, elle peut descendre vers le groupe ayant la charge d'accompagner et de superviser la création humaine. Il l'accueille et examine les aspirations de l'âme. La juxtaposition de la volonté de l'esprit et des prises de position de l'âme créera le moule définitif de l'étude. L'âme n'aura guère de marge de décision quant à la forme finale de l'incarnation retenue. Seule sa compréhension de la présence de l'esprit lui procurera une vue précise de la connaissance à acquérir.

Regardons maintenant une âme qui ne cherchera pas à se dissocier de son groupe (humanité). Elle accédera à la connaissance d'un palier à l'autre ou, si vous préférez, dimension après dimension, sa progression étant alors plus lente. Puis, à partir de la cinquième dimension, elle aura l'autorisation de se présenter devant l'Esprit solaire et de recevoir des directives sans intermédiaire. Elle entrera à ce moment-là dans une période de synchronisation avec lui. L'âme rencontrera également les autres parcelles de l'esprit directeur et, parfois, elles collaboreront ensemble à un même sujet d'études.

Vous devriez désormais bien comprendre que l'âme n'est pas l'esprit ni le petit Être vivant à l'intérieur de vous.

J'ai essayé de vous présenter ces données afin qu'elles soient plus facilement abordables. Plus tard, nous pourrons y revenir en ajoutant les lois biochimiques.

Aujourd'hui, appliquez-vous à rendre sa réalité à chaque partie.

NOTE DE L'ÉDITEUR

Nous sommes conscients que la lecture de certains chapitres des livres de Soria représente un réel défi. En effet, la compréhension des concepts n'est pas toujours aisée et la façon dont ils sont parfois énoncés n'en facilite pas la lecture. Nous avons soulevé ce point à l'auteure.

Soria nous répond : « *Cet enseignement transmis sert de base d'études, cela pour le présent mais également pour les décennies à venir. Pouvez-vous le recevoir comme manuel provenant d'une école universelle ? Je ne peux faire plus simple. Si j'optais en ce sens, il nous faudrait une montagne de livres.* » Elle nous confie aussi qu'il est très important pour nous d'avoir accès à ces informations en ce moment de notre transition vers la quatrième dimension et le couronnement de notre planète. En nous situant dans notre potentiel divin et dans la réalité de notre parcours en tant qu'êtres d'origine solaire, elle facilite cette transition et l'émergence de la mémoire de qui nous sommes réellement en des termes familiers dans cet univers et qui nous seront bientôt très utiles.

J'aimerais rajouter qu'en tant qu'éditeur, je me fais toujours un devoir de lire à fond ce genre d'ouvrage avant d'en faire l'édition. Et j'ai dû lire au moins trois fois les cinq premiers chapitres avant d'avoir le sentiment de nettement mieux saisir ces notions. Une relecture nous permettant une familiarité accrue des termes utilisés, une compréhension générale finit alors par émerger. Par ailleurs, j'aimerais partager ici un fait significatif. En me concentrant sur la lecture de ces textes, j'en suis venu à ressentir une sorte de clarification dans l'énergie qui m'entourait. Ainsi, les mots employés par Soria sont peut-être justement choisis avec une grande conscience de leur impact sur nos différents corps. Et comme elle le mentionne dans un des chapitres : « *Vous réclamez un enseigne-*

ment *"musclé"*. *Mon ami du Service magnétique et moi avons partagé ce besoin de façon à le satisfaire. En complément de son travail sur la grille magnétique, Kryeon incarne le côté paternaliste et le réconfort. L'autre tonalité me revient ; merci, ce rôle me convient. J'ai vécu des approches différentes sur d'autres planètes, plus douces, ayant un apport d'informations moins condensées, mais Urantia Gaïa et ses habitants étant particuliers, l'enseignement répond lui aussi à cette particularité du moment.*

Bref, vous êtes les créateurs de cette forme d'enseignement !

Ceci vous ressemble bien, vous qui êtes toujours à la recherche de la définition de l'Amour et d'aventures à tendance kamikaze. J'aime ce mot, au risque de vous déplaire. Il résume parfaitement votre sacrifice de bien-être pour le bien commun universel. N'êtes-vous pas toujours prêts à vous engager dans une histoire difficile afin d'amener l'Amour christique ? »

Néanmoins, afin de nous soutenir les uns les autres dans ce travail, Soria met en place des *Cercles de Parole* dont le but est de former des groupes d'études accompagnés de la pratique d'exercices de respiration et de méditation active. Plus d'informations ayant trait à ces Cercles sont disponibles à la fin de ce livre.

Toutes les personnes intéressées par ces Cercles de Parole peuvent communiquer avec nous aux Éditions Ariane.

En vous souhaitant une lecture solaire,

Marc Vallée
Éditeur

DEUX

FRÈRE SOLAIRE, FRÈRE ATOMIQUE

L'âme, création de l'homme au service de l'esprit, mais où se tient donc l'esprit ? Nous allons tenter une approche en ce sens.

L'Esprit, Père/Mère, ne descend pas au-delà de la cinquième dimension, et certains esprits se sont même cantonnés au-delà de la joute des dimensions, demeurant aux portes des mondes denses hors des dimensions. Quelques esprits téméraires jouent les aventuriers et se propulsent par brèves séquences dans la cinquième dimension, où l'énergie solaire domine. Chose certaine en tout cas, ils n'y restent pas en permanence.

Les dimensions sont avant tout des couloirs différenciés de l'énergie primaire et les étincelles de Vie (projection de l'Esprit) descendantes ne s'aventurent pas toutes dans la densité. Les étincelles de Vie ascendantes ne possèdent pas le handicap de la densité puisque leur vocation reste la découverte des mondes de l'esprit depuis la densité. Ces deux mouvements se rencontrent par le côtoiement des parcelles d'esprits incarnées dans les dimensions. La présence simultanée des deux mouvements s'effectue à la sortie des dimensions. Certes ils se côtoient plus franchement dès la cinquante-quatrième dimension, où les deux types d'esprits commencent alors à élaborer des études communes. Les préoccupations de chacun sont divergentes et répondent à des forces spécifiques. L'esprit descendant origine du *Soleil Central* alors que l'esprit ascendant est issu du Soleil de votre Univers ou de votre système solaire. Chaque Soleil en charge d'un secteur universel – soit un système solaire, un univers local ou un Univers – donne vie à un cycle ascendant. La première étape pour les esprits nés dans un système solaire consiste à franchir la subdivision de l'univers local. Comme son nom *ascendant* l'indique, ces esprits n'auront de cesse de parvenir aux portes du Soleil du Super-Univers, étape cruciale où les deux mouvements ascendant et descendant se fondent en vue d'entrer dans le *Soleil Central*.

La volonté de l'esprit demeure comparable, qu'elle appartienne à un mouvement ou à un autre. Seule l'action de reconnaissance diffère, puisque le but ultime est identique.

Pour mieux comprendre, nous allons étudier séparément les deux mouvements.

L'esprit ascendant découvre son potentiel en débutant sa carrière par une projection de lui-même dans la première dimension. Il est divin et solaire de naissance mais doit le proclamer par l'expérience (ceci étant toutefois commun aux deux mouvements). Il effectue l'approche de lui-même en expérimentant la restriction de la légèreté. Le franchissement des niveaux de conscience lui permet d'acquérir l'aisance du déplacement au sein des cercles de la réalité. Chaque fois qu'une étape importante se profile, l'esprit directeur reçoit un corps supplémentaire à explorer et à maîtriser dans la densité. Ainsi, il peut projeter des études et des matrices d'évolution.

L'esprit ascendant est en perpétuelle recherche de création. Il doit maîtriser l'énergie, l'identifier et la diriger de façon à créer des moules que la personnalité pourra utiliser à des fins d'expérience. L'esprit ascendant demeure en perpétuel mouvement d'expansion. La matière devient la glaise formatrice de ses corps. Par chaque compréhension cernée par son esprit, il ouvre d'un degré la roue de l'ascension, s'écartant ainsi de l'attraction de la matière. L'Ascension appartient de droit à tout esprit né ascendant. Ce qui n'est pas le cas pour l'esprit appartenant au mouvement descendant. Celui-ci aura accès à cette possibilité par décret et dans des cas précis de service ou de guidance de l'esprit ascendant. Ce dernier doit apprendre la reconnaissance du *Père/Mère créateur*.

À cette fin, il étudie les lois de résonance attachées à chaque corps d'expression. Le corps physique devra maintenir son attraction matérielle jusqu'à l'étude du cinquième corps où, enfin, il commencera à s'alléger des lests obligatoires d'arrimage dans la densité. De ce fait, à chaque passage d'une dimension à l'autre (jusqu'à cette étape importante), l'esprit vivra des tribulations en vue de s'aguerrir contre l'affectivité et l'hyperémotivité inévitables dans l'étude des trois premiers corps. Les échanges bioélectrochimiques de ceux-ci subissent des altérations avant de se stabiliser dans la reconnaissance des lois inhérentes au quatrième corps. L'esprit ascendant jouira à ce moment-là d'une paix intérieure relativement solide. Plus il franchira les cercles de la compréhension – appelés également dimensions –, plus ses premiers corps changeront, se faisant peu à peu moins lourds. Ainsi, l'acquis deviendra source de radiance et formera une route pointant l'esprit élève vers des expressions de paix, de foi vivante et d'Amour solaire.

Je fais ici une différence entre l'amour tel que l'homme (ou la femme) le conçoit en incarnation et l'Amour tel que nous l'identifions, appelé Amour christique. Dans l'étude du quatrième corps, l'esprit identifiera d'abord les lourdeurs des sentiments, les racines développées jusqu'ici en relation avec les sentiments aliénant sa fluidité, puis entreprendra son émancipation. Pour cela, il révisera ses expressions, les routes empruntées au cours de ses visites de reconnaissance des trois premiers corps et, enfin, entreprendra le sevrage des dépendances acquises malencontreusement pendant ses études, dites inférieures ou de base.

Être un esprit ascendant demande une volonté sans

faille afin de parcourir le corps solaire dans sa totalité. L'étude du quatrième corps forge l'endurance, la paix, la volonté, l'amour de la Vie solaire et favorise l'annonce des buts et des objectifs. Après seulement, l'esprit identifiera sa relation avec la source solaire. Le passage le plus délicat dans la carrière d'un esprit ascendant est bien de pénétrer l'espace et les études des quatrième et cinquième corps. Avant ceux-ci, il ne ressent aucune obligation envers la Vie. Après, il recherchera en permanence la fluidité et son origine, il appellera les Lois Divines et fera tout pour se couler en elles. Avant, la vie dense est simple ; après, il s'appuiera sur la densité pour élever son être. Or, votre monde s'ouvre à ce passage délicat de la quatrième dimension et les difficultés rencontrées vont de pair avec cette entrée dans l'étude comportementale de l'Amour (quatrième dimension) et des Lois solaires (cinquième dimension). L'esprit ascendant garde toujours au minimum une dimension entre lui et sa partie incarnée dans l'enveloppe densifiée. Généralement, il ne communique pas directement avec cette dernière avant qu'elle ne parvienne dans la cinquième dimension, mais beaucoup préfèrent attendre la septième pour ouvrir ce canal. Il arrive à certaines étincelles de Vie de se retrouver devant leur esprit directeur. Dans ce chapitre, afin de différencier l'esprit ascendant de la partie de lui-même qui expérimente une trajectoire ou une vie incarnée, j'utiliserai le mot étincelle de Vie pour désigner la partie incarnée, ce qui représente une approche très positive de la réalité.

Au préalable, dressons un schéma de manière à situer ce mouvement de Vie.

Monde subtil → esprit ascendant
↓
Monde dense → étincelle de Vie

Petit Être à l'intérieur de la cellule sans air = étincelle de Vie = projection de l'Esprit

L'esprit ascendant ou directeur reste très occupé dans sa dimension de résidence. Un lien établit le contact entre lui et sa partie incarnée. La Loi Divine veut qu'il surveille l'évolution de l'étincelle de Vie et lui procure tout ce dont elle a besoin durant sa trajectoire dans le monde dense.

Le cerveau de celle-ci reçoit toutes les influences du Soi (autre nom de l'esprit directeur ou ascendant). Toutes les impulsions bioélectrochimiques sont stimulées à partir de cet organe de transmission. Le Soi agit sur l'étincelle de Vie grâce à son action sur le cerveau. Si, dans une incarnation, un être se voit privé d'une fonction équilibrée du cerveau (transmission et réception), l'esprit directeur ne pourra plus intervenir avec efficacité dans la vie de l'étincelle de Vie. Je profite de l'occasion pour signaler ici que tout individu naissant avec un handicap moteur ou psychologique expérimente une étude comportementale en vue de trouver des solutions d'intervention favorisant l'action des esprits directeurs. Rien de comparable à un dérèglement du système réception/émission au cours d'une vie incarnée.

Quand une étincelle de Vie se manifeste dans un corps handicapé, elle apprend énormément et apporte une somme d'informations à son Père/Mère solaire. Quant aux parents biologiques, ils ont choisi ce type d'expérience dans le but d'acquérir des données très précieuses sur le don d'Amour. En cela, il est regrettable que les parents placent ces enfants dans des centres dès leur naissance afin d'oublier leur présence.

Pour les étincelles de Vie qui, au cours de leurs trajectoires, connaissent des troubles importants source de sérieux parasitages et même de dommages graves au cerveau, l'esprit directeur n'a alors pas d'autre solution que d'attendre leur retour. Il ne peut plus intervenir dans le contrôle de l'organe émetteur/récepteur, le cerveau.

Il arrive fréquemment que nous rencontrions des cerveaux humains en état de choc dans la période délicate du passage de la troisième à la quatrième dimension. Ceci est dû principalement à la difficulté de l'application du lâcher-prise dans le domaine sentimental. L'Amour représente une étude difficile où il faut se départir de ses envies de possession, d'imposer sa volonté et de croire que seule sa pensée est juste. Cela représente l'ouverture de la cellule familiale et un élargissement vers la cellule universelle. Vous le vivez en ce moment même. En général, la perte des repères familiaux restrictifs favorise l'emploi des drogues et le repli sur soi dans un premier temps, puis une dégénérescence du milieu social établi. Dans cet effondrement, les esprits dits faibles plongent les premiers dans un marécage obligeant les esprits un peu plus expérimentés à fournir une autre assise que, tous réunis, ils utiliseront comme tremplin.

Le cerveau est l'organe reliant l'esprit directeur à l'étincelle de Vie incarnée. Tout dérèglement de celui-ci entraîne un dysfonctionnement entre les deux.

Un autre facteur occasionne ces troubles : des formes-pensées dirigées par un groupe d'êtres installés dans une volonté d'éloigner une planète et de l'amener hors de sa trajectoire d'origine. Ces formes-pensées ressemblent à un corrosif attaquant le lien subtil nourricier de l'esprit directeur avec sa partie incarnée. Ce lien ne peut plus remplir alors sa fonction : apporter la dose de lumière quotidienne nécessaire à l'équilibre psychique du corps humain. Cela va même jusqu'à la parution de fausses sources d'information (livres, musique, enrôlement dans des groupes, conférences et bien d'autres activités).

Revenons sur le lien subtil. Vous savez très certainement qu'une corde dite d'argent vous relie à votre âme ; eh bien, il y a pareillement une corde de lumière entre vous et votre esprit directeur. J'aimerais également faire ici une distinction entre les voyages astraux effectués par l'âme, qui peut sortir du corps humain, et une autre forme de

Frère solaire, frère atomique

voyage astral pratiquée avec un des corps subtils. Dans ce dernier cas, le corps et l'âme doivent au préalable s'aligner puis chercher l'union avec l'esprit. Plus le corps est respecté dans sa biologie avec ses simples exigences, plus l'esprit directeur éprouve de la facilité à transmettre les impulsions visant à nourrir le quotidien de l'étincelle de Vie. Au contraire, plus le corps est en difficulté et éloigné de son schéma évolutif initial, plus l'esprit directeur fait face à des handicaps dans sa liaison permanente avec lui.

Le taux de transmission participe à la bonne santé psychique de l'être incarné. Reprenons : une transmission idéale entre l'esprit directeur et l'étincelle de Vie incarnée dépend de la bonne santé du corps physique, de l'absence de parasitage sur le lien de lumière entre eux deux et de la participation plus ou moins forte de l'âme dans l'alignement du corps-âme-esprit. De plus, un lien de lumière plus ou moins parasité par des formes-pensées créées en vue de l'affaiblir et la qualité de la nourriture jouent également un rôle important dans ce partenariat. Le choix des aliments nuira à ce processus d'alignement ou l'avantagera. Les exercices respiratoires, la méditation, la manière de se soigner favoriseront également la fluidité entre le corps, l'âme et l'esprit. La nature de vos études, de votre mode de vie participe aussi à la fusion des trois. Puis, le but, l'objectif et la volonté au service de l'Amour achèveront d'ancrer leur union et ouvriront la porte de l'ascension.

Dans ce travail, tout a son importance et participe à l'harmonisation finale.

L'esprit ascendant se doit de maîtriser la matière afin de s'en dégager et de pouvoir étudier toutes les dimensions subtiles. Il naît divin, enfant solaire, mais sa demeure d'Être reste en potentiel. Il connaît son potentiel mais ne reçoit pas la formation de son frère d'esprit descendant. Tout se trouve en germe en lui et l'esprit ascendant doit faire preuve de volonté et définir un objectif afin d'extérioriser ce potentiel. Son expérience est de nature ascensionnelle dès le départ de sa carrière d'Esprit solaire. Sa trajectoire relèvera de difficultés et s'appuiera essentiellement sur l'Ombre, qui en sera une alliée précieuse et fidèle en vue de le conduire jusqu'au seuil de la Lumière qui, à son tour, prendra le relais pour le présenter aux portes de la Lumière de Vie. Sur son chemin, l'esprit ascendant passera par des écoles de mystères incarnées dans les mondes denses et qui ouvriront des sas où la réalisation prendra une dimension nouvelle. Sur ce parcours, l'esprit ascendant apprendra la déstabilisation de son être en passant par une succession de pertes. Il acquerra ainsi le détachement et recherchera en continu sa demeure solaire jusqu'au jour où il aura étudié un grand nombre de lois universelles. À ce moment-là seulement, il sera autorisé à sortir de la densité afin de reconnaître les dons inhérents à sa divine naissance.

Les deux trajectoires de l'Ombre/Lumière sont incarnées par la naissance des esprits ascendant/descendant.

L'esprit ascendant s'appuie sur l'identité de l'Ombre alors que l'esprit descendant se meut sur l'identité de la Lumière. Or, la jonction des deux mouvements crée la Lumière de Vie Une. Dès la création du grand théâtre de la Vie, le Père/Mère originel a conçu la dualité. La seule différence dans son esprit est la suivante : l'Ombre est la Lumière, la Lumière est l'Ombre. Pour votre Père/Mère originel, la matrice de l'Ombre représente le terrain fertile, le support idéal pour les esprits ascendants désireux de découvrir qui ils sont non plus en potentiel mais en devenir. L'Ombre est le nid douillet enveloppant ses enfants divins. Vous n'aimez peut-être pas le terme douillet ! Mais lorsque vous choisissez votre trajectoire dans la densité, vous ressemblez à des chats devant leur mets favori !

La Lumière a été conçue afin de ressembler à un mystère, et les esprits ascendants seront toujours en quête d'une ombre, d'un reflet d'eux-mêmes. Ce jeu de l'Ombre/Lumière apporte une réalisation au seul mouvement ascendant. Celui qui est descendant n'y aura jamais accès. L'Ombre demeurera toujours un mystère, et les esprits descendants chercheront en permanence à diffuser leur lumière. Les deux mouvements ascendant et descendant se rechercheront constamment afin d'unir leur vue éclairée sur ces deux pôles d'action. Ainsi, du mariage de leurs acquis naîtra la Lumière de Vie. La création ascendante donnera une trajectoire qui sera utilisée dans les cercles de Vie futurs. Ce jeu duel en plein essor sert de terrain expérimental en vue de trouver un cheminement idéal dans les autres Super-Univers à venir. Les esprits ascendants portent en eux une grande responsabilité par rapport aux futurs enfants divins à concevoir. De façon à situer le rôle de l'esprit ascendant, esquissons la trajectoire suivante :

**Naissance de l'esprit ascendant
d'un Père/Mère responsable d'un Soleil**,
soit d'un système solaire, d'un univers local
ou d'un Univers.
Ces trois matrices différencient les esprits ascendants
dans leur responsabilité.
↓

Système solaire
Responsable de l'énergie masculine.
Univers local
Responsable de l'énergie féminine.
Univers
L'énergie du Fils, soit le mariage féminin/masculin
(la Lumière de Vie).

Elles entament leur carrière depuis la plus profonde des densités, la première dimension, par :
- l'étude des Lois Divines relatives à chaque dimension ;
- la maîtrise du corps dans chacune des dimensions,

puisque celle-ci s'acquiert par étapes ;
- la création d'écoles de mystères qui serviront de référence et de soutien dans les futurs Super-Univers ;
- l'extériorisation progressive de l'identité solaire, créant ainsi des chemins propices au développement des futurs élèves ;
- la proclamation de leur filiation divine solaire ;
- le parcours de l'énergie de l'ascension ;
- la réunification des trois premiers départements solaires ascendants (mouvements partis du système solaire, de l'univers local et de l'Univers) ;
- l'attente aux portes de l'Univers pour une autorisation de sortie de la division Univers.

La charge de responsabilités s'accroît à cette sortie. Ces esprits ascendants iront alors étudier les Lois solaires en vigueur dans les autres Univers. En général, un esprit ascendant connaîtra environ 4 350 expériences universelles, mais ce nombre varie. Ceci constitue une base évolutive correcte pour sortir définitivement de cette section dite universelle. Il aborde ensuite une grande carrière visant à mettre en application ses études. À chaque grande division du grand sidéral, tout esprit fera l'expérience correspondante en voyageant dans un peu plus de quatre mille sections de même conscience administrative. Enfin, il parvient à la juridiction du Super-Univers, où il fera une synthèse des mouvements universels et de leurs lois d'application. C'est ici que les deux mouvements ascendant/descendant s'interpénétreront.

L'esprit ascendant parvenu aux portes de l'Île Centrale pourra vivre l'expérience d'un esprit descendant. Ce choix lui est proposé. S'il décide d'en rester là, il sera affecté dans une maison d'application des lois ascendantes et deviendra le gardien de la matrice évolutive rattachée à ce mouvement. Si, au contraire, il accepte cette aventure, il rejoindra un groupe d'esprits descendants fraîchement conçus afin de recevoir l'éducation propre à leur vie.

Maintenant, il faut savoir qu'au cours du voyage d'un esprit ascendant, celui-ci aura à un moment donné incarné une réalité solaire, une réalité terrestre et une réalité universelle. Je m'explique. Quand je dis incarné, cela est vrai dans tous les sens du terme. En effet, l'esprit fera obligatoirement l'expérience de devenir responsable d'un Soleil (soit d'un système solaire, local ou universel et parfois des trois), d'une planète, toujours au sein de ces trois sections, pour finalement avoir la charge administrative et fonctionnelle d'un Univers. Ces deux dernières charges seront expérimentées l'une après l'autre. Il est certain qu'un esprit ascendant voyage longtemps dans un Super-Univers avant d'en sortir. Malgré des trillions de milliards d'années nécessaires à cette formation complète, cela ne représente qu'une petite goutte d'eau par rapport au voyage global d'un esprit descendant.

L'esprit ascendant est nettement favorisé, la lourdeur rencontrée dans son parcours universel transmutant plus rapidement son organe de pensée et d'amour. Quant à l'esprit descendant, il devra toujours épauler son frère ascendant, ce qui freinera son propre apprentissage. La matrice Lumière se révélera un piège évolutif, car trop légère et lente par rapport au développement de son être. Être baigné dans la Lumière n'encourage pas à l'effort permanent. L'esprit descendant conçu au cœur des énergies d'où toute forme de vie découle, soit l'Île Centrale, se trouve doté d'un rayonnement aérien. Sa volatilité nécessite une formation lente et douce. La structuration de ses études n'aura pas lieu sur une période courte. La reconnaissance de ses attributs et de son potentiel divin sera révélée par la multitude de visites dans les temples des sept cercles de l'Esprit. Ces cercles sont au sein même de la ceinture atomique autour de l'Île Centrale. L'esprit descendant prendra conscience de lui-même par touches. La notion de temps n'existant pas dans ce lieu, ce repère n'est pas à sa portée et n'exerce pas de séparation dans son organe de pensée. Le temps joue en effet un rôle de compartiment dans l'évolution. L'enfant atomique intégrera son identité en prenant le temps d'étudier et d'assimiler ses attributs. À chaque mouvement l'éloignant de sa maison de naissance, l'esprit fera une pose dans un « centre d'accueil » permettant l'assimilation des données reçues. Cet être ne franchira aucun autre pas sans cette absorption totale des informations. Ceci constitue le lest progressif l'entraînant dans la matière.

À chaque intégration de ces énergies, l'esprit descendant est associé à un esprit ascendant. Afin de mieux comprendre ce processus, voyons l'explication suivante :

Un esprit descendant en étude sur le premier cercle de Vie (le plus proche de la périphérie de l'Île Centrale) épaulera un esprit ascendant franchissant les dernières dimensions avant sa sortie du Super-Univers.

Un esprit du deuxième cercle, lui, guidera un frère ascendant moins avancé vers la sortie, et ainsi de suite. Quant à l'esprit attaché au septième cercle, il sera attentif aux efforts de ses frères démarrant dans les toutes premières étapes de leur carrière solaire (dimensions 1, 2, 3, etc.). La guidance de ces frères atomiques (autre vocable désignant les esprits descendants) envers les frères ascendants apporte à ceux-ci une densité progressive et les aide à constituer un lest qui servira de base d'appui pour pénétrer les dimensions de l'Être.

Dans cette matérialisation déjà plus lourde, n'oublions pas que les frères atomiques demeurent néanmoins dans les mondes subtils, qu'ils cherchent à extérioriser leur identité concrètement et ne vivront jamais le théâtre tragicomique de leurs frères solaires. Tout au long de leur carrière parallèle aux mondes denses, ils interviendront dans des postes de fonctions vitales et équilibrantes des mondes subtils. Toute leur maîtrise se déploiera en assumant la

Frère solaire, frère atomique

diffusion des rayons de lumière dans les phases délicates de la densité.

Ainsi, les divisions du temps, le choix d'un son, le changement de cycle ou de rayon, sont en partie sous leur responsabilité. Tous ces secteurs d'activité dépendent de la présence d'un maître (correspondant à l'activité), de trois esprits descendants et d'un cortège d'Anges. La charge des sous-divisions en corrélation avec les centres majeurs d'action est, quant à elle, tenue par des esprits descendants. Les frères atomiques supervisent également les aventures des frères solaires. Durant la période de grande activité et d'éclosion possible de la reconnaissance d'une planète non couronnée, quatre frères et sœurs atomiques accompagnent chaque frère et sœur solaire en incarnation pour une candidature à l'émancipation des énergies duelles. Ceci de manière à permettre l'ancrage de la Lumière de Vie. Quatre frères atomiques en plus des Guides, des Anges de la Lumière et de l'Ombre ainsi que des protections de Maîtres.

Ce côtoiement de frères et sœurs participe à l'extériorisation de leur identité. Parfois, et cela dans des cas particuliers, un frère atomique (donc esprit descendant), vivra l'envoi d'une partie de lui-même en incarnation. Généralement, cet esprit ne s'autorise pas plus de deux étincelles de Vie, et toujours sur une planète candidate à son couronnement. Dans ce cas, les rapports entre les deux frères solaire et atomique s'effectuent grâce à une approche plus consciente et l'échange de leurs énergies a lieu progressivement dans la phase décisive d'une planète – autour de celle-ci.

Prenons l'exemple d'Urantia Gaïa, candidate à son couronnement. En ce moment même, au sein de votre humanité, se côtoient des étincelles de Vie issues à 92 % du groupe des esprits ascendants et à 8 %, du groupe des esprits descendants. Cette force mise en communauté sur votre sol engendre l'amorce et la fécondation de l'énergie de la Lumière de Vie. Ainsi, vous tous qui êtes incarnés recevez une lumière naissante encore non implantée dans les entrailles de cette planète. C'est autour de votre Terre que se dessinent le visage, les lois, le berceau à venir de cette matrice porteuse d'une vie vierge de toute pensée humaine. La dualité s'épouse et s'autofertilise afin de donner naissance à un fils prodige : l'unité dans la paix de l'Esprit.

Ce faisant, la friction dégagée du frôlement des deux fils aînés engendre une activation riche en semences pour les sols nouveaux. Je parle bien de frottement, car l'extériorisation des étincelles de Vie se dirigeant vers la même planète crée un déplacement d'énergies ressemblant à une pluie de petites étoiles (très subjective dans la représentation de la friction), ou étincelles. Or, le déplacement dû à l'extériorisation d'une partie intime d'un esprit ascendant ne pénètre pas le déplacement dû à celle de l'esprit descendant. Par contre, les deux mouvements se recherchent, se touchent et ainsi dégagent un troisième mouvement, un rai de Lumière. Cela se passe dans l'espace sidéral et, comme toute nouvelle création, celle-ci cherche un terrain fertile d'ancrage. Elle glisse sur la voie dégagée alors par les deux frères. Ce rayon de lumière emmagasine les données propres aux deux mouvements, les marie et capte des minirayons émis par les comètes, les planètes voisines ou encore des énergies demeurées inemployées dans le cosmos ; le mouvement nouveau-né amènera sur son passage des dérangements dans les schémas duels. Ce sillage neuf, non pollué ou troublé par les va-et-vient des étincelles de Vie dans leur demeure parentale, dégage une force sur laquelle s'appuient les plans du Grand Constructeur.

Certes, le chemin duel a forgé les esprits et leur a permis de s'identifier et de se proclamer Fils de Dieu, mais c'est seulement avec la venue de ce terrain vierge qu'ils

Frère solaire, frère atomique

pourront enfin Être et se faire reconnaître. Leur apprentissage dans le monde duel initie leur maîtrise dans le monde de la Lumière non différenciée. Avec l'émergence de l'unité et du mariage de l'Ombre et de la Lumière, nos deux frères peuvent enfin se côtoyer avec plus d'équilibre. En effet, dans la Lumière de Vie se meuvent indifféremment, ou également, les mouvements ascendant et descendant. En tant que créateur, le frère solaire engendre les nouveaux moules ; quant au frère atomique, il prend en charge la réalisation de la maîtrise et les lois relatives à ces moules. Enfin, les deux fils aînés ne forment plus qu'un. Dès lors, leur carrière initialement séparée devient commune et consciente des besoins associés à chacun. Bien que les deux frères demeurent encore sous la juridiction de leur mouvement de naissance, ils apprennent progressivement à quitter la tutelle de leurs lois respectives afin de glisser peu à peu dans la loi de déplacement des énergies de la Lumière de Vie et de remonter ainsi ensemble au cœur de la création de toute forme de vie : l'Île Centrale.

Dans ce lieu à la fois mythique et d'une grande réalité, l'Initiateur de Vie, le Grand Architecte a conçu deux résonances de sa propre loi : au départ, la résonance atomique et d'éloignement permettant l'expulsion de ses fils hors du périmètre direct de son influence primordiale, puis la jonction des fils ascendant et descendant. La deuxième résonance se met à osciller et attire ses Enfants divins dans sa demeure, sans différence entre les deux fils. Le frère atomique qui, jusque-là, épaulait le frère solaire et voyait ses progressions ralenties par l'aide apportée, entreprend son retour en parfaite synchronicité avec les progrès de son frère.

Nous allons ici observer deux chemins de retour pour le frère atomique. Le premier, parallèle au chemin d'un frère solaire, ne passe aucunement par une jonction sur un monde couronné. Ce faisant, ce parcours sera semé de tests d'évaluation. La fusion aura alors lieu à la sortie des sections universelles. Le deuxième, plus rapide, surtout pour l'esprit descendant, entraîne la création d'un centre fusionnel et d'une porte multidimensionnelle sur le lieu recueillant l'alliance des deux mouvements.

Le retour des fils sortis de la grande aventure cosmique déploie une panoplie de réalisations. Pour le fils descendant, l'arrivée (après son voyage) sur l'Île Centrale représente l'accès à des postes de Fils Administrateur ou Fils Créateur. Dans les deux cas, il reçoit la direction d'un secteur universel dans les mondes ancrés au sein de la Lumière de Vie. Pour le fils ascendant, l'arrivée au cœur atomique le prépare à une carrière de fils descendant. Pourtant, au plus bas de cette descente, il sera dispensé de la remontée. À ce terme du voyage, le fils solaire recevra la juridiction d'un Soleil dans un des trois premiers secteurs universels (système solaire, univers local, Univers), d'une planète, ou d'un poste administratif d'une juridiction universelle. Voici encore une fois les deux frères séparés, mais pas pour longtemps. Effectivement, l'esprit issu du mouvement ascendant, ayant fait ses preuves dans cette fonction administrative, sera rapidement invité à rejoindre son frère installé au cœur de la Lumière de Vie. Exception faite des esprits ascendants fusionnant avec les esprits descendants dans l'aura d'une planète couronnée. La jonction de leur fraternité les entraînant immédiatement sous la force de la Lumière de Vie, les frères solaires étudieront le parcours descendant au contact de leurs frères, par un échange énergétique. Pourtant, ils seront malgré tout tenus de faire leurs preuves. Ainsi, sans prendre le chemin qui, théoriquement, devrait les aider à achever leur propre parcours puis à l'entreprendre dans le sens inverse, ils seront propulsés au cœur des responsabilités par leur entrée dans l'énergie de la Lumière de Vie. Ces esprits ascendants se trouvant ainsi dans une position très recherchée, ils initieront alors la troisième voie de réalisation. Malgré la fusion entre les deux esprits, le mouvement ascendant aura

Frère solaire, frère atomique

force de loi sur toute nouvelle création, mais l'union des deux frères respectera la particularité associée, à l'origine, à chacun des deux mouvements.

Le frère ascendant porte en lui l'innovation, l'aventure et la création déterminante des formes de vie primordiales, et le frère descendant, la force de remplir tout moule présenté à lui. Il en assumera le développement, l'installation des lois et l'administration. Il n'est pas rare de voir un frère issu du mouvement ascendant s'associer éternellement à un frère du mouvement descendant. Ils formeront tous deux le couple créateur, un Père/Mère. Depuis la naissance de ce Cercle atomique, le Grand Constructeur a donné vie à un nombre défini de fils ascendants et descendants en vue de pourvoir les autres cercles de Vie d'un nombre suffisant de Pères/Mères, d'administrateurs et de représentants de la loi primordiale d'Amour. Chose certaine, les Cercles atomiques à venir offriront une autre richesse d'expression mais ne seront en aucun cas le terrain d'évolution des fils solaires et atomiques.

Ici, dans votre cercle de référence, vous profitez du terrain duel afin d'extérioriser votre Identité divine.

Le deuxième cercle, lui, propulsera tous les Fils divins dans la réalité de leur identité couronnée. Ils seront la référence pour un autre groupe d'enfants divins nés dans l'unité de la Lumière de Vie. Nous recevons déjà les informations sur les structures à mettre en place afin de leur proposer un lieu où eux aussi émettront leur lumière spécifique. Le jeu construit sur la base évolutive des fils ascendants et descendants n'a d'autre but élevé que de fournir la matrice aux enfants conçus pour les cercles à venir. Voici la raison majeure du nom attribué à l'énergie issue de l'union des fils aînés fusionnés. Pourtant, au sein des deux mouvements, tous les esprits ne fusionnent pas. Ceci de manière à garder dans le premier cercle un grand nombre d'entre eux qui porteront la responsabilité de garder vivant l'archétype de leur naissance, les résultats obtenus, ainsi que la mémoire de la naissance de la Lumière de Vie. Ils représenteront les Sages au service de toute vie à éclore sur les cercles de vie en germination. Votre premier cercle de Vie est la mémoire vive du grand sidéral en pleine expansion. Ajoutons à ce cours succinct sur les esprits ascendants et descendants que les parties d'eux-mêmes en apprentissage sur les planètes denses seront toutes appelées à devenir des esprits libérés de leur Père/Mère originel afin de devenir des esprits directeurs sur le deuxième Cercle atomique de Vie.

Quant à l'âme, création de l'homme, elle aussi deviendra « Esprit libéré » et connaîtra une destination exemplaire dans le futur. Sa place définitive n'étant pas connue, nous ne pouvons fournir davantage d'informations sur sa destinée dans l'immédiat. Mais comme cette création nouvelle apporte déjà un riche terrain d'expériences et d'expansion, gageons qu'elle possède un grand destin.

ESPRIT DIRECTEUR

‖

┌　　　　　┐

Esprit ascendant　　　**Esprit descendant**
ou frère solaire　　　　　*ou* frère atomique

└　　　　　┘

rencontre des deux mouvements

‖

soit la **fusion** des deux frères
sur une planète candidate à son couronnement.
Création du **couple créateur**
nouveau Père/Mère pour les cercles de Vie en devenir.

soit la **jonction** des deux frères,
remontant ensemble jusqu'aux portes de l'Île Centrale.
Séparation en vue d'une union ultérieure.

TROIS

L'ÉTINCELLE DE VIE
OU LE PETIT ÊTRE INTÉRIEUR

Le jour où l'esprit directeur donne pouvoir à une partie de lui-même, il sait que celle-ci est appelée à devenir, dans un temps plus ou moins proche, un esprit autonome et détaché de lui. L'esprit directeur devient donc, à l'instant de la séparation, un Père/Mère devant apporter toute son attention à son « enfant ». Ce choix l'amène à prendre conscience de son corps, à se reconnaître et à se ressentir au travers de cette expulsion. Il aura effectué un grand travail avant l'instant de cette expansion de lui-même. L'affinage du choix est une maturation exemplaire. En premier lieu se posent les questions primordiales suivantes :

- Combien de parties de moi-même vais-je envoyer sur le terrain de la densification de la pensée de l'Esprit ?
- Quelle partie de moi-même vais-je extérioriser ?
- Quelle qualité d'esprit vais-je me demander d'expérimenter ?
- Quel est le but élevé retenu pour ma progression personnelle et cette partie de moi ?
- Dans ma propre trajectoire, est-ce que je choisis de lui attribuer tout mon potentiel acquis ou lui demanderai-je d'innover et d'explorer des demeures que je n'ai pas encore visitées ?

L'esprit directeur répondra à ces interrogations et, s'il est pointilleux (cela arrive), à d'autres encore. La carrière de l'étincelle de Vie sera donc prédéterminée avant même sa « conception ». Parfois, certains esprits directeurs sont pressentis pour développer des germes spécifiques en vue d'ensemencer des territoires denses dans le futur des Univers présents et à venir. Ceux-là sont instruits de façon à avoir un regard complet sur les événements futurs. Ainsi, un groupe d'esprits directeurs se distinguent de leurs frères de référence.

En effet, il faut savoir que les esprits directeurs (ascendants ou descendants) sont conçus par groupes. Leur carrière respective sera néanmoins dépendante de tous. De la sorte, le Grand Constructeur peut attribuer une qualité déterminante à chaque groupe conçu. Quand une période spéciale se profile, la qualification est modifiée afin de répondre au besoin qui émergera parfois plusieurs millions d'années plus tard. Lorsque l'esprit directeur a modelé le concept à développer, il rend visite à son directeur de conscience et expose sa volonté. Après examen et rectifications éventuelles, le ou les projets sont déposés.

Le directeur de conscience rejoindra alors un groupe dénommé les pourvoyeurs de Vie ou les grands Sages de la corde d'or, comme il existe par ailleurs un autre groupe chargé de la corde d'argent reliant l'âme au fœtus. La corde d'or est nettement moins dense que sa petite sœur d'argent. De plus, elle entretiendra la parfaite représentation de l'esprit directeur dans le corps humain. Cette étincelle de Vie se loge dans votre cœur, à même une cellule sans air. La vie de cette étincelle est aussi connue sous l'appellation *le petit Être*. Dès la conception du fœtus, celui-ci étudie le visage en devenir du corps et se l'applique en créant une osmose dès les premiers instants de leur vie commune. Avant la venue du corps intermédiaire appelé âme, l'étincelle de Vie recevait le concept de la physionomie à revêtir. Depuis la création de l'âme par l'homme, celle-ci devant réaliser un destin lui étant propre, la priorité dans la détermination du corps et du visage humains est devenue la responsabilité de l'âme. L'esprit directeur étudie ainsi des notions ou des critères de beauté qui lui étaient jusque-là étrangers.

Progressivement, un partenariat solide et efficace est installé entre l'esprit directeur, le petit Être et l'âme. Il est bon d'ajouter ici que bien des troubles sont apparus dans le fonctionnement directeur entre l'esprit et le petit Être depuis l'apparition de l'âme. Avant cette création, il n'y avait aucune interférence entre le Père/Mère et l'enfant (esprit directeur et petit Être). Rien ne venait perturber le lien nourricier. Avec la venue de ce corps interférent dit âme, le duo primordial dut composer en octroyant une place à la dernière-née. Cette naissance résulte d'un dysfonctionnement entre le corps physique et le petit Être qui apparut quand des forces noires cherchèrent à prendre pouvoir dans ce système solaire. Elles jetèrent le trouble dans l'esprit visiteur (le petit Être) et semèrent des sentiments tels que la culpabilité, l'incertitude et le doute en recourant à des joutes verbales.

Ces mots vinrent se greffer sur la corde d'or, créant aussitôt un écran et un nuage entre l'esprit directeur et le petit Être. Le cerveau, organe récepteur et émetteur, fut lui aussi perturbé. Depuis, il ne remplit plus pleinement sa fonction. Les parasitages déposés lors de ces événements sont d'ailleurs toujours actifs aujourd'hui. Au fil de l'évolution en cours depuis l'intervention des forces noires, le mauvais fonctionnement entre l'esprit directeur et le petit Être a obligé l'homme en incarnation à trouver une solution pour se ressourcer de temps en temps. Il s'imagina alors s'élevant dans l'éther et regagnant de cette façon sa demeure, selon sa volonté, en vue de recevoir plus directement des informations de son « créateur », soit son esprit directeur.

Depuis cette période trouble, votre conscience a perdu sa clarté d'esprit. Les mots employés ne correspondent plus à l'idée germe et une nouvelle confusion s'est installée. De vos jours, vous vivez hors des concepts primordiaux. Vos liens d'or sont oubliés ; par conséquent, ils ne vous fournissent plus la nourriture épanouissant vos corps subtils et physiques, et ne fortifient plus votre pensée. Ajoutez à cela les réservoirs d'énergie de chaque mot visité, et cette substance est tenue fort éloignée de sa teneur initiale. En plus de ces handicaps s'ajoute le devoir de maîtriser la création humaine appelée « âme », puis de la diriger vers son unité d'esprit, non plus à deux mais à trois. L'ambiguïté de cette situation aurait pu devenir catastrophique sans l'intervention d'esprits téméraires fissurant ces « coques » d'éloignement posées autour de votre réalité d'expansion : l'œuf aurique.

Touchés à même votre lumière, vous étiez contraints de rester à l'intérieur d'un moulage posé à la périphérie de votre œuf aurique, vous obligeant ainsi à demeurer dans une confusion savamment organisée et maintenue. Afin que perdure cette « camisole », les entités appartenant aux forces noires se glissèrent parallèlement dans les écoles de mystères, dévoyant les candidats au couronnement et créant des religions.

De grands instructeurs ont donc dû s'infiltrer au cœur de celles-ci pour instaurer un mouvement d'expansion. (Chaque grand mouvement fut rattrapé par d'autres se greffant sur ces initiatives.) Le grand Maître Jésus dut aller jusqu'à offrir sa vie aux yeux de tous pour réussir à implanter une graine solide dans le sol de tout être.

Mais peut-être serez-vous intéressés par la lecture de ce qui suit : le Maître Jésus n'est pas mort sur la croix ; il a continué son ministère jusque bien après cette épreuve. Je peux également préciser qu'à ce jour son ministère n'a connu aucune interruption. Jésus a vécu son ascension et poursuivi son enseignement en prenant la charge de Prince planétaire, poste qu'il s'apprête à quitter prochainement en vue de réintégrer sa fonction d'Instructeur des Univers.

Pour son retour, nous pouvons envisager une magnifi-

L'étincelle de Vie ou le petit Être intérieur

cence de son titre et cela est juste. Son sacrifice de temps est connu dans tous les Super-Univers et sert d'exemple. Depuis sa présence sur le sol de cette planète, l'histoire même de celle-ci fut modifiée.

Depuis l'arrivée de l'âme, le petit Être ou étincelle de Vie se voit dans l'obligation d'intégrer la réalité de l'expansion provoquée sur la pensée humaine. Au fil des temps, l'âme a établi des codes de mouvement formant une base évolutive de lois. Actuellement, celles-ci ne sont pas assez stables pour être considérées comme définies. Le petit Être (désolée, je n'ai pas d'autre nom à vous donner, à part celui d'étincelle de Vie que je lui ai délibérément attribué pour être plus conforme à certains standards de votre langue – les répétitions d'un même mot n'étant pas agréables à vos oreilles semble-t-il ! Difficile pour un instructeur de vous éclairer avec facilité ! De notre point de vue, la répétition nous sert à ancrer une notion dans sa globalité. En utilisant plusieurs mots pour désigner la même notion, nous diluons alors l'impact de l'information à transmettre.) Mais reprenons. Par ces lois, le petit Être se voit doté d'une charge nouvelle, car qui dit loi suppose toute une chimie due aux réactions relatives à celle-ci. Il doit étudier en permanence l'état présent dans lequel l'âme se situe et vérifier les interférences sur la chimie intérieure du corps physique et des corps subtils. Non seulement, il vérifie l'évolution des humeurs de tous mais il intègre et équilibre toutes les notions en cours d'apprentissage de l'âme. Au fil du temps, le petit Être devient coordinateur de la volonté de son Père/Mère originel et de la volonté de l'âme. Comme celle-ci a la possibilité de s'élever dans l'éther, il a lui-même induit une chimie de manière à influer sur la vie indépendante de l'âme. L'esprit directeur donna une trajectoire servant de base d'étude à l'étincelle de Vie qui, depuis, s'acquitte consciencieusement du désir parental. Or, la présence de l'âme fut à l'origine de troubles, même si l'homme la créa afin de l'aider à éliminer certains parasitages entre l'esprit directeur et le petit Être. Ce dernier décida d'intervenir moins dans la gestion des corps (dense et subtils) et de remettre davantage d'autorité à l'âme en ce qui touche la mouvance de l'ensemble communautaire. Ainsi, très vite, il se replia dans cette cellule qui l'abrite et le protège, permettant à l'âme d'atteindre rapidement la maîtrise de sa propre réalité.

Auparavant, l'étincelle de Vie dirigeait le quotidien de l'humain. Depuis la création de l'âme, elle remet la direction des corps à celle-ci en supervisant tout de même le devenir de l'homme en incarnation. Le petit Être observe et attend, son rôle se limitant à cela dans l'immédiat. Il émet régulièrement des signaux qui se propagent dans tous les corps afin de se renseigner sur l'harmonie en cours. Ce faisant, il transmet des pulsions à l'âme en espérant qu'elle les interprétera correctement et s'en servira pour s'aligner sur une chimie assurant une transmission fluide entre l'esprit direct, lui-même et l'âme. Quand ceci devient une réalité, l'esprit directeur peut enfin donner des instructions ayant trait au retour de l'étincelle de Vie dans sa demeure primordiale.

Une période d'harmonisation survient, où les trois parties concernées entament une reconnaissance des besoins relatifs à chacun, puis l'esprit directeur envoie une lumière au moyen de la corde d'or. Elle sera soit or, soit blanche selon que l'esprit appartient au mouvement ascendant ou descendant. Avec l'ascension commencera aussitôt la réception de cette lumière aussi dénommée Merkaba. Dans cette période unique de votre planète et de son histoire, un grand nombre d'esprits directeurs se sont préparés à ces retours. Par conséquent, les véhicules de lumière ou Merkabas sont déjà en place afin de recevoir l'étincelle de Vie et l'âme. Au cours de la vie amorçant sa carrière, l'âme aura cherché à Être et à reconnaître les lois de l'esprit. Afin de trouver une légitimité de vie, elle n'a pas d'autre choix que de se fondre dans les lois déjà en place.

Examinons maintenant ce qui se passe quand l'ascension a eu lieu. L'esprit directeur réintègre alors l'étincelle de Vie et l'âme en lui. Ceci pour une courte durée, soit environ deux mois de votre temps. Non, il n'y a pas perte d'identité des deux parties ; une simple réharmonisation de l'esprit directeur qui intègre les expériences vécues et les informations recueillies a lieu. Se prépare ensuite une cérémonie où l'âme recevra autorité de vie (le droit de vivre sans tutelle), où l'étincelle de Vie sera à son tour reconnue comme esprit directeur. Au cours de cet événement, le Père/Mère (esprit directeur initial) se voit conférer une charge plus importante. Généralement, il partira dans une autre juridiction afin de ne pas interférer avec l'autorité fraîchement acquise par son étincelle de Vie. Cette dernière restera sous la protection de la section administrative de son ancien Père/Mère et recevra une éducation ayant trait aux lois inhérentes à sa nouvelle condition, puisqu'à son tour le petit Être deviendra un Père/Mère en puissance. Il n'accédera pas aussitôt à cet attribut. Un temps de repos et d'étude s'ouvrira d'abord devant lui. Dans un premier temps, toutes les étincelles de Vie devenues autonomes demeurent en attente, regroupées dans leur juridiction d'appartenance. Toutes possèdent la connaissance de leur prochaine affectation : le deuxième Cercle atomique de Vie. Leurs études portent essentiellement sur les lois primordiales de l'Être, les lois atomiques, les lois solaires et comportent déjà des instructions sur le futur Cercle atomique qui se dessine. Ses lois ne sont pas encore définies, mais les influences s'entrechoquent et les plus fortes dominances s'installent dans cette matrice en évolution.

Devenir Père/Mère exige une connaissance approfondie des inter-réactions de tous les mouvements. Or, jusqu'à présent, les étincelles de Vie n'avaient que leur propre réalité à maîtriser. Depuis la création de l'âme, une autre s'impose ; le seul inconvénient demeure la relative jeunesse de celle-ci et ses fluctuations. Nos futurs Pères/Mères sont devant une ignorance : celle de ne pas connaître les décisions des âmes quant à leur orientation. Quelle sera en effet la place occupée par elles ? Quelles lois découleront de leur présence et, enfin, quels desseins leur sont réservés ? Présentement, ces questions n'ont pas de réponses ; il y a juste des suppositions, des probabilités.

Nos nouveaux esprits directeurs – puisque l'étincelle de Vie occupe désormais cette fonction – se trouvent devant l'obligation d'inviter les âmes à se positionner encore une fois. Dans l'attente de créer et de vivre pleinement leur nouvel état, ces âmes seront encore une fois suivies de très près par le jeune esprit directeur. Dans la genèse du premier Cercle atomique, l'âme représente la dernière création de l'esprit en incarnation et, surtout, de la force du corps densifié (ce que vous nommez corps physique).

Quant à nous, nous préférons parler de la réalité suivante : celle du corps densifié de l'esprit par la pensée.

L'âme n'a pas terminé son choix de service. Elle évolue actuellement dans les écoles de pensée de tous les secteurs juridictionnels (système solaire, univers local, Univers, etc.). Afin de l'aider à prendre position, les nouveaux Pères/Mères lui rendent visite, discutent avec elle et partagent leur savoir. Avant d'officier pleinement comme Pères/Mères, ils deviennent des instructeurs et des accompagnateurs de la petite dernière. Ni l'un ni l'autre n'établissent de contact avec le Père/Mère initial. Celui-ci évolue en effet, commençant déjà une autre expérience similaire ; cette fois-ci, avec une ou deux étincelles de Vie supplémentaires.

Les étincelles de Vie issues du même Père/Mère ne sortent pas du même endroit de son corps. Chacune provient d'un organe majeur ; par conséquent, son devenir sera obligatoirement différent des autres. Cela explique aussi pourquoi les étincelles de Vie n'étudieront pas des données identiques en incarnation. Si plusieurs étincelles de Vie du même Père/Mère se rencontrent, un effet d'osmose totale se crée ; vous le connaissez sous le nom d'âmes sœurs. De telles rencontres se font rarement, ceci afin de garantir à l'esprit directeur une étude consciencieuse en incarnation. Mais lorsque cela survient, c'est toujours sous l'impulsion du Père/Mère et, généralement, afin de régénérer le centre ou chakra cardio des âmes intéressées. Ces rencontres se produisent plus fréquemment en fin de cycle et dans les vies expérimentales, juste avant l'amorce d'une ascension. Avant cela, les effets d'un tel rapprochement pourraient détourner les protagonistes de la volonté primordiale émise par leur Père/Mère. Je sais combien vous êtes nombreux à vouloir comprendre le phénomène des âmes sœurs. J'ai dû concevoir cet enseignement en vue de clarifier votre pensée sur les notions de l'âme et de l'esprit.

L'âme sœur désigne deux étincelles de Vie issues du même esprit directeur, mais à ceci nous devons aussi vous dire que ce terme englobe non pas deux étincelles de Vie mais bien toutes celles qui sont issues du même programme d'études. Afin de vous éclairer encore un peu sur cette notion, regardons en quoi cela consiste.

Revenons à un esprit directeur s'apprêtant à explorer des parties de sa pensée. D'abord, il séparera les groupes de pensées, puis il déterminera à quel organe de son corps ces groupes appartiennent : organe du sentiment, de la vue, du ressenti, etc. Dès cet instant, il se décidera à extérioriser un ou plusieurs éclats de lui-même (étincelles de Vie) des organes correspondant aux groupes de pensées, puis préparera la séquence d'actions reliées à chacune d'elles. Imaginons donc qu'un esprit directeur conçoit d'expulser de ses sentiments trois parties. Dans ce cas, ces trois éclats deviendront des étincelles de Vie et donc des âmes sœurs. Avant la confusion de votre humanité, nous les dénom-

L'Être solaire

mions esprits jumeaux. Depuis le flou entretenu vis-à-vis de votre esprit incarné, vous avez amalgamé la vie des esprits jumeaux avec la venue de l'âme, oubliant en cela la présence de l'étincelle de Vie à l'intérieur d'un corps physique. Très peu d'entre vous pensent à leur esprit directeur. Le *Soi* représentant une confusion extrême, je souhaite ici vous aider à établir une compréhension claire des vies de l'esprit directeur, de l'étincelle de Vie et de l'âme.

L'ascension se présente à une majorité d'entre vous sans pour autant être acceptée et vécue en conscience par tous. Aussi, pour entreprendre cette élévation de conscience, vous devez replacer l'usage de la lumière correspondant à ces trois mouvements de Vie. On peut user de cette expression envers les trois centres alimentant la machine humaine. Oui, vos corps physique et subtils sont une excellente machine au service de l'esprit, mais n'accordez aucune connotation péjorative au mot *machine*. Les rouages multiples et complexes du corps communautaire (constitué du corps physique et des corps subtils) rappellent l'assemblage d'une machine. Encore une fois, je répète le mot ! Je pense qu'avec le temps vous vous habituerez à cela, enfin je l'espère !

Quand les corps s'alignent et répondent séparément à la volonté du petit Être et de l'esprit directeur, l'étincelle de Vie envoie un message à l'âme l'enjoignant de les rejoindre. Si la réponse de celle-ci est positive et s'accompagne de réactions se rapportant à la décision, l'esprit directeur active une métamorphose des glandes endocrines, puis les particules ioniques réagissent à cette chimie. Le terrain physiologique s'active ainsi en vue de répondre parfaitement à la structure lumineuse de l'étincelle de Vie. Quand le corps commun se met à sécréter pendant trois mois de votre temps l'humeur analogue à son Hôte, la petite cellule sans air s'ouvre. De ce fait, le petit Être se développe en multipliant ses cellules de la même manière qu'un embryon humain et épouse la présence du corps commun. Une fois ceci réalisé, il prend possession de ses organes et devient leur maître. Ceux-ci ne se contenteront plus de réagir selon le plan initial et émettront désormais la lumière de l'esprit en supplément. Ce faisant, lorsque le processus de cette naissance, connue sous le nom de deuxième naissance, sera terminé, la personnalité entamera une période de stabilisation. Puis, l'esprit nouveau-né rejoindra son Père/Mère afin de raviver le corps de celui-ci qui, en présence de son enfant magnifié, s'autorégénérera et, enfin, la séparation définitive aura lieu en présence de tous les participants à cet événement. L'esprit directeur régénéré profitera pleinement de l'expérience de cette étincelle de Vie ascensionnée.

Comme ce maître ascensionné ne peut s'investir dans son rôle de Père/Mère immédiatement après, il entreprend une carrière d'aide aux candidats à l'ascension entre deux périodes d'études. En général, pour ne pas ajouter à la confusion déjà établie ici ou sur d'autres planètes en cours d'évolution, il a retenu le nom de *Maître ascensionné* afin de se faire reconnaître. Non pas dans un but égotiste mais bien éducatif.

En principe, ce groupe interviendra dans la dimension où il aura effectué son ascension.

Si de telles entités communiquent avec l'un d'entre vous, prenez conscience du chemin qu'elles ont parcouru et écoutez-les attentivement. Leurs conseils sont empreints de sagesse et elles connaissent tous les pièges à déjouer en vue d'indiquer le chemin qu'elles ont suivi.

Je vous ai tous avertis que vous seriez présentés devant le gardien de votre cœur et que vous ne pourriez pas l'abuser. Comprenez-vous l'importance de l'épreuve à venir ?

Vous allez vous tenir devant vous-mêmes divinisés. Les rouertes ou fourberies, art très appliqué dans le quotidien d'un être incarné, seront à cet instant-là autant de pièces à conviction de votre immaturité face à la fusion atomique. Ici, je ne parle pas de fission. La fusion est un autre état d'être de l'identité atomique. Demain, votre identité solaire ou atomique exigera une maîtrise parfaite des inductions d'humeurs et de chimies à tous les stades de la densification de la pensée.

Encore une fois, toute création est le résultat du développement et de la maturation d'une pensée.

Votre réalité physique répond uniquement à cette loi. Or, à l'instant présent, vous accordez trop de crédit à des pensées secondaires et peu à l'idée primaire, ou primordiale. La présence d'une parcelle du corps de l'esprit directeur dans un corps physique résulte d'une pensée dirigée, maîtrisée et contenue. L'étincelle de Vie prit naissance dans la réalité de la pensée de l'esprit. L'âme prit naissance dans la réalité de la pensée émise par un être incarné, troublé par un mauvais fonctionnement de la liaison entre l'étincelle de Vie et le Père/Mère ou esprit directeur. Si la vie du petit Être est de naissance divine, l'âme, quant à elle, doit accomplir sa divinisation par volonté.

Au cours du développement de ces trois premiers chapitres, je me suis efforcée encore une fois de dissocier les inter-relations entre ces trois présences afin de vous aider à voir un peu plus clair dans cette trinité devenue pour un temps indissociable. Les transmissions d'informations, y compris les miennes, répondent au but élevé de déparasiter la corde d'or, lien primordial avec votre réalité divine. Tous les éclaircissements qui viennent vers vous tenteront de faciliter le classement par thèmes de vos idées et de vos pensées. Si nous réussissons, vous aurez à ce moment-là accompli la première étape nécessaire à votre qualification en tant que Créateurs.

L'incarnation propose plusieurs voies de réalisation à toute étincelle de Vie. L'âme travaille actuellement uniquement à sa reconnaissance d'enfant né d'un être divin.

Toute nouvelle création doit être reconnue comme utilité essentielle à l'expansion de la vie d'une pensée. Si tel est le cas, les étincelles de Vie parents de cette pensée deviendront des Créateurs confirmés, autre groupe important dans le partage des responsabilités. Ceux-ci devront alors se pencher sur l'implication de la vie de l'âme à l'intérieur du plan du Grand Constructeur et retenir une séquence d'action permettant à cette dernière de développer à son tour d'autres réalités.

Plus tard, je me pencherai sur la réalisation d'un tableau mettant en évidence les intervenants au sein du grand plan, mais pour le moment, assurons-nous que vos idées redeviennent plus claires et plus précises. Voyez-vous, à cette heure, je me contente de la périphérie des informations. Afin que vos pensées recommencent à se structurer harmonieusement, laissez-moi vous rappeler que vous pouvez aborder une réalité de trois façons :
- *autour* de l'idée ; rien de précis ne peut être diffusé, ceci est le cas des informations descendues jusqu'à votre sphère ces dernières années.
- *sur* l'idée, soit en périphérie ; là, l'information se structure et permet à la pensée de se poser et de se clarifier.
- *dans* l'idée, soit en dedans ; ici, le cœur de l'information révèle les lois régissant ses mouvements et ne laisse aucune place à une confusion possible. C'est le ***Je Suis*** de l'information.

Aujourd'hui, nous avons le droit d'aborder la périphérie de la pensée.

Rappelons également que l'idée primaire fut descendue avec les premiers germes de la pensée sur une planète qui avait alors accepté de recevoir la Vie. L'évolution des humanités successives permet le développement de l'idée primaire. Des groupes d'êtres reçoivent la garde de la réalité et des Lois Divines jusqu'au jour où une humanité peut reprendre la direction de la vie de la planète. Généralement, cela se présente en fin de cycle important ou au passage d'une dimension. Les gardiens de la Loi et de la Mémoire étant alors, pour un temps, dispensés d'intervenir, certains retournent dans leur section d'appartenance, puis, de nouveau, cette planète entre dans une période d'introspection en vue du prochain passage ; les gardiens reprennent alors du service et l'humanité perd son autorité. Tout évolue selon un cycle. Ainsi, les candidats à la quatrième dimension risquent de se retrouver au passage de la cinquième. Avez-vous songé que vous, humains, représentiez dans la deuxième dimension de la conscience les candidats pour la troisième ? Avez-vous songé que vous avez peut-être décidé d'un commun accord de simplement changer les rôles ? D'être des pacificateurs un jour et des conquérants, un autre jour ?

Présentement, vous êtes une partie d'un Père/Mère vivant un passage de la troisième dimension à la quatrième. Dans un futur encore lointain, vous serez peut-être un Père/Mère à votre tour, mais vous vivrez autrement la progression des passages entre les dimensions si vous profitez, comme aujourd'hui, d'une planète candidate à son couronnement. Toutefois, tout être ascensionné pendant cette divinisation ne poursuivra pas nécessairement la succession des passages de dimensions. Vous aborderez cela d'une autre manière. En effet, vous devrez superviser la diffusion des informations relatives à chaque dimension. Ici, il faut savoir que tout est progression et que l'information n'échappe pas à cette loi. Les deux groupes (les nouveaux Pères/Mères et les étincelles de Vie en progression normale) vivront l'information soit de l'intérieur, soit de l'extérieur, mais ils devront toutefois acquérir un vécu de l'information. Peut-être est-il bon de préciser que l'information constitue une densification de l'idée primaire. Aussi, l'entrée dans une dimension ne représente rien d'autre qu'une pénétration plus intense de l'idée primaire

L'étincelle de Vie ou le petit Être intérieur

avec sa profondeur d'information, toujours la même.

Le cœur de la création est la pensée, la vie de la création se propage par la Loi d'Amour ; en dehors de ces deux bases primordiales, vous ne trouvez que des pensées découlant de ce premier niveau.

La naissance d'un esprit appartient au groupe de la pensée secondaire. Quant à la pensée de troisième niveau, elle renferme toutes les créations denses de la personnalité humaine ; l'âme appartient donc à cette catégorie.

La pensée développée s'exprime étrangement dans une réalité trine. Actuellement, avec une reconnaissance et la consécration de la vie de l'âme, les créations à venir découlant de celle-ci entreront dans la quatrième impulsion de la pensée, soit la quatrième descente de la pensée.

Et si l'âme, la création de l'homme, était la clé d'ouverture de ce groupe humain afin de passer à un niveau de conscience plus éthéré ? Qu'en pensez-vous ? Je sais que vous avez beaucoup de questions à me poser, mais vous, que pouvez-vous apporter comme réponses à toutes mes questions ? Peut-être aurai-je assez d'humour pour vous les poser réellement un jour, mais me répondrez-vous alors ? De toute façon, ma curiosité attendra.

L'étincelle de Vie trouve maintenant une auxiliaire dans l'âme. Avant sa création, le petit Être devait gérer les humeurs, la biochimie et décider des instants propices aux expériences humaines. Présentement, sa charge s'est muée en celle de proviseur et de régulateur des interventions de cette petite dernière-née. Il expérimente déjà ainsi l'état de Père/Mère avant même la reconnaissance de cet état.

Nous avons étudié les probabilités concernant ce groupe d'étincelles de Vie peu nombreuses dans cette situation. Nous sommes très attentifs, car nous découvrons de grandes possibilités. Ce petit noyau pourrait nous réserver des surprises en nous ouvrant des champs d'expérience inattendus. Il y a de fortes chances qu'une association se forme entre ce groupe et celui des âmes.

Soyons à l'écoute des originalités qui ne manquent pas dans cette trajectoire de la pensée. Nous supposons que si cette association se réalisait, la pensée prendrait ce support comme cinquième réalité. À vous, candidats qui vivrez sur le quatrième niveau d'expression de la pensée (dimension), j'annonce ceci : « Vous devrez maîtriser cette nouvelle bulle de vie se détachant des chemins empruntés par vos aînés. Vous devez dès aujourd'hui clarifier la présence des forces de l'esprit directeur, de l'étincelle de Vie ou petit Être, et de l'âme. »

Cette base acquise, vous vous élancerez dans un nouvel espace de la réalisation. Cette matrice vous appartient et, comme vous êtes les créateurs de l'âme, vous devrez l'assister dans toutes ses recherches. Aujourd'hui, elle attend d'être reconnue comme nouvelle réalité divine, mais demain, elle devra trouver ses propres voies d'état d'être et, par conséquent, de réalisation. Alors, le groupe d'étincelles de Vie créatrices de l'âme devra la suivre, lui insuffler des forces et la nourriture existentielle nécessaire à son couronnement. Uniquement là, il pourra y avoir séparation entre les deux groupes et chacun évoluera de son côté, libéré d'une tutelle contraignante pour les deux parties.

Nous fondons beaucoup d'espoir sur ces deux groupes, leurs destins seront forcément uniques dans le grand sidéral, et gageons qu'ils auront une place de choix dans les responsabilités relatives aux *autour/sur/dans* du deuxième Cercle atomique.

Vous qui me lisez êtes tous concernés par cela. Je ne cherche pas à vous flatter mais à élargir encore une fois votre cercle de conscience, vous ramenant ainsi un peu plus au centre de vos responsabilités.

QUATRE

VOYAGE SUR LE CONCEPT DE L'AMOUR

L'identité atomique et l'identité solaire sont toutes deux à l'origine de la dualité ; elles sont à la fois complémentaires et opposées, de manière à donner naissance à l'identité de Vie.

Je ne parle pas de l'identité de la Vie, ne confondez pas. L'identité de Vie englobe la dualité, y célébrant un mariage et prenant assise sur la force associée des deux identités primaires ; l'identité de la Vie, elle, peut être attribuée sans distinction à toute forme embryonnaire de la personnalité. Nous utilisons également le terme *Lumière de Vie* pour parler de cette identité, expression plus poétique et agréable à vos oreilles, qui cherchent le son illusoire de l'abstraction.

Comme mon enseignement vise justement à fissurer cette bulle de fausse identité, je choisis des mots forts et non enveloppés de l'amour égotiste dont vous êtes friands. Aimer ne représente pas ce besoin sans cesse renouvelé de caresser les êtres en incarnation dans le sens de leur paresse affective. Nous conjuguons ce verbe sur une fréquence plus vive et lumineuse. Afin d'aborder ces identités solaire et atomique, nous allons devoir identifier cet amour égotiste et névrotique encore actif sur votre planète. Pourquoi égotiste ? Le chakra concerné est affecté par une énergie déstabilisante s'autogénérant au détriment de votre véritable personnalité. Graduellement, des entités en mal de pouvoir vous ont persuadés que vous étiez des êtres faibles nécessitant, par conséquent, une tutelle vous transmettant des ordres de façon à vous aider à reprendre la « bonne direction ». Vous les avez crus ! Depuis, votre acceptation de cette énergie agissant à l'encontre de votre vraie personnalité a engendré un blocage dans le fonctionnement du chakra en question. Dès cet instant, aujourd'hui lointain, vous avez perdu la maîtrise de ce centre d'énergie et les inter-réactions découlant de cela perturbent l'ensemble de votre corps communautaire.

Imaginez une roue en mouvement à laquelle on installerait un verrou sur un des rayons. La lourdeur du verrou freinerait la rotation naturelle et, progressivement, cette roue perdrait sa force de mouvement et ralentirait au point qu'à chaque instant elle risquerait de s'arrêter. L'énergie retenue formerait alors un abcès grossissant en permanence qui devrait être récuré afin que cette roue puisse retrouver sa force initiale.

Votre Lumière primordiale s'est éteinte presque totalement, et vous êtes devenus un pâle reflet de votre réalité première. Comme vous ne receviez plus la nourriture de votre Lumière, ce chakra dut puiser dans les autres centres d'énergie afin de maintenir coûte que coûte cette rotation minime. Vos centres furent donc touchés, et vos organes physiques et subtils mal irrigués perdirent de leur sagacité. Les Lois Divines de Vie furent ainsi voilées. Les réactions secondaires ne manquèrent pas, vous obligeant dès lors à créer une réalité éloignée de l'Archétype solaire et atomique. Toutefois, avant de vous noyer dans l'éloignement, un sursaut de votre personnalité vous rappela l'existence de votre demeure. Pour y accéder de nouveau, quelques-uns imaginèrent un vaisseau pouvant retourner dans ce lieu de l'Être devenu mythique, et l'âme prit vie.

La pensée à l'origine de sa création n'était rien d'autre que le désir de retrouver le chemin de votre Lumière.

Entre-temps, les maladies de la personnalité grandissaient : l'affectivité, l'hyperémotivité, la peur inconnue jusque-là, les doutes, la mise en esclavage de l'identité et toutes les manifestations lourdes enregistrées à ce jour. En somme, le viol de la personnalité était né. Le VIOL fut, avant de prendre sa forme actuelle, une triste réalité dans l'identité de la personnalité. Mais comme il fallait vous éloigner de plus en plus d'un remède possible, les auteurs imaginèrent des mainmises toujours plus lourdes et vous entraînèrent alors dans une densité telle qu'aucun retour dans votre Lumière ne fut possible.

Comme vous aviez accepté d'être soumis à une identité autre que la vôtre, les protagonistes créèrent des divisions tendant à maintenir leur joug. Ainsi naquirent les groupes répondant aujourd'hui aux noms de religieux, de militaires, de politiques, de scientifiques et de financiers. Ces groupes et les sous-groupes en découlant sont tous sous la tutelle des premiers esclavagistes de la personnalité. Entre hier et aujourd'hui, la descente de l'esclavage est parvenue dans la réalité du dernier et plus important corps, le corps physique de toute forme de vie. Non seulement l'humanité est en cause, mais également les peuples minéral, végétal et animal. Et cela dépasse même le cadre de votre biosphère. La pollution est désormais le lot d'autres secteurs universels. Le voyage des étincelles de Vie transportant dans leur mémoire expérimentale cette contrefaçon de l'Être empoisonne les demeures les accueillant en raison de leur tentative d'expulsion de ce verrou de personnalité.

Je vous rassure tout de même, vous ne représentez pas l'unique source de trouble dans le grand sidéral. D'autres secteurs ont aussi dans leur passé vécu des expériences douloureuses. Ce à quoi nous assistons est une sophistication des attaques de la personnalité. Ces tentatives deviennent plus zélées et vous êtes précisément dans ce cas. Ceci nous oblige donc à concevoir des stratégies d'intervention chaque fois plus élaborées et je crois que vous serez amenés dans votre futur de Créateurs à vivre cela d'une façon encore plus complexe peut-être.

L'évolution de la pensée génère des troubles et il faut traverser ces passages avec philosophie !

Comme vous abordez la réalité abondante du chakra cardio et, en cela, l'Amour universel et ses Lois, vous voici confrontés à des atteintes affectives. Si vous regardez avec attention les malaises très physiques de votre humanité dans ce secteur de temps, vous pouvez très aisément y établir une corrélation avec vos maladies, vos dérèglements répondant tous à un germe de mauvaise compréhension de la Loi d'Amour. Votre hypernervosité et vos névroses sont dues à l'agitation de cette zone énergétique. Vos corps fatigués ne réussissent plus à avoir un pouvoir absorbant les miasmes psychiques et, à chaque attaque de vos assaillants (les opposants à l'installation de la Lumière de Vie), vous vous affaiblissez chaque fois davantage

Vous pensez que le support actuel de la vie physique représente la force de vos attaquants. Eh bien non ! Toutes les attaques sont d'ordre subtil. L'abaissement de vos résistances entraîne les remous de votre réalité dense. Comme vous avez créé des brèches dans la densité de votre vie, vos attaquants ont saisi l'opportunité offerte. Ainsi, si des relais de ces êtres ont pris racine dans vos modes de communication contemporains, ceci n'est qu'une résultante du relâchement de votre prudence. Des portes d'accès subtiles vous conduisent à votre identité : les chakras et les sous-chakras. En oubliant leur existence, leur rôle d'expansion ou de régulation, vous avez perdu votre pouvoir de contrôle.

Je ne parle même pas de maîtrise. Les faiblesses non endiguées des trois premiers chakras deviennent des handicaps très importants entravant la reconnaissance de la demeure de l'Amour et son identité. Chaque chakra est le siège d'une identité, de ses lois d'expression et de son pouvoir. Gravir l'échelle de Jacob signifie rétablir la fluidité de mouvement des pensées, les vôtres et celles du Créateur. Vos pensées doivent remonter jusqu'à votre

Père/Mère et vous devez recevoir les siennes avec aisance. Revenons aux chakras :
- le premier (chakra sacré) est le siège de la pensée densifiée, que vous comparez à la réalité terrestre alors qu'il s'agit avant tout de l'identité manifestée dans sa totalité ;
- le deuxième chakra est le siège de la personnalité, identité spécifique à développer ;
- le troisième, le siège de l'identité solaire ;
- le quatrième, le siège de l'Amour christique, divin Archétype primordial de base ;
- le cinquième, le siège du Verbe créateur, identité de l'expression manifestée du Grand Constructeur ;
- le sixième, le siège de la Vision du Grand Constructeur, de son identité de lui-même ;
- le septième (chakra coronal) correspond à l'identité atomique, soit à la force primordiale du Grand Constructeur.

Jusqu'ici, vous vous êtes efforcés – du moins ceux qui ont connaissance de la présence des chakras en eux – d'en regarder la première expression dans votre vie. Pourtant, à chaque chakra, vous avez une échelle de Jacob à gravir. Puis, quand vous avez enfin reconnu toutes les sous-échelles, vous recevez l'autorisation d'emprunter le grand escalier vous menant aux réalités supérieures. À l'intérieur de ces sept premiers chakras connus de votre humanité, il vous a été demandé d'étudier puis de maîtriser les premières bases évolutives de la Loi universelle. Ces sept chakras sont attachés à la réalité de votre système solaire. Comprenez enfin la nécessité de reprendre le contrôle de vos pensées et de redécouvrir les lois fondamentales inhérentes à ces sept chakras de base. Des sous-chakras se cachent dans votre corps ; ce sont des portes secondaires en apparence mais essentielles en réalité. Chacun représente une loi primordiale de la pensée du Grand Architecte. En

L'Être solaire

les actionnant, vous ouvrez en grand le flux énergétique restituant vos pouvoirs et votre identité de naissance. Ne cherchez pas à l'extérieur de votre corps ; toute votre personnalité est inscrite dans votre corps depuis le premier instant de votre sortie de la pensée du Grand Créateur. Chaque cellule, atome, ion contient votre histoire, votre potentiel à développer. Chaque fois que vous ajoutez une contrainte sur vos portes subtiles, vous posez un voile de plus en plus dense entre votre divinité et votre réalité densifiée, et cela amène des perturbations dans l'axe de rotation de ces roues d'énergie.

Les portes de votre personnalité sont des mouvements de lumière appelés roues de par leur mouvement rotatif.

Vous vous présentez devant la quatrième porte de l'échelle verticale de la pensée, siège de l'archétype de l'Amour divin. Vous en êtes les élèves, donc forcément très éloignés de la maîtrise de ce poste. Il y a des élèves doués, retardataires ou simplement plus lents dans l'acquisition des compréhensions liées aux leçons. Ces bagages alors encombrants qui vous empêchent d'être fluides, simples et légers deviennent de lourds handicaps face à cette porte. Voici pourquoi nous enjoignons à tous de profiter des années restantes avant le grand test d'évaluation de 2012 pour effectuer un grand travail de délestage en vue d'être plus légers et disponibles. Comme vous le savez, à la fin de l'année 2002, nous connaîtrons tous les noms des candidats à l'étude des Lois d'Amour.

Il est évident qu'à l'intérieur de ce groupe ainsi formé, certains seront plus favorisés par l'ampleur de leur préparation et l'opiniâtreté développée au cours des sections d'études passées relatives aux trois premiers chakras. Ce que vous connaissez comme difficultés dans l'expression de l'Amour et ses dérivés (sur le plan affectif entre autres) ne se compare pas à la nécessité de développer la base primordiale de l'Amour divin. Aujourd'hui, vous soupçonnez les dérèglements de cette porte dus aux mauvaises attitudes acquises dans le passé. Pourtant, cette porte représente un tournant considérable dans votre retour à la globalité de votre Identité divine. Pour cette raison, et malgré votre positionnement devant ce passage, nous vous demandons un travail supplémentaire : apposer des mots, des noms sur les mondes de la pensée (et nous enverrons des énergies afin de les nourrir). Les mondes subtils et denses ne sont qu'une étape appartenant à la descente de la pensée vers la densification.

Vous êtes candidats au passage de la quatrième dimension et vous imaginez beaucoup de possibilités.

Voulez-vous ramener votre regard vers le centre de votre corps, de votre cœur ? La quatrième dimension se situe là, mais la condition sine qua non et incontournable pour l'atteindre demeure la fluidité ou l'aisance de votre pensée à se mouvoir d'un centre d'énergie à l'autre. Ainsi notre aide consiste simplement à vous offrir des mots déstabilisant l'opacité de votre vue sur la Loi de Vie de vos chakras. Votre fluidité constituera une source d'aisance à vous mouvoir sur les Lois d'Amour et, en conséquence, à glisser ou non sur les créations mentales de cette réalité. Ajoutons à tout ceci que votre vision même de ce passage donnera naissance à une forme. Vous expérimenterez d'abord votre concept de la quatrième dimension jusqu'au jour où vous comprendrez que celle-ci est bien plus simple que la pensée. N'oubliez pas, vous êtes candidats, et avant de vous propulser dans cette dimension, vous devez expérimenter les germes émis dans ce but. Vos faiblesses non régulées vous entraîneront en premier lieu dans les zones localisées autour de la quatrième dimension. Votre venue à la périphérie dépendra de vous et du temps nécessaire pour déposer alors vos créations ; seulement après, vous pénétrerez sa réalité. Le *autour/sur/dedans* reste une loi d'approche immuable dans le grand sidéral. Il permet de se défaire progressivement des idées encombrantes et de s'aligner sur le fonctionnement des lieux concernés.

Les distorsions de l'acte d'Amour vous ont éloignés du regard juste. Aussi, le voile posé sur votre vue intérieure a-t-il contracté la spirale Sentiment ; par cela, vos pensées sont devenues chaotiques. Le regard-sentiment-pensée nécessite une prise de conscience importante quant à votre conditionnement actuel. En posant ce verrou sur votre personnalité, vous êtes progressivement descendus dans un cadre, un moule, où votre véritable personnalité ne peut en aucun cas s'exprimer. Regardez ce que vous êtes aujourd'hui : un très pâle reflet de votre origine. Votre esprit ne trouve plus l'accès à sa demeure dans sa forme actuelle.

Pensez-vous un seul instant qu'en entrant dans le silence au centre de votre cœur physique, vous pénétrez en fait votre royaume ? Je ne parle nullement de sentiment ici. Je réfère simplement à l'espace où vous résidez en tant qu'Êtres de Lumière. L'étincelle de Vie prend à chaque incarnation le visage que vous adoptez pendant cette séquence d'aventure. En cessant de vous agiter, de vous fondre dans le flot ininterrompu des pensées chaotiques et égotistes, vous prenez enfin la bonne clé, celle qui vous mène à vous dans la dimension divine. Voici pourquoi il ne faut pas toucher à cet organe, vital au-delà de la conception humaine. L'avenir de votre ascension en dépend. Imaginez que votre cœur soit changé ; l'étincelle de Vie y résidant ne correspondrait plus alors à votre devenir et, par conséquent, vous devriez obligatoirement passer par les portes de la mort afin de renaître et de récupérer votre étincelle de Vie. L'âme progresserait certes, mais la plus grande aventure ne pourrait avoir lieu. Actuellement, l'ascension est offerte à la multitude mais sur une séquence de temps déterminée ; après, ce sera de nouveau un processus individuel qui exigera donc un effort plus grand, car la synergie de groupe n'aura plus lieu.

Vous profitez présentement d'une synergie de groupe, formidable propulseur. Ne négligez pas cette donnée, elle ne se représentera pas de si tôt.

Après 2004, une énergie descendra afin de balayer les faux états d'être et de délivrer l'archétype de l'Amour primordial sur cette planète. Pour le moment, le verrou apposé sur le chakra de la personnalité bloque l'accès à la porte du concept de l'Amour divin. Tout ce que vous vivez ne représente qu'une tentative de retour chaque fois avortée. Alors, écoutez-moi, cet événement déterminera une série de cataclysmes, d'abord à l'intérieur de chacun ; seule une résistance dans le fait de glisser d'un état hypnotique à un état éveillé déterminera ou non une contrepartie physique. Vous seuls nous instruirez à ce propos. Après 2004, il ne vous sera plus possible de vous asseoir sur les vieux rails d'expression ; ceux-ci seront tous dévitalisés et rendus inopérants. Nous nous attendons à voir un groupe d'humains frustrés de ne plus pouvoir accéder à ces jeux égotistes. Alors, à partir de cette date et jusqu'à la fin de l'année 2012, votre planète sera le théâtre révélateur de tous les faussaires de l'archétype de l'AMOUR primordial. Accrochez-vous, car ces méandres nauséabonds livreront des scènes très désagréables.

Chaque élévation de l'esprit sur l'échelle de Jacob entraîne des remous de personnalité. Profitez de cet état pour lâcher les bagages encombrants. Je parle encore une fois ici de lâcher prise. Seule une entité bien ancrée dans sa volonté d'atteindre son but trouvera la force et le courage de traverser les rectitudes orchestrées précédant la paix. Avant de poser vos pas dans un cercle de réalisation neuf et vierge de tout germe d'idée, vous serez obligés d'examiner les retombées des manques d'affirmation de votre identité lumineuse. Chacun aura sa part et uniquement la sienne.

Nous, vos Frères et Sœurs de Lumière, ne pourrons que vous épauler en nous tenant à côté de vous en silence et en offrant à certains une nouvelle direction quant à leurs pensées. L'Amour, tel que nous le concevons, est exempt de mièvrerie. La meilleure preuve d'Amour à vous offrir consiste justement à vous laisser regarder, analyser et comprendre les conséquences afférentes à votre laisser-aller. En ne prenant pas position, d'autres le font à votre place, et là vous adoptez une attitude de victime. Votre manque de clarté par rapport à vos gestes, vos pensées et vos décisions a des retombées plus ou moins lointaines dans votre réalité. Aujourd'hui, votre approche du concept de l'Amour doit dégager toutes les voies d'accès à celui-ci en vue de vous revêtir de son manteau de Lumière.

L'Enfant divin en vous (l'étincelle de Vie) vit dans une lumière très particulière.

Aussi, afin de vous ré-unir à lui, vous vous glisserez progressivement dans différents types de vêtements lumineux dont le retour jouera un rôle sur votre biochimie. Tous les chemins et les circuits empruntés habituellement par vos humeurs vont bifurquer et rouvrir des voies jadis parcourues. La restitution de votre mémoire antérieure passera par cela. Avec la prise de conscience des centres énergétiques ou chakras en tant que portes des étoiles – car il s'agit véritablement de cela –, la première étape dans la fluidité des mondes consistera à vous revêtir de vos habits de Lumière. Alors, écoutez-moi. Ces habits de Lumière vous seront restitués quand vous réinvestirez ces sas d'énergie. Chaque chakra porte l'identité primordiale de votre naissance divine, un vêtement identifiant votre force et votre volonté tout au long du parcours de reconnaissance des attributs propres à l'énergie de ces centres. Ces habits sont reconnaissables grâce à leur couleur et à leur forme respectives. Le manteau final descendra quand vous aurez émis le désir de vous revêtir des précédents. Il s'élaborera doucement afin de proclamer, par son apparence, votre maîtrise des énergies subtiles en incarnation. Certains maîtres ont construit des manteaux bien particuliers parsemés d'étoiles, de points lumineux ou d'entrelacs de rayons de lumière. Quoi qu'il en soit, leur lecture permet de connaître instantanément leur parcours. Peut-être aimeriez-vous savoir comment se présentent les vêtements rattachés aux chakras ? Eh bien, la réponse devient multiple, en résonance avec la fantaisie de chacun ; malgré tout, leur forme ressemble à une cape (ou manteau). L'arrivée de chacun d'eux enverra d'abord un signal à la Merkaba. L'enregistrement des sept principaux signaux articulera la juxtaposition de celle-ci avec l'être incarné. Viendra ensuite une réactivation progressive des circuits fluidiques entre ceux du corps physique, des corps subtils et de la Merkaba. Enfin, quand tout sera synchronisé à la perfection, votre demeure aurique (autre nom désignant l'œuf aurique contenant le corps physique) s'élèvera et pénétrera sa nouvelle résidence, divine depuis toujours et vierge de réactions enregistrées tout au long de votre carrière dans la matière. En somme, l'amour divinisé par l'incarnation et mêlé à l'Amour primordial donnera la ou les direction(s) des filaments lumineux sortant de la Merkaba grâce à des voies ouvertes par l'être lors de son parcours dans la densité.

On vous parle sans cesse d'Amour primordial ou d'amour divinisé et vous vous y perdez peut-être. Pourtant, tout ceci reste simple. L'Amour primordial suggère l'archétype émis par le Grand Constructeur avec ses lois d'expression et de mouvement. L'amour divinisé s'élabore tout au long de votre carrière d'êtres en incarnation. Ajoutons à cela l'identité d'amour spécifiée et déposée au sein de l'étincelle de Vie à l'expulsion de son Père/Mère et l'identité d'amour à développer quand le Grand Constructeur décide de qualifier un groupe prédéterminé.

Il serait bon d'analyser ces deux dernières informations. L'identité d'amour spécifiée se meut par un besoin précis du Père/Mère en quête d'un approfondissement particulier d'un secteur dans l'Amour primordial. Il arrive que le Grand Constructeur souhaite examiner des réactions dues à une superposition du dépôt initial de l'Amour primordial, au moyen d'une idée élevée de l'identité d'Amour qu'il souhaite développer. À cette fin, il sélectionne alors un groupe pouvant amener à bien l'entière et pleine expression de la nouvelle idée d'Amour. Si nous nous penchons vers le centre de notre Univers d'appartenance, nous dénombrons vingt-quatre groupes investis d'un germe d'Amour à explorer. Certains d'entre eux donneront des réponses originales, mais d'autres réponses seront peut-être décevantes. Le Grand Constructeur retiendra un germe d'Amour ou les rejettera tous, mais ces explorations particulières enrichiront les participants de l'aventure. Ceux-ci sont généralement investis par la suite de la responsabilité d'un poste singulier. L'Amour primordial demeure la base essentielle de l'identité. Votre parcours se tend sur sa trajectoire ou, si vous préférez, vous êtes la trajectoire de l'Amour primordial déterminé par une volonté précise de favoriser un secteur de l'Amour plutôt qu'un autre. L'ajout de spécificités vous entraîne sur une voie unique et personnelle. Aujourd'hui, vous êtes le résultat d'une différenciation de spécificités sur d'autres ajouts de spécificités de l'Amour.

Chaque pas effectué dans votre trajectoire répond à un choix d'étude dans l'étude. Chacun a sa tonalité et, si nous regardons votre parcours depuis votre prime naissance, le kaléidoscope obtenu forme une géométrie d'une grandiose beauté. En ceci, vous avez composé une partition symphonique qui vient soutenir la joyeuse harmonique du cosmos. La joie est une loi fondamentale d'expression de la densification de l'idée germe du grand sidéral.

Imaginez un cœur d'où partent sept triangles contenus dans un grand cercle. Le cœur bat, et chaque pulsation impulse une énergie nourrissant chaque triangle. À l'intérieur de chacun d'eux, l'énergie émet un rayon de couleur et une note musicale. Ces sections deviennent actives en réponse aux spécificités. Au sein de celles-ci se créent des circuits. Puis survient une nouvelle étape de différenciation du battement du cœur. Le flux propulsé par le cœur est composé par des myriades de particules appelées sang.

Toutes proviennent de la source mais, en parcourant le circuit offert à la découverte, vont s'éloigner de la force initiale. Le triangle émet alors lui aussi une pulsation rythmée afin d'entretenir le schéma initialement reçu. Cependant, au cours de ce voyage, le cœur envoie un second battement, plus rapide et très distinctif, cherchant un groupe de particules en vue de s'y accoler, activant et faisant ainsi dévier la première pulsation.

J'essaie, au moyen de cette image, de vous tracer un schéma du concept de la Création. L'Île atomique ou Île Centrale est le cœur du grand sidéral, représenté par un cercle divisé en sept triangles à la périphérie de l'Île Centrale. Les battements de cœur suggèrent les concepts primordiaux du Grand Architecte ; les spécificités, les idées germes à explorer en fonction de la Loi d'Amour. Si nous empruntons une deuxième image, cela donne ceci : le grand sidéral tient à l'intérieur d'un cercle et, du point central, part un écho. Celui-ci parcourra toute la zone puis, en se répercutant contre la paroi du cercle, n'aura d'autre choix que de revenir à son point de départ.

Voici, expliquée en peu de mots, une autre loi fondamentale du cosmos : tout est énergie, tout provient d'une source. L'énergie émise partira à la recherche d'une matière correspondant à la pensée génitrice de son émission. S'il y a rencontre de la même spécificité, il y aura reconnaissance/union, mais l'énergie, source fluide, ne pouvant rester en situation fixe, elle poursuivra alors son périple à la recherche d'autres résonances similaires puis, finalement, s'en retournera vers son Créateur.

Imaginons encore une autre possibilité. L'énergie émise rencontre un obstacle cherchant à la contenir dans une expression réduite. Toutefois, l'énergie, fluide par définition, ne peut être statique car sa source la nourrit en permanence. Or, comme elle est ici retenue dans un moule étroit, elle essaie de se contenir, se contracte et se comprime, mais quand trop, c'est trop, elle relâche ses efforts et le moule explose en un tas considérable de particules éparses, lui permettant enfin de reprendre sa route. L'Amour primordial EST cette énergie en mouvement. Relâchez la pression faite sur ce concept élevé de l'expression de l'identité atomique, sinon une implosion de vos schémas de réalisation aura lieu et je vous garantis des moments désagréables. L'Amour, expression fluide à la recherche de sa réalisation, a besoin de retrouver son Créateur à intervalles réguliers. La Loi d'Amour ne vous permet pas de contenir un fluide ou de créer des moules restrictifs empêchant son expansion ou son expression. Vous pouvez explorer son contraire, mais toujours dans un mouvement et en vue d'enrichir la personnalité. Retenir, stagner appelle une force de libération des énergies prises en otage dans le cercle d'une idée. Les énergies se déplacent au sein d'un mouvement sphérique mais continu, la spirale. À intervalles réguliers, les énergies se doivent de se ré-identifier et de se ré-ajuster à leur concept créateur. L'enrichissement obtenu sur leur trajectoire élargit les cercles et leur donne la hauteur, ou profondeur, de leur identité.

 L'Amour primordial est spirale. Chaque fois que cette forme se présente à vous dans une méditation, soyez assurés que vous recevez un encouragement à élargir la vue de vos schémas et de vos réalisations. Toutes les déformations de votre idée du concept de l'Amour primordial engendrent des blessures, des fissures, des blocages d'humeur et l'éloignement de votre trajectoire.

 La spirale se propage par un rayon de lumière. Ce qui ne rentre pas dans le concept primordial s'agglutine à une paroi du rayon ou en dedans de celle-ci. La position des boursouflures de cette identité traça des sillons appelés rails d'expression. Vous souffrez tous de cette maladie, sous une forme ou une autre. L'ego – si je me réfère à votre idée de ce mot – est une déformation de l'identité de l'Amour, soit une stagnation de cette énergie conceptuelle.

Alors, après le test final de la fin de l'année 2012, vous serez présentés à toutes les déformations du rayon de Lumière formant votre trajectoire. Un conseil sage : acceptez dès à présent de vous atteler à ce nettoyage. Vous vous épargnerez une surdose nauséabonde de remontée égotiste.

L'Amour divin primordial vous appelle et vous invite à retourner en son sein. Si vous l'acceptez, il reviendra consolider sa demeure en vous, participant ainsi activement à votre fusion. Le passé deviendra le terreau fortifiant votre présent et votre futur ; il ne sera plus source de déséquilibres ni de blessures. L'Amour se fera volupté, baume et deviendra l'élément primordial de votre ré-identification.

Sur ces mots, je termine ce chapitre.

CINQ

DÉBUT DE LA RECONNAISSANCE DE L'IDENTITÉ SOLAIRE

Les Soleils sont la densification de l'identité solaire. Que représente l'identité solaire ? La dualité. Le Grand Constructeur, dans le but de se reconnaître, d'expérimenter qui il Est et d'expanser son Je Suis, conçut deux voies d'expérience primordiales. La première l'amenant à vivre l'infini ; la deuxième en tant que gardienne et guide de la première. La Lumière, état très volatil, pénètre le tout. La Lumière, malléable, devenait dans l'esprit du Grand Constructeur une base idéale d'aventure qu'il se proposait de vivre. La force atomique, de nature plus contenue, offrait un moule parfait pour recevoir les dépôts de qui il Est. Dans l'expansion de son état, il voulait comprendre jusqu'où sa personnalité pouvait concevoir. Bien sûr, il se pensait illimité, mais cela était un état de supposition alors que son souhait consistait à reconnaître cet état illimité.

En premier lieu, il identifia la lumière comme expérience active, la force atomique comme contenant de l'expérience passive. L'identité solaire est donc la pensée de l'expérience. L'Essence ou Esprit à l'origine de la pensée est de nature atomique. Afin de vous donner un repère simple et efficace pour cerner l'identité solaire ou atomique, disons que la nature de l'expérience est atomique alors que l'action ou la volatilité de l'expérience est solaire, ou encore, que le moule de l'expérience est atomique, mais l'expérience comme telle, solaire.

Revenons au Grand Constructeur. Ayant déterminé la nature du jeu de la Lumière et de la force atomique qui EST de tout temps, l'innommable dut définir le lieu où ce jeu se déroulerait. À cette fin, il utilisa alors des lignes qu'il baptisa géométrie puis imagina une science basée sur les nombres et encercla le tout. L'Île Centrale atomique était née. Il pensa ensuite aux participants et les fit à son image, comme il se concevait, soit parfait. Avant de leur donner vie, son esprit détermina tous les besoins nécessaires à l'expérience. Les cercles de Vie virent le jour ainsi. Afin que le parfait demeure vierge, les cercles seraient contenus dans sa demeure, l'Île Centrale.

L'Esprit solaire est le fils de la Lumière ; l'esprit atomique, le fils de la force atomique de l'Île Centrale. Ce dernier fut extériorisé en premier autour de son Père/Mère, le Grand Constructeur, né de sa force intrinsèque. Le moment vint où le Grand Architecte expulsa sa Lumière tout en créant des relais de ressourcement pour celle-ci. *Ces lieux se nomment Soleils.* Sur la trajectoire de la lumière, son état volatil procure des déperditions de densité et, afin d'éclairer l'expansion de la réalité du Père/Mère originel, celui-ci imagina des étapes récupérant les rayons secondaires afférents au rayon primaire.

La chaîne solaire fut dès lors formée.

Le Grand Constructeur extériorisa une partie de lui-même dans les premiers Soleils (les quatre grandes divisions initiales du Super-Univers). Par conséquent, ces Soleils abritent la condition parfaite de l'Esprit primordial, Archétype de référence pour tous les secteurs de vie issus des sections primes.

Toutes les autres naissances de Soleils sont issues de ces premiers. Votre Soleil est l'extériorisation d'une partie d'un Soleil primordial. La chaîne d'appartenance commence sa descente à partir de ces secteurs majeurs. Pour mieux vous la faire comprendre, tentons de la décomposer en quatre étapes :

- il y a d'abord une extériorisation d'une partie de l'Esprit du Grand Constructeur dans un Soleil au

sein de quatre divisions,
- puis la naissance de la chaîne d'appartenance solaire,
- l'extériorisation d'une partie de l'Esprit du Soleil concerné vers un autre lieu,
- et, enfin, une répétition à l'infini de ce processus, un Soleil en créant un autre, et ainsi de suite.

Votre Soleil est donc l'expulsion d'un éclat de l'Esprit du Soleil juste au-dessus de son secteur de mouvement dit également administratif. Après la mise en place des Soleils de référence, les groupes d'esprits devant explorer la Lumière solaire prirent vie et l'aventure du Grand Constructeur débuta.

Maintenant que la chaîne solaire est en place dans le premier cercle d'expérience – qualifié d'atomique puisque répondant à la force de gravité de l'atome –, la première grande étape du plan conçu permet l'exploration des idées germes du Grand Constructeur. Mais ceci ne représente qu'une infime partie de sa projection. Comme la Lumière est volatile, le Père/Mère originel conçut le cercle comme forme idéale lui offrant de s'épandre et de se reconstituer à l'infini. Le cercle correspond donc à l'infini de la Création, soit à l'adombrement de la Lumière par la Lumière. Le cercle contient la Lumière et la renvoie à son expérience d'elle-même. Mais il fallait également concevoir des théâtres où la Vie pourrait s'identifier. Les mondes finis prirent alors forme.

Les planètes devaient abriter la force afin de nourrir, d'aimer, d'épauler, de garder les Esprits solaires. Les terres ou planètes sont issues de la force atomique. Bien qu'expulsés du cœur des Soleils, les Pères/Mères solaires appellent, canalisent et dirigent dans un moule sorti de leur pensée la force atomique tirée directement du Grand Constructeur.

Chaque Soleil a une spécificité propre à développer et

chaque Esprit solaire issu d'un même Soleil se doit de l'amener à maturité. L'identité solaire représente la nature de cette spécificité déposée au cœur du chakra le reliant à son Père/Mère dénommé plexus solaire. Cette identité est donc volatile et détermine la forme d'expression de la volatilité. De temps en temps, des groupes d'Esprits solaires de la chaîne d'appartenance sont adombrés d'une spécificité par l'un des Soleils primordiaux (des quatre sections supérieures) ou par le Grand Constructeur lui-même. Dans ce cas, à la spécificité de son Père/Mère vient s'ajouter celle qui est déposée par l'un ou l'autre. Ces groupes seront ce que vous appelez des « missionnés ». Ces esprits répondront à des impulsions très particulières et deviendront « un esprit » original (non pas en raison de leur comportement mais par l'apport de leur spécificité). Ici, je me réfère uniquement à la source, soit l'origine.

La Lumière cherche à s'identifier, à se reconnaître en deux étapes : à la première, la Lumière non consciente EST de par sa naissance mais non par expérience ; à la deuxième, la Lumière devient consciente. L'éveil de cette conscience au sein de la Lumière fournit des germes d'idées à développer. Actuellement, tous ces concepts sont recueillis et regroupés au cœur de la mémoire atomique. Cette mémoire sera entièrement expansée et reconnue dans le second Cercle atomique de Vie. Tous les germes n'ont pas reçu la viabilité d'être ou de devenir. Vous, les Esprits solaires, construisez ou démolissez en permanence des souches d'idées germes. Seul le fait de maintenir longtemps une idée dans votre esprit lui confère un statut de viabilité.

Si vous analysez votre journée, vous enregistrerez un nombre certain de pulsions d'idées ; seules quelques-unes, voire une seule, perdureront au-delà de la première journée de conception. Toutes les idées germes dépassant les vingt-quatre premières heures (de votre temps) de conception entrent dans le statut de viabilité. Vous y effectuez un tri et en expérimenterez certaines immédiatement dans votre monde. Quant aux autres, elles rempliront un sac, restant ainsi en attente.

L'identité atomique se traduit par la forme du moule. Un atome, un corps (physique ou subtil), une planète, un univers, ou autre, renferme l'esprit relié à la mémoire directe de la force atomique du Grand Constructeur. Le moule reçoit l'idée, la Lumière ; il est neutre, passif et répond à l'expérience souhaitée de la volatilité de la Lumière. En permanence, l'identité atomique et l'identité solaire s'épousent ou se désunissent au gré des idées germes à développer et à amener à maturité. Mais revenons à la construction des deux identités. Nous avons deux chaînes d'identité qui restent conjointes et non différenciées au cours de la descente des quatre premiers grands secteurs universels. Dès la naissance de la chaîne d'appartenance solaire, les identités solaire et atomique seront activées séparément. Toutes deux deviendront indépendantes l'une de l'autre et au service de la volonté primordiale.

Je sais que je vous donne beaucoup d'informations et que vous avez été maintenus dans un état infantile, mais les temps à venir ouvriront la conscience humaine sur une fréquence élevée de la responsabilité personnelle ayant des répercussions sur l'atome de Vie. Tout ce que vous allez étudier avant cette ouverture vous permettra de vous positionner correctement dans ces énergies venant vous visiter. Comme l'identité solaire va vous révéler votre spécificité, si plusieurs d'entre nous, instructeurs, ne vous préparaient pas à cela aujourd'hui, le choc émotionnel et psychologique serait trop grand.

Les Gardiens de la Terre, en place depuis si longtemps que vous en avez perdu l'origine, vont vous quitter et vous remettre cette fonction. Tous, individuellement et ensemble, allez devenir responsables de l'équilibre des flux visibles et invisibles de votre planète. Avant le départ de ces êtres, apprenez d'eux la sagesse et l'expérience acquise pendant ce temps passé. Il faut vous appuyer sur ce passé afin de créer votre futur. Ne niez plus l'authenticité de la sagesse ancienne et inspirez-vous plutôt d'elle. L'ouverture de l'identité solaire vous met dans l'obligation de penser votre place au sein de la fraternité et de regarder les conséquences des dérives dues à la propulsion dépourvue de sagesse dans le progrès que vous concevez en ce moment. L'identité solaire, ou spécificité du devenir de votre force solaire personnelle ou de groupe, vous livrera une somme considérable d'informations. Vous souhaitez peut-être savoir comment bénéficier pleinement de cette ouverture et ce que vous devez faire ?

En vous centrant à l'intérieur de vos énergies, en les reconnaissant et en en devenant maîtres. Étrange, que ce mot *maître*. Avez-vous songé à la raison pour laquelle certains personnages de votre histoire passée sont devenus des maîtres ? Tout simplement en reprenant leur pouvoir de décision et de direction de leur identité. Je vous ai tous invités à déterminer vos buts, vos objectifs. Ceci est la clé principale du retour de votre maîtrise sur votre identité solaire. Partant, votre volonté entrera en action. Ce moteur maintiendra le moule créé (soit le but ou l'objectif) et lui donnera vie en abaissant le niveau des énergies se densifiant progressivement tout en remplissant votre moule. La rapidité de manifestation entre la création du moule et le moment où il prend vie détermine le degré de votre maîtrise. Quand vous arrivez à agir consciemment sur le temps de maturité du moule et, en cela, à maîtriser sa naissance, vous portez officiellement le non de maîtres. Quand, en plus, vous ajustez cette action (la maîtrise) à votre spécificité, vous êtes reconnus.

Laissez-moi vous faire une confidence : l'importance de ce moment historique me conduit à la nécessité de vous livrer une grande somme d'informations dans les cinq premiers tomes de mon enseignement. La forme condensée structurée et écrite offre des racines à mon travail. Vous allez vivre une période où les événements s'enchaîneront

Début de la reconnaissance de l'identité solaire

trop rapidement et où les semences glissées dans les blancs du texte (que je préfère nommer « respirations ») vous porteront vers vos choix. J'ai entendu vos réflexions : « Mais c'est dramatique ! » ou « On n'y arrivera pas ! » ou encore « Ce n'est pas pour nous ! ». Détrompez-vous et ayez confiance en votre force intérieure, en votre volonté et, surtout, en votre amour pour cette planète. Appuyez-vous sur cet amour, et vous réaliserez des actes que vous n'envisagez même pas. Parallèlement au travail que je pointe du doigt, votre conscience et votre inconscience s'alignent. Vous n'enregistrez pas encore cet alignement mais, moi, je le relève déjà. J'avais le choix : soit appliquer un baume sur vos ego, soit vous parler franchement de votre passé et, en même temps, vous envoyer la lumière correspondant à un début d'ascension. Avez-vous songé au travail qui s'effectue en ce moment ? À l'Ascension ?

Entrer dans la quatrième dimension est une ascension, soit un retour graduel au sein de son identité solaire. Oui, je vous dresse un tableau difficile, mais les prises de conscience qui en découleront allégeront celui-ci. En fait, deux actes vous sont demandés :

- oser regarder les événements du passé qui engendrent ceux de votre futur immédiat (les dix ans à venir) et vous centrer en vous ;
- reconnaître la valeur des fonctions de votre corps afin de lui accorder de l'amour.

Comme pour la Terre, vous ne respectez plus l'identité atomique (le moule de toute chose), et l'extérieur de votre réalité (œuf aurique) s'identifie à la lumière que vous véhiculez. Plus cette lumière sera limpide et rayonnante, plus la réalité extérieure se calquera sur elle.

Si vous ne deviez choisir qu'un seul mode d'action, alors étudiez l'identité réelle de vos corps physique et subtils en reconnaissant leur filiation divine. De la sorte, votre esprit sortira de l'étau posé sur lui et propre à l'empêcher de rentrer dans sa demeure. Vous êtes tous concernés. Par ce simple choix, vous renforcerez votre volonté, votre pouvoir de décision, votre maîtrise à concevoir et à maintenir un moule, l'amour pour vous-mêmes et pour les autres. Oui, mon enseignement ne se lit pas comme un roman, mais si vous relevez le défi que je vous lance, vous aurez encore une fois trouvé le courage de regarder la vérité et vous agirez ainsi avec force sur toutes les formes d'illusions ayant encore un grand champ d'action.

L'identité solaire se cache aussi dans ce simple choix qui consiste à oser regarder la vérité et à étudier ce qui vous dérange. La spécificité déposée en chacun de vous appelle sa conscience à l'identifier puis à la faire vivre. En premier lieu, les esprits apprennent à reconnaître la Famille loin de leur demeure primordiale. Cela étant, la base se trouve posée et l'esprit peut alors s'individualiser afin d'extérioriser la plan contenu précieusement au cœur de ses atomes. Pour cela, il parcourt les lois de fonctionnement de ses corps en vue de maîtriser sa réalité incarnée. Après, bien installé au centre de lui-même, il lira et donnera vie à la volonté de son Père/Mère et peut-être aussi au Grand Constructeur, en acceptant sa spécificité.

Le dépôt de votre identité solaire, la spécificité, va s'éveiller par votre travail sur vos cristallisations. Avec cet éveil, vous entrerez dans une période où tous les résidus de vos personnalités passées seront délogés puis évacués. Le réveil est toujours synonyme de période délicate. En ce sens, précisons qu'il ne vous est pas demandé de vous identifier à ces vieilles mémoires encombrantes mais bien plutôt de les laisser remonter à la surface et s'évacuer en paix. Lorsqu'une ancienne étude de personnalité réapparaît dans cette vie présente, ayez la sagesse de la regarder et de sourire. Comprenez que pour l'installation de l'identité solaire, un ménage s'avère nécessaire dans les cellules et les bandes mémorielles. Vous verrez alors des images, vous

Début de la reconnaissance de l'identité solaire

ressentirez des sensations particulières agréables ou désagréables, mais ne vous y arrêtez pas. Le but est de laisser cette évacuation se dérouler en paix. Vous n'êtes pas ceux qui, aujourd'hui, conduisent ce nettoyage ; par contre, vous en êtes les déclencheurs. Assurez-vous d'être prêts en vue de le vivre sereinement. Les êtres qui délogent ces vieilles mémoires sont des Anges appartenant à un corps particulier.

Peut-être est-il bon que vous abordiez cette conscience : un corps d'Anges est attribué à une action particulière. En l'occurrence, ceux-ci sont les gardiens de la mémoire de vos expériences. Ils vous les restituent si cela sert votre élévation ou, alors, déclenchent un nettoyage, ponctuel ou total, afin de répondre à vos nouvelles prises de position. Attachez-vous à définir ce que vous êtes, ici dans le présent, ou ce que vous désirez être dans le futur. Voyez les questions qui viennent vous visiter ; elles sont le moteur de vos transformations et permettent l'émergence de votre identité solaire. Reconnaissez votre place au sein de la Famille. Avez-vous remarqué à quel point la notion de famille se trouve actuellement travaillée ?

Si vous interrogez vos ancêtres, ils y verront fils, filles, pères, mères (leur pensée étant axée uniquement sur le concept terrestre et restrictif vécu jusqu'à présent). Maintenant, certains d'entre vous y ajouteront les Anges, d'autres encore parleront de fraternité cosmique. Nous, nous mentionnons les étoiles, les planètes, les Soleils, nos frères et sœurs sous toutes leurs formes d'expression et aussi ceux qui vont naître dans le futur. Certes, ils ne sont pas encore nés, mais ils vivent déjà dans notre esprit. Notre pensée est dépouillée de toute barrière restrictive. Hier, aujourd'hui et demain représentent la même énergie déclinée sur une séquence particulière de la matrice Temps qui, elle-même, vit dans un secteur défini du grand sidéral. D'autres secteurs vivent la simultanéité des actions. Quelle est votre spécificité ? Pouvez-vous me répondre ? Dans votre pensée, dans votre cœur, n'y a-t-il pas un appel ? Ne souhaitez-vous pas entrer en service pour trouver votre place ?

Ces questions vous rappellent l'existence de votre spécificité. Abordons maintenant les étapes de reconnaissance de celle-ci. Vous explorerez en premier lieu celle qui a trait à votre venue physique. Vous serez ainsi préparés à entrer ensuite dans la seconde attache de la personnalité, puis vous arriverez à la spécificité reliée à l'énergie solaire. Encore une fois, vous retrouverez l'échelle de réalisation en remontant par les différents chakras, qui sont des centres importants. Attention, toutefois ! Au cours de vos retrouvailles, les sous-chakras seront les acteurs principaux dans la progression sur cette échelle. L'identité solaire se nourrit des apports d'énergie de ces centres moins connus de vous, mis à part des professionnels parallèles de la santé. Observez comment, dès à présent, ces médecins vont reprendre la première place dans l'accompagnement du retour de l'harmonie des flux des corps (d'où découle l'équilibre appelé santé).

Quand vous opterez pour les mots harmonie, équilibre, compréhension et identité, les maladies régresseront. Présentement, votre médecine officielle n'intègre pas la pensée selon laquelle une maladie est le résultat d'un désordre au sein des circuits fluidiques des corps, d'une mauvaise irrigation de leurs canaux, d'un blocage récent ou ancien d'un sous-chakra. La mort, quant à elle, intervient quand les sous-chakras ne peuvent plus alimenter les chakras, ces derniers vivant alors de leur réserve puis s'éteignant. La mort est un acte contre nature.

En réapprenant à « respirer » l'énergie solaire, vous obtiendrez une réactivation de ces centres, un rajeunissement et, par conséquent, une vie plus longue.

Vous ne savez plus respirer. Actuellement, cet acte ne consiste plus qu'à apporter de l'oxygène mais, je vous le dis, vous devez reprendre possession du mouvement respiratoire afin de regagner le centre de votre maîtrise. Derrière les actes anodins de votre vie corporelle se cachent les actes supérieurs des fonctions vitales et subtiles de l'œuf aurique. Là aussi, vous devez reprendre votre place consciemment au centre de cette lumière. Sinon, l'emplacement de vos corps fluctue et cela vous déséquilibre.

Rappelez-vous ! La fonction vitale de votre réalité terrestre dépend de l'alignement parfait des chakras entre eux comme de tous les corps. Un déplacement même minime amène un dysfonctionnement. Si l'un de vos corps subtils n'est plus centré ou aligné, ses chakras ne s'emboîtent plus parfaitement dans les autres et vous vivez des perturbations. Ceci est souvent dû à un éloignement de l'identité primordiale. La refuser vous plongera dans une tourmente, mais rassurez-vous, on peut revenir au centre de soi rapidement et regagner sa maîtrise par la simple volonté. Si une intervention devient nécessaire pour rétablir l'harmonie de votre corps, alors comptez sur nous pour organiser une rencontre avec une personne sérieuse.

Je voudrais dire également ici que votre médecine officielle peut représenter un acte d'intervention temporaire, mais que sa prétention à vouloir être la seule la condamne, en retour, à une énergie négative. Quand on fait obstruction à la Vie et à ses formes d'expression, celle-ci se doit de réguler ses canaux d'intervention. Cependant, si cette médecine se présente comme partenaire en respectant les autres méthodes dites alternatives, elle trouvera sa place. Vos hôpitaux vont devoir modifier leur approche de la santé et offrir des services pluriels. Les médecines alternatives, préventives et allopathiques devront partager les mêmes lieux. Les années à venir connaîtront un bouleversement dans ce milieu très fermé. L'identité solaire œuvre en ce moment pour le retour de ses subtilités.

Dans l'étude de la personnalité, vous êtes descendus dans sa dernière demeure, le physique, que vous avez approché par son côté contraignant et lourd. Vous entamez

L'Être solaire

votre ascension, et le processus veut que vous commenciez par le côté lumineux de cette même demeure. Vous allez donc réidentifier les conséquences et les inter-réactions, sur le monde physique, de l'esprit, de la pensée, de la volonté et de l'amour.

Vous, qui avez placé vos Frères aînés [les peuples autochtones] dans un habit aliénant leur liberté, découvrirez leur grande sagesse et pourrez vous asseoir enfin à leurs côtés pour apprendre.

Le retour de la force de l'identité solaire vous incite à reconnaître les lois subtiles des corps d'un être vivant : homme, animal, végétal, minéral ou autre. L'identité solaire représente la fonction subtile du mouvement de la personnalité. Aujourd'hui, il vous est proposé de maîtriser la triple action de l'énergie solaire en regardant les fonctions plurielles de vos trois premiers chakras ; votre ventre physique abrite cette trinité et vous l'unirez au centre de l'Amour. Ce faisant, vous entrerez enfin dans la quatrième dimension, porte de la deuxième trinité et des lois supérieures de la volatilité de l'Esprit.

Sur l'échelle de Jacob, le centre cardio représente la porte de l'envol. Toutefois, celui-ci vous mènera à une terre, la vôtre, dans son expression harmonieuse. Aussi, je vous invite à observer les désagréments, les nœuds d'agressivité, les minirévoltes et toutes les autres formes d'agressivité qui déferlent en ce moment dans votre société. Vous y identifierez vos propres maux et vos violences intérieures. Votre société planétaire est le reflet de votre personnalité dysharmonieuse et en phase d'exacerbation, tant ses émotions refoulées ou mal vécues ont donné naissance à cette forme de langage. Votre société a mal et ne supporte plus les dictateurs lui imposant un moule d'expression restrictif.

L'identité solaire se trouve à l'étroit dans cet habit plutôt noir ; d'ailleurs, ne vous habillez-vous pas de préférence en noir ? Pourquoi, selon vous ? Cette expression (le noir) est-elle synonyme de deuil ? Pourquoi un être se libérant de ce carcan préfère-t-il les couleurs et le blanc ? Le noir éteint votre lumière et pèse sur vos fonctions vitales. En vous réappropriant les coloris et le blanc, vous libérerez votre société de ce joug. Pour retrouver la plénitude de votre identité solaire, les couleurs, le blanc et la respiration consciente représentent un tremplin libérateur. Osez-vous porter des couleurs l'hiver ? Non. Le schéma de société fabrique vos expressions par le biais de la mode. Tant que vous vous identifierez à celle-ci, vous ne pourrez entrer à nouveau dans votre identité.

Être solaire ne s'appuie pas sur le moule humain ; cela le transcende !

SIX

COURONNEMENT D'UNE PLANÈTE OU LE MARIAGE DU NOIR ET DU BLANC

Il est difficile de vous expliquer le concept des identités solaire et atomique avec vos mots. Il faut d'abord différencier la vie de la pensée en deux parties. Premièrement, la pensée pure, le concept ; deuxièmement, l'élaboration du moule, la forme qu'épousera la pensée.

Au début, l'identité solaire se meut d'abord, puis l'identité atomique prend le relais. Vous retrouverez deux temps, l'émanation de la pensée et sa densification, à toutes les échelles de conception.

La chaîne solaire permet, dans toutes les juridictions administratives, de puiser en elle afin de retirer les ions nécessaires à toute construction. L'atome provient directement du *Soleil Central*, lieu atomique pur. Comme son nom l'indique, l'atome est le moule de la création renfermant les spécificités inscrites dans les ions. Ici, nous abordons l'essence même de la science et de ses dérivés (la géométrie, l'algèbre et les mathématiques simples). Les nombres déterminent la coopération entre les deux identités. Ainsi, même une infime création fera appel à la science et à ses dérivés. Le sceau des identités solaire et atomique est la couleur et le son. Par simple déduction, la couleur est attachée ou reliée à la chaîne solaire et le son, au *Soleil Central*, donc à l'identité atomique. Pourquoi rentrons-nous dans ces détails ? Simplement parce que vous, qui vous croyez tellement éloignés de tout cela, en êtes les principaux utilisateurs.

    Le retour de la conscience et, par conséquent, de votre maîtrise vous place dans l'obligation de regarder à nouveau ces paramètres. Avec un peu d'humour, ajoutons que vous êtes tous des scientifiques désireux tout simplement de l'ignorer. L'entrée de votre planète d'accueil dans son propre couronnement vous entraîne vers cette reconnaissance des lois du mouvement. Vos corps sont constitués d'atomes, d'ions, de protons, etc. Ces éléments contiennent votre programme de vie, votre élévation ou ascension et l'origine de votre création ainsi que la mémoire passée, présente et celle de vos probabilités d'être. Je pourrais certes vous livrer ces données avec plus de flou, d'hermétisme, mais vous avez assez vécu de cette manière. Réemployer les fonctions du corps permet de se retrouver maître. Mais, rassurez-vous, en acceptant de les regarder, vous n'avez pas pour autant à devenir des scientifiques dans cette présente vie. Non, loin de là.

    Notre réel souci est de vous voir redevenir maîtres de votre pensée et, par conséquent, de vos actions. En décortiquant ces données, notre langage vous invite à reprendre conscience que tout est à l'intérieur de votre corps et que vous seuls avez pouvoir sur vous. Vous détenez toutes les clés, et personne à l'extérieur ne peut vous les prendre. La présence d'un frère ou d'une sœur à vos côtés allège juste la solitude ressentie loin de votre demeure primordiale. Vous êtes nés libres et personne ne peut vous ôter votre liberté. Sauf si vous le désirez.

    Si le Grand Constructeur a créé la différenciation dans l'acte créateur, ceci fut fait de manière à vous offrir des repères dans ce retour. Descendre dans la densité n'est pas une épreuve, car la conscience accompagne ce mouvement. Le retour dans son identité primordiale, lui, représente un effort considérable accompagné de traumatismes et de souffrances. Cependant, je vous l'affirme, il n'était pas nécessaire d'aller si loin dans ce jeu douloureux.

Couronnement d'une planète...

L'identité atomique s'est condensée afin d'offrir en permanence une matrice de réception. La pensée évolue à l'intérieur de ce moule, et ceci est applicable à toute forme de vie. Vous êtes à la fois des Êtres solaires et atomiques. Malgré cela, l'étude de ces deux aspects donna naissance aux mouvements ascendant et descendant, soit aux frères solaire et atomique. Pourquoi ? Le Grand Constructeur cherche la pleine compréhension de sa création. Le mouvement descendant attaché à la force atomique du Grand Constructeur se densifie lentement. L'acquisition du mouvement de la pensée obéit à cette même loi. Ceci comporte des avantages et des inconvénients. Les avantages consistent à connaître et à garder la connaissance du Grand Constructeur, à porter ses plans, à être des guides précieux pour l'autre frère. Les inconvénients, ce sont la lenteur à concevoir ses plans d'études et, de ce fait, à enregistrer les compréhensions inhérentes à l'incarnation. Le frère descendant réclame une séquence de temps longue pour sa propre évolution. Sa pensée demeure synchronisée sur la pensée du Grand Constructeur. Il vit pleinement cette union. La conception et l'approche de la densité se réalisent hors de la nécessité de rentrer dans sa demeure primordiale. Ses actes et ses motivations ne ressemblent donc en rien à ceux des frères solaires.

Le moule abrite la pensée et en recueille les fruits. Cette cohabitation nourrit pleinement le moule. Le déséquilibre restera un terrain lié aux frères solaires et à la pensée, contraignant ceux-ci à tendre vers la fusion entre le moule et la pensée. La vie même de ces derniers ne sera qu'une quête permanente jusqu'au jour où l'union s'effectuera entre l'identité solaire et atomique. Ceci ne signifie nullement que ces deux identités n'en formeront plus qu'une. Simplement, la coopération sera totale de façon à expérimenter des moules par la pensée. Aujourd'hui, la pensée s'appréhende dans un moule en concevant une séparation infranchissable d'avec celui-ci et donc aucune concertation.

Le jour où vous vous adresserez au moule (corps) par la pensée, et ce, consciemment et avec joie, vous aurez effectué un grand pas.

Présentement, vous souffrez de la dualité imaginée par une vie séparée du moule et de la pensée. Ceci n'existe pas en réalité. Le moule et la pensée se parlent, expérimentent ensemble et conçoivent en plein accord. Ils forment une identité commune en unissant leurs lois d'expression. La pensée, volatile, ne peut offrir une création parfaite sans le moule. Tout esprit en recherche de sa maîtrise sera en quête permanente afin de recevoir l'autorisation d'habiter un corps pour tenter sa maîtrise : la reconnaissance pleine et respectueuse des deux mouvements d'expression solaire et atomique.

Pourquoi un esprit vivant dans la Lumière et l'identité du Grand Architecte cherche-t-il à vivre dans la matrice, sinon pour réunir ce qui a été séparé afin d'expérimenter les facettes différenciées de l'identité du Grand Constructeur.

Oui, quand vous venez dans le monde de la densité, votre but suprême est cette réconciliation. La différence fut voulue, mais la réunification de l'identité primordiale dépend d'un acte de volonté dans le Noir de la Création. Le Noir, le Blanc, voici les deux prismes initiaux revenus ! Le Noir représente la densification ; le Blanc, l'esprit dans son expression primordiale. Les couleurs, quant à elles, déclinent les réalisations obtenues en usant des deux couleurs primes, le Noir et le Blanc.

Le Blanc se propulse dans le moule extérieur afin d'épouser le Noir de la profondeur. Le Blanc percute le Noir et, après la période de la reconnaissance, éclatent les germes des couleurs et la réalisation commune. Continuer à voir ces deux matrices séparément ne favorisera pas le retour de l'unité. Pourtant, avant cela, en étant immergés dans le Noir, vous traverserez une période d'appel du Blanc. Avec de l'humour, et même beaucoup, nous pouvons associer la couleur noire aux frères solaires par volatilité d'esprit. Je m'explique. Le frère solaire issu d'un Soleil est porteur de la lumière blanche ; toutefois, comme il est le principal acteur de l'expérimentation de la densité, il épouse le Noir, le devient puis le transmute. En regardant le frère atomique issu du *Soleil Central*, on constate que son essence primordiale demeure la lumière blanche. Afin d'être équilibré et de parvenir à sa maturité d'être, il cherchera la densité, le Noir, qui lui fera défaut en permanence, occasionnant une extrême lenteur dans le voyage de reconnaissance de son état d'être.

Nés du Blanc tous les deux, ils auront le Noir pour atout de croissance. Le manque du Noir au sein de leur essence les oblige à combler ce vide. La venue du frère solaire dans la densité offre à celui-ci les racines nécessaires à son ancrage dans ce monde, de manière à le propulser vers son émancipation. Quant au frère atomique, il recherchera la présence du Noir par déviation. Laissez-moi vous expliquer le sens de cela : comme il ne peut parvenir jusqu'à la densité, le fait de côtoyer son frère lui permettra d'acquérir l'essence du Noir par absorption volatile. Le Noir possède également cette possibilité, la volatilité.

Avez-vous songé au Blanc densifié ? Quand je me penche sur votre monde, je constate que la majorité de cette humanité envisage la réalité de ces deux aspects uniquement à partir d'un seul type d'expression. Il est temps de rééquilibrer cette balance cosmique. La densité possède sa contrepartie, la volatilité, comme toute chose. Le Noir devient blanc dans sa demeure éthérée et le Blanc devient dense (noir) quand son émanescence demande à adombrer un corps physique. Je tenais à aborder ce sujet afin de vous aider à décristalliser votre construction mentale sur la vie de ces deux prismes fondamentaux.

La permanence d'expression de ce premier Cercle atomique de Vie repose sur les lois de mouvement inhérentes au Blanc et au Noir. Voici poindre les couleurs découlant des deux bases primordiales. Le deuxième Cercle atomique de Vie se construit déjà à partir du mariage de vos idées relatives en action dans les Super-Univers et le vôtre tout particulièrement. Avant même de reconnaître la couleur expérimentale de votre Super-Univers, une deuxième voie se dessine et alimente les schémas des futurs Univers.

Ne l'oubliez pas, vous allez endosser la responsabilité de l'expérience de deux futurs Super-Univers. Plus que jamais, je vous invite à marier dans votre esprit la densité et la volatilité que représentent les deux pôles d'un même mouvement. Oui, on vous en demande beaucoup, et ce, dans un court laps de votre temps, mais vous en avez la possibilité. Pourquoi croyez-vous que nous vous donnons maintenant de tels cours ? Tout simplement dans le but de rouvrir des canaux de mémoire et de vous restituer votre identité afin de vous rendre votre maîtrise. Vous allez devenir les scientifiques, les gardiens des lois, les futurs dieux et déesses de ces mondes à venir. Les dieux et déesses de vos mythologies représentent les scientifiques, les explorateurs, les maîtres d'énergie et aussi de simples exécutants des intentions des corps précédents.

Je me dois de désacraliser ce qui doit l'être afin de dégager les chemins nouveaux à emprunter. Dans votre humanité, tous les grands sages des secteurs de vie (en cela j'entends l'énergie, le son, la couleur, la science, la géométrie, etc.) de ces futurs mondes vivent à présent sur votre sol. Ils sont venus enregistrer tous les paramètres nécessaires à leur tâche. En futurs maîtres soucieux de diriger consciencieusement leur travail, ils se sont tous incarnés en vue de ressentir en profondeur la dualité de la pensée dans l'expression du Blanc et du Noir. Ces maîtres se cachent derrière les humbles visages d'hommes et de femmes et, en majorité, ignorent même leur devenir. Vous en rencontrerez dans les expressions de vie suivantes, soit parmi les agriculteurs, les balayeurs de rues, les clochards, les médecins, les laborantins, les conducteurs de train et tant d'autres encore... Peut-être vous, amis lecteurs, faites-vous partie de ces maîtres cachés derrière ces visages simples de la Vie ? La Vie est remplie d'humour.

La phase présente voit se profiler l'union sacrée du Noir et du Blanc, étape décisive se concrétisant par le couronnement d'une planète, d'un système solaire, d'un univers local ou, encore, d'un Univers. Alors, voyons d'un peu plus près l'apport de soutien pour pareil événement. Je vous ai déjà expliqué que tout se vit sur trois paliers : le autour, le sur et le dedans.

Urantia Gaïa, candidate à son propre couronnement, n'échappe pas à cette loi.

Le *autour* s'est rempli de Maîtres d'énergie, d'une des flottes des Confédérés, d'Administrateurs et d'Observateurs silencieux. Dans ce dernier cas, des élèves d'autres Univers sont positionnés dans l'aura de votre Terre afin d'étudier tous les types de réactions bioélectrochimiques dégagées au cours de cette expérience. Les maîtres d'énergie (couleurs, sons, géométrie, mathématiques, astronomie) occupent les postes d'Urantia Gaïa en synergie avec les responsables en fonction avant la candidature de celle-ci.

Le *dedans*, soit le centre de votre Terre, a également doublé son effectif de Maîtres et de responsables.

Afin que cette candidature puisse recevoir la nourriture nécessaire à sa réalisation, il manquait l'arrivée de Maîtres *sur* ce sol pour ancrer les deux rayons d'apport lumineux précédents en vue, justement, de l'illuminer. Pour pallier cela, les maîtres ont conçu le scénario suivant : ils choisirent de s'incarner dans tous les milieux sociaux de l'humanité, de vivre sans distinction particulière et de canaliser ainsi leurs faisceaux dans le plus grand des anonymats. Les maîtres sont bien parmi vous, vous côtoyant, et certains mangent même à votre table ! Le *sur* est donc investi de leur présence. De la sorte, la chaîne de lumière peut véritablement s'établir sans interruption ni défaillance.

Vous aimeriez peut-être connaître ces maîtres vivant parmi vous ? Tous viennent de la juridiction d'un Soleil de votre Univers. Ils sont anonymes et observateurs ; oh non, pas conscients de cela ! Le décalage entre leur état d'être naturel et celui qu'ils ont épousé pour venir sur Urantia Gaïa est bien trop important ; si cette conscience les accompagnait, le poids de leur inaction serait traumatisant ! En effet, les maîtres incarnés sur votre Terre ne sont pas actifs au premier degré dans ce couronnement. Leur présence sert à ancrer la lumière et à la diffuser là où ils sont. Ils n'interviennent pas dans vos décisions et ne donnent point leur avis sur ce qui devrait être fait. Ils sont des relais récepteurs/émetteurs des forces envoyées par les maîtres positionnés autour de votre planète et à l'intérieur de celle-ci. Leur robe neutre permet l'échange d'énergie sans la teinter de leur volonté. En même temps, la lumière que vous émettez est captée par eux et vient grossir ce flux lumineux ; tous vos efforts servent à amplifier celle-ci et vous la teintez par votre volonté. Jusqu'à ce jour, la lumière propre à ces maîtres fut dissimulée. Les résultats émis au siècle passé permettent aujourd'hui le complément de la leur.

Voilà comment une planète entre dans son couronnement. Ce schéma d'intervention demeure pour l'instant le même dans tous les couronnements. Pour une fois, vous faites (enfin) partie intégrante d'une norme universelle. De temps en temps, ceci nous repose !

Les années à venir verront fleurir les lumières des êtres constituant votre humanité. Le Blanc épousera la forme, le Noir. La première expression facilement accessible à ces épousailles éclairera de l'intérieur tout homme et toute femme. En ce moment, la majorité de votre humanité répond à un dogmatisme religieux ou sectaire. L'éman-

Couronnement d'une planète...

cipation prendra ce visage : hommes et femmes, sans faire de bruit, quitteront les mouvements philosophiques et entreront dans la lumière intérieure où tout est inscrit. De plus en plus, les églises officielles et officieuses se videront. La lumière, quant à elle, nourrira de plus en plus les êtres en voie d'évolution. Les pouvoirs en place n'y pourront rien !

La Grâce, l'Amour s'en viennent vous visiter. Bientôt, votre conscience naviguera sur les volutes des lois élevées de l'Amour, ce que vous appelez Amour christique. De ce fait, la dualité ne sera plus alimentée, l'opposition du Noir et du Blanc n'aura plus de raison d'être et votre cerveau pourra enfin être un. Progressivement, vous n'éprouverez plus la nécessité d'absorber une nourriture abondante (dense), et la lumière pourvoira à l'équilibre de vos fonctions vitales. Mais ceci est une autre question.

Revenons à vous, à votre humanité qui s'ouvre doucement de l'intérieur à la dimension christique. Si vous parlez de leur vie intime à des humains, vous serez sans nul doute étonnés de constater la nature de leurs préoccupations. Tous vous diront « trouver l'Amour », sans pouvoir mettre une forme autour. Par conséquent, vous analyserez aisément la position nébuleuse de l'incompréhension de cette réalité.

L'étape présente vous invite à éclaircir cette incompréhension, à découvrir la forme de cette nouvelle conscience de l'Amour et à vous poser dessus. La période suivante consistera à pénétrer celle-ci et à entrer alors au dedans de la compréhension de l'Amour. Vous ne pouvez contourner la loi du autour, du sur et du dedans. Par ailleurs, vous pouvez l'appliquer à tout sujet de compréhension à acquérir. Ainsi, aujourd'hui, la Lumière s'installe sur cette terre et cela aura lieu d'après le modèle de cette loi. En premier lieu, vous aurez l'impression de saisir cette lumière mais elle vous échappera ; puis, vous vous agiterez moins et l'identifierez ; et en dernier, la

Lumière fleurira en vous. Vous tous pouvez vous reconnaître dans une de ces trois positions.

Vous vivez la réunification du Blanc et du Noir. Le couronnement d'un être part de l'intérieur. Certes, il vous est demandé de réapprendre les fonctions vitales de vos corps, les lois universelles et la constitution administrative du grand sidéral. Pourtant, les informations sont stockées au sein même de vos atomes, ce moule de votre personnalité.

L'ÊTRE SOLAIRE **EST** DE NAISSANCE ; L'ÊTRE COURONNÉ **EST** PAR EXPÉRIENCE.

Quoi qu'il en soit, vous *êtes*, et cela de tout temps. Parmi vous, des individus pensent que cet enseignement n'est pas pour eux. Aussi je leur dis : détrompez-vous, car je ne fais que répondre à votre demande. Bien sûr, j'établis une ligne de conduite dans le développement, mais avant tout je vous interroge sur vos besoins et je suis surprise par la profondeur et l'ampleur de votre demande. Vous avez soif de savoir, de comprendre afin d'*être*, et cela me plaît.

Une question reste encore difficile à satisfaire dans l'état présent de votre ouverture de conscience ; elle a trait à la définition exacte de l'Être pluridimensionnel.

Par touches, je vous rapproche de ce concept, mais vous donner les lois exactes de cet état apporterait de la confusion en ce moment. Accordez-moi le temps de déblayer les zones d'ombre et de les remplir progressivement de lumière. Votre état d'éloignement est tel que nous ne pouvons pas vous restituer pleinement votre divinité. Nous observons votre attitude et vous définissez nos interventions. Mon ami Kryeon et moi fûmes appelés, et nous avons répondu. Le premier pas fut de vous entourer d'Amour et de vous permettre de vous installer un peu plus dans la paix de l'être. Nous devons maintenant répondre à votre soif de savoir. Il y a un temps pour jouer pleinement le rôle de l'éloignement et de l'enfant terrible, et un autre où le comédien fatigué se contente de quitter la scène, satisfait ou non de sa prestation. Vous vivez cet instant. Ce moment représente une source délicate d'intentions.

De notre place, nous devons apporter réconfort, encouragement, repos et vous inviter à entrer dans le scénario suivant. Naturellement, la lecture des besoins immédiats détermine savamment l'approche juste à adopter. Dans l'instant présent, vous voulez être entourés d'Amour, d'une pointe de nébulosité afin de ne pas entrer de plain-pied dans la conscience de votre prestation et, malgré tout, vous réclamez un enseignement « musclé ».

Mon ami du Service magnétique et moi avons partagé ce besoin de façon à le satisfaire. En complément de son travail sur la grille magnétique, Kryeon incarne le côté paternaliste et le réconfort. L'autre tonalité me revient ; merci, ce rôle me convient. J'ai vécu des approches différentes sur d'autres planètes, plus douces, ayant un apport d'informations moins condensées, mais Urantia Gaïa et ses habitants étant particuliers, l'enseignement répond lui aussi à cette particularité du moment.

Bref, vous êtes les créateurs de cette forme d'enseignement !

Ceci vous ressemble bien, vous qui êtes toujours à la recherche de la définition de l'Amour et d'aventures à tendance kamikaze. J'aime ce mot, au risque de vous déplaire. Il résume parfaitement votre sacrifice de bien-être pour le bien commun universel. N'êtes-vous pas toujours prêts à vous engager dans une histoire difficile afin d'amener l'Amour christique ? Ma définition de ce mot est bien celle-ci.

Le Noir et le Blanc se repoussent et s'attirent constamment. Avec votre intervention, ils s'épousent et deviennent matrice idéale pour recevoir les plus hauts concepts de la vision du Grand Constructeur. Le couronnement d'une planète représente la fusion du Noir et du

Blanc formant la coupe de réception pour la Lumière primordiale de l'Île Centrale.

La qualité de la formation de la coupe déterminera l'intensité du rayon descendant dans celle-ci. Les Êtres solaires, par leur volonté, leur opiniâtreté, leur amour à vivre dans l'atome de formation (origine de tout corps dense), permettent au rayon de lumière atomique de remplir le premier moule dense atomique de la seconde réalité atomique. Le moule initial *était* par naissance ; il *devient* par expérience. La force atomique s'expérimente ainsi elle aussi, par degrés. Au fil de cette approche des concepts du Grand Architecte, j'espère réussir à vous faire comprendre ceci : toute réalité EST de naissance et devient UNE par expérience.

L'expérience couronne tout être vivant (une idée est un être au même titre qu'une planète ou un individu). L'expérience proclame la réalité, viable ou non, d'un moule. Le couronnement signifie la reconnaissance et l'acceptation du moule concerné par l'identité de Vie. *Identité de Vie* est le nom donné lors de l'assentiment d'un moule X par un programme de vie reconnu d'utilité universelle.

Urantia Gaïa a donc formulé sa demande d'être reconnue comme une planète utile à tous les secteurs universels, petits ou grands. L'acceptation de cette reconnaissance dépend maintenant de votre aisance à marier le Noir et le Blanc et à intégrer la notion correspondante qui vous propulsera au cœur de la responsabilité. Vous recevez les enseignements nécessaires à cette fin. Et tous, vous trouverez la forme idéale pour chacun. Mais avez-vous pensé également au moment qui suit cette proclamation ? Si vous ne possédez pas les informations en vue d'effectuer en toute sécurité vos premiers pas dans la nouvelle réalité, cela pourrait être une catastrophe ! En effet, il vous faut déjà des repères afin d'explorer la vie inhérente à la grande ouverture qui ne manquera pas de suivre. Comme vous

vous positionnez déjà, les études relatives à ces mouvements se doivent d'être présentes dès maintenant.

Urantia Gaïa vit un moment historique dans son devenir et vous représentez les artisans de sa consécration. Votre conscience s'élargit, l'espace y pénètre. Les frontières s'estompant, les visiteurs détiennent un programme scientifique plus élaboré.

Le choix suivant vous fut proposé : entrer dans ce nouveau cercle d'espace de Vie avec le quota actuel de données scientifiques ou recevoir auparavant les informations ayant trait à ce cercle. Vous avez retenu la deuxième proposition. Aujourd'hui, ces données descendent vers vous, voilà tout.

Les nouveaux paramètres amèneront la floraison des fleurs d'Esprit. Vous êtes tous des scientifiques qui, un jour, ont décidé de l'oublier par jeu.

Désolée, je vous rends cette mémoire !

Vous êtes invités aux épousailles des deux forces primaires : le Noir et le Blanc.

SEPT

EXPRESSION PROFONDE DES ÉNERGIES MASCULINE ET FÉMININE

Il est intéressant d'aborder la relation des pôles masculin et féminin. Allons-y brièvement, de façon à compléter l'apport d'informations sur les identités solaire et atomique.

Tout individu s'incarne en ayant ces deux aspects de la personnalité. En incarnation, vous établissez simplement un programme précis des forces alliées et contraires en vue d'acquérir des compréhensions nouvelles. Tout individu, homme ou femme, naît avec les deux pôles masculin et féminin. Naître homme ou femme n'est en soi qu'un aspect de l'identité expérimentée. Dans ce choix extérieur de l'Être, vous avez accentué un schéma social en cours sur une planète habitée. Ceci ne représente qu'un faible pourcentage d'action sur ces deux différenciations.

À chaque instant de cette vie étudiée, vous passez de l'un à l'autre. Regardons l'apport d'énergie masculine. Celle-ci porte en elle la force, la volonté et s'apparente par certains aspects à l'énergie atomique, gardant le moule dans sa création initiale ; l'élément féminin, volatil, s'y love afin d'expérimenter ses pensées.

Ici, l'homme se fait coupe. Si vous acceptez un peu de rationalité, vous reconnaîtrez avec facilité la lenteur du mouvement accolé à l'énergie masculine. Je tiens à préciser pour vous, messieurs, que je ne pointe nullement un doigt vers vous. J'énonce tout bonnement des faits et des réalités que vous avez épousés. Le moule se meut et évolue lentement ; mesdames, il est temps de l'accepter ! Comme l'homme se doit de maintenir le ou les schémas de vie déposés sous sa responsabilité, il vit mal la nécessité de se transformer. Ceci par crainte de ne plus répondre à sa fonction de gardien de l'expression. Il incarne donc son rôle avec conscience et détermination. Il pourrait sembler que cet état l'aide à poursuivre un objectif sans effort apparent. Cela reste du domaine de l'apparence. Un homme extériorise une coupe, mais il se doit de la remplir de l'énergie féminine ; de manière à la garder en son sein, il manifeste des attitudes très particulières.

En examinant le côté positif, nous trouvons le Verbe magnifié (conteur, poète, etc.). En regardant le côté négatif, nous voyons une liste exhaustive d'attitudes difficiles (macho, despote, geôlier, etc.).

Avant de se cristalliser avec paix dans cette énergie atomique, l'homme vivra les expériences l'éloignant du centre de la manifestation équilibrée de cette énergie. Ceci fait partie intégrante de l'étude comportementale de ce pôle. Tout naturellement, au sein de la société, ici ou sur d'autres planètes, les travaux les plus lourds lui sont attribués. N'avez-vous pas déterminé des attitudes, des fonctions ou des jeux propres à l'homme ? L'homme coupe s'est moulé dans une forme d'expression restrictive qui lui pèse aujourd'hui ! Comment peut-il faire pour se détacher de cette image qui lui colle à la peau car, enfin, il n'est pas que cela ! L'homme se révolte en ce moment, refusant de n'être que cela !

Mesdames, vous allez devoir travailler cette image et tout ce qui s'y rattache. Vous avez amorcé votre révolution, ils entreprennent la leur. Tous les moules, identités atomiques, bougent. Là aussi, nous trouvons des verrous posés sur la forme d'expression de cette identité. Comment faire ? Regardez, observez le côté limitatif apposé sur l'énergie masculine : l'homme a la force, à lui les travaux lourds l'obligeant constamment à un effort soutenu, et il ne doit manifester aucun signe de faiblesse. Ne dites-vous pas

« l'homme est fort, la femme est faible » ? Vous avez bel et bien créé des moules afin d'y rentrer les moules de la personnalité. Ces derniers n'étaient point rigides à l'origine ; ils étaient évolutifs. Présentement, le cantonnement de l'énergie masculine dans une expression stagnante appelle une libération. Les énergies masculines, chez l'homme et la femme, sont prises en otages, malgré votre manifestation physique déployant une suractivité.

L'énergie masculine ou identité atomique offre un repère en évolution. L'énergie féminine, volatile, repose sur l'ancrage de la force masculine ; elle demeure indispensable à l'expansion des idées et pour recueillir les embryons d'études à développer dans le futur.

En dehors de l'aspect physique relatif au masculin et au féminin, les cellules d'un corps ne répondent pas à la même traction, selon qu'elles proviennent d'un moule ou de l'autre. L'esprit et l'âme le savent également. Vos lois sociales sont actuellement calquées sur le besoin d'exalter l'identité masculine. Une telle supériorité de celle-ci sur l'autre énergie n'a aucun sens. Vous vivez une relation faussée de la compréhension de l'identité masculine.

Vos cellules s'activent différemment selon la mise en extériorisation des schémas inhérents à l'une ou l'autre des identités. Chez l'homme, les cellules activeront une chimie lui permettant d'épouser la force et la volonté s'y rattachant. Là aussi, un jour déjà lointain, les êtres désireux d'imposer leur vision de la vie cherchèrent à vous faire accepter le fait que l'homme et son énergie étaient plus divins que la femme et ses énergies. En mettant la féminité sous clé, ces êtres établirent le déséquilibre nécessaire à l'installation de leur mainmise et de leur soif de pouvoir.

L'énergie féminine, de par sa volatilité, correspond au mouvement et à l'expansion. Elle imagine, rêve, joue, crée et expanse la Vie.

Quand un être cherche le pouvoir sur les autres, cette énergie représente le danger suprême à ses yeux. Depuis l'arrivée de ces êtres formant un gouvernement occulte sur votre terre, l'énergie féminine est muselée et interdite d'expression. En créant le déséquilibre au sein de l'identité masculine reliée à l'identité atomique et de l'identité féminine reliée, quant à elle, à l'identité solaire, ils espéraient devenir les maîtres d'Urantia Gaïa et, par ce biais, des mondes en expansion. Tous vos problèmes de personnalité découlent des dérèglements imposés progressivement par ces êtres et acceptés par vous.

Doucement, vous avez alors glissé dans une densification des corps poussant votre planète à répondre au nouveau schéma de votre humanité. Son état d'être s'éloigna graduellement de son visage initial. Après cela, le désordre put régner sur Urantia Gaïa. Plus question de vivre harmonieusement ni en relation directe avec l'Esprit et ses frères et sœurs des étoiles. Ceux-ci devaient s'abstenir de venir vous voir et d'entretenir des relations conscientes. Vous avez ainsi pénétré une période de quarantaine.

Le masculin n'exclut pas le féminin. Regardez comme votre esprit se heurte à une barrière : si on est homme, on ne peut être femme. Là aussi, vous devez travailler à apaiser votre vision des deux pôles, l'un complétant l'autre.

Je vais vous livrer un grand secret : on vous a laissé croire que la femme était matrice, soit le pôle porteur, ce qui est faux. L'homme est la coupe, la matrice recevant l'idée, le concept. La femme apporte le concept, crée et donne vie à l'atome. Savez-vous qu'en réalité l'esprit féminin fertilise la Vie et non l'homme ? Dans l'acte de procréer, l'homme ne donne pas la Vie ; il reçoit dans l'astral, et plusieurs mois avant, la garde de la mémoire du concept de la future vie. Il en est le dépositaire et la transmet dans le moule (masculin) de l'entité féminine. Celle-ci, esprit féminin, donne la volatilité de l'essence du concept et l'associe à la mémoire du moule reçu. Les deux parties, le féminin et le masculin, sont activées chez les deux futurs parents mais, actuellement, l'aspect féminin de

Expression profonde des énergies...

l'homme ne remplit plus totalement son rôle, d'où un accroissement de la stérilité déjà enregistrée.

Cette stérilité répond à une dysharmonie dans le couple créateur masculin/féminin. La stérilité chez la femme est due à une déficience du pôle masculin. Un équilibre rompu chez le couple créateur entraîne des souffrances psychiques graves les éloignant de leur but initial. Observez combien d'entités humaines vivent des contractions de leur identité et, en cela, ne pensent plus à leur esprit. Observez aussi la dose de souffrance vécue par ceux ou celles qui ont retrouvé le courage de rentrer dans leur demeure d'Identité divine. On vous a éloignés de votre demeure par souffrance et vous la regagnez avec de la souffrance. Alors, je vous le dis ici, ceci n'est nullement une obligation. En tout cas, ce schéma ne sévit pas partout.

En travaillant à l'équilibre des deux pôles masculin et féminin chez chacun d'entre vous, vous rentrez à nouveau au cœur de l'usage conscient de ceux-ci. L'esprit assoit ses études sur cette différenciation. Toutefois, au fur et à mesure des expériences vécues par une de ses parties de lui-même, il doit tenir compte des dysfonctionnements de ces deux expressions. Les schémas d'études s'appuient grandement sur la souffrance pour obtenir un sursaut de volonté au moment de l'incarnation. Cette notion, la souffrance, fut une découverte pour l'esprit. Nous pouvons identifier celle-ci à une sous-création, ou création secondaire, de l'homme incarné. *La souffrance est bien votre propre création.* Voici une autre grande vérité.

Ainsi, dans ce volet d'enseignement, je vous livre la conscience et la réidentification de deux créations secondaires de l'homme ou de la femme incarné(e): l'âme et la souffrance. En fait, il serait plus juste de les positionner à l'inverse, soit la souffrance et l'âme. Pourquoi ? Parce que vous avez accepté en premier lieu comme vérité des mots vous éloignant de votre source lumineuse. Le jour où vous en avez pris conscience, vous avez ressenti de l'autoculpabilisation et de là est née la souffrance, avec les voiles empêchant l'approche de votre esprit. À la suite de cette création, vous avez conçu le moule de l'âme. La peur est un dérivé de l'autoculpabilisation formant les verrous de la personnalité.

Pouvez-vous comprendre le schéma simple retenu afin de vous éloigner de votre centre créateur (les énergies masculine et féminine unies au service de la Vie) ? Ces êtres ont usé de mots, d'une joute verbale, dans l'idée de vous persuader que vous commettiez une erreur de compréhension par rapport au pouvoir créateur du centre équilibré : les énergies masculine et féminine. L'autre visage de la balance cosmique est bien celui de la croix représentée ici :

```
                    R
                    E
                    S
        Masculin    P    Féminin
                    E
                    C
                    T
```

La croix est une autre représentation de cette balance. La branche descendante, si allongée, nous parle de la densification de cette conscience déséquilibrée.

La Lumière de Vie se manifeste dans l'union du masculin et du féminin, le moule et son contenu, la volatilité de la pensée. À chaque séquence de réalité cosmique, vous étudierez plusieurs points. Une identité se décline sur plusieurs aspects. Je ne peux vous donner un cours précis sur une identité solaire ou atomique ; il me faudrait plusieurs volumes pour cela, et là seulement je pourrais rentrer au cœur des informations. Aujourd'hui,

Expression profonde des énergies...

nous nous contenterons donc de relever celles qui ont trait à la périphérie ! De toute façon, vous trouvez déjà que ces données sont complexes ! Attendez plutôt de pénétrer le *en dedans* de l'information avant d'affirmer cela. Et ce moment n'est pas encore venu.

Vous comprenez la nécessité d'aborder la profondeur des lois de mouvement par degrés. Votre pensée incarnée a oublié de se tendre et de flirter autant avec la connaissance. Avant tout, je construis mon enseignement en me référant aux questions posées dans l'éther de votre Terre. Toutes ont formé un moule que je me contente de remplir.

Avant de passer à un autre sujet, attardons-nous quelque peu à l'énergie féminine, état volatil illustrant parfaitement la pensée. Pensée et féminin ne font qu'un, tant leur essence découle de la même source : la volatilité. Voilà pourquoi il est peut-être bon de se pencher sur cette dernière notion. Son origine est la Lumière insaisissable, non cernable, chaude et éclairante. La Lumière Est et voyage sur le spectre de la couleur. L'énergie féminine se décline aussi de cette façon, ce qui engendre une peur chez l'homme ; en effet, comment contenir ce qui est insaisissable ? En regardant l'imagination dont l'homme fait preuve pour dominer la femme, on distingue cette peur. L'esprit féminin est fertile, rapide, créatif, amour et ressourcement. L'homme a besoin des moules pour exister, la femme existe en dehors de ceux-ci. L'énergie masculine bouge lentement, l'énergie féminine se meut avec aisance. Elle rencontre des problèmes uniquement quand le moule, ou le masculin, devient extrêmement rigide ou cherche à imposer une expérience la privant de sa légèreté. Certes, le féminin est fécond d'expressions, mais n'oublions pas que sans les formes (moules), rien ne pourrait demeurer viable.

De tout temps, l'une est au service de l'autre. Pas de supériorité, seulement une séquence d'action complémentaire, même si elle n'est pas synchronisée. En examinant de plus près cette question, on peut également ajouter ceci :

l'identité féminine féconde est en perpétuelle recherche d'un moule afin d'y déposer ses embryons de pensée. Le pouvoir de conception ne revient pas à l'identité masculine. Croire que l'homme détient le pouvoir de féconder un œuf relève de son envie de dominer la femme. Cette dernière est l'agent apportant la vie au moule ! Voici une autre grande vérité ! L'homme le sait bien, mais son besoin égotiste de domination l'a entraîné dans la nécessité de concevoir une joute verbale visant à masquer l'importance de la féminité. Ceci est aussi une grande réalité de votre passé. Vous avez vécu une période où les hommes ont voulu asseoir une supériorité sur les femmes. Partant de cette intention, ils ont imaginé un concept pour voiler l'énergie féminine. Ceci se traduit encore chez certains peuples de votre planète, qui privent leurs femmes de liberté. Avec cette mascarade, l'homme espère détenir seul le pouvoir équilibré du masculin/féminin. On appelle patriarcat ce type de mainmise sur la femme. Vous connaissez ? Auparavant, il est vrai que vous en aviez vécu une autre appelée matriarcat. Aujourd'hui, nous vous invitons à l'équilibre et à laisser une place égale à l'homme et à la femme sur Urantia Gaïa.

L'équité des valeurs morales s'avère nécessaire et même obligatoire. Votre société ne sera jamais viable avant d'atteindre à cela. Seule l'expérience doit servir de référence. Seule la connaissance des Lois Divines doit servir de justice. Seule l'extériorisation de l'Amour christique doit servir de modèle religieux. Seul le partage demeure la source du bien-être.

Vous avez des lois d'expression trop densifiées, donc trop rigides. Les Lois cosmiques remplaceront progressivement les lois terrestres. Cela se fera de par la volonté de votre humanité. D'ici là, la tête pensante au pouvoir à la surface d'Urantia Gaïa répond au déséquilibre de l'énergie masculin/féminin. Le jour où, enfin, votre société inversera la place de la femme au sein de ce duo, un pas décisif dans l'exactitude de ce processus d'expression sera franchi.

Expression profonde des énergies...

Le féminin porte l'énergie conceptuelle ; le masculin lui donne forme. La loi d'expression anime toujours et sans exception l'énergie féminine, puis elle actionne l'énergie masculine. Quelles que soient les intentions densifiées, les manigances et les joutes verbales, rien ne changera cette loi primordiale. Il est bon d'observer que le verbe est employé à des fins peu honorables dans votre période ou séquence de vie. Chaque fois qu'une domination se met en place, le verbe est détourné de sa source. Avec la Lumière, le Verbe (le son) est créateur, soit solaire.

Aujourd'hui, nous nous efforçons, instructeurs des étoiles ou de la Terre, de vous montrer le chemin du « centre », celui qui marie.

L'expérimentation d'un secteur de l'Identité primordiale est de par sa nature une séquence ou une partie de ce que vous êtes de naissance. Ainsi, secteur par secteur, vous couronnez votre Être. Vous pensez peut-être qu'il n'y a qu'un secteur par vie. Non, tout étant relié, les deux pôles solaire et atomique ou féminin/masculin se travaillent simultanément. Seul le choix du support fera ressortir la carence dans l'un ou l'autre de ces deux pôles.

Parlons un peu de l'action ou de l'acte. À quel pôle celui-ci se réfère-t-il ? À l'identité atomique ; l'acte reste l'extériorisation d'un moule, d'une idée, d'une pensée. Ainsi, la première identité à se manifester au sein du grand sidéral est l'identité atomique, le moule ; l'expérience se crée par l'identité solaire et l'acquis, alors que le geste retourne à la source, l'identité atomique. Vous naviguez à longueur d'instant sur ce mariage, mais vous en avez simplement oublié l'existence. Je vous le dis, ces deux identités ne peuvent vivre l'une sans l'autre ; elles sont indissociables autant dans les mondes subtils que denses. De toute façon, le dense reflète le subtil et l'inverse est également vrai. Peut-être même est-ce plus juste dans ce dernier cas. La densité permet d'aller puiser les compréhensions manquant à la subtilité. Si la subtilité reste

131

L'Être solaire

l'origine de l'esprit, la densité apporte la matière finale à toute création, ses racines.

Au fil de l'enseignement transmis, nous déterminons des sujets en leur donnant l'illusion de vivre selon un schéma d'expression. Ici, je tiens à préciser que cela n'est pas le cas en réalité.

Le Noir, le Blanc, la couleur, le son, l'identité solaire, l'identité atomique, la science, la géométrie, les nombres sont indissociables ; ils ne forment qu'une seule et même expression. Mais de manière à conduire une étude, nous les avons séparés afin de vous permettre d'assimiler les réactions. Vous avez accepté ce jeu : la différenciation.

Quand, enfin en incarnation, la Lumière fera jour dans votre esprit et l'éclairera de cette grande et sublime conscience, alors toutes les portes de la conscience s'ouvriront. Toutes les lois livreront leurs secrets et leurs pouvoirs correspondants. Je vous l'annonce : nous vous conduisons vers cela. Le meilleur moyen de rendre la paix à la surface d'Urantia Gaïa reste de vous illuminer de l'intérieur.

Regardez les informations pénétrant la conscience de votre réalité ; elles sont toutes complémentaires et précises. Ceci demeure le début d'un enseignement concerté. D'ici quatre de vos années, les multiples sources couleront à flots. Les premiers grands actes de vos instructeurs seront visibles et les rencontres pourraient même commencer...

Là aussi, nous répondons à la loi d'approche du autour, du sur et du dedans. Bien que certains d'entre nous vivent déjà sur le sol extérieur et à l'intérieur d'Urantia Gaïa, une période s'ouvre où, vous mes amis, pourrez venir physiquement dans notre réalité, soit dans nos vaisseaux, soit au centre de votre planète. Dans un temps plus éloigné, il y aura également des séjours au centre de votre Soleil et de la Lune, où une cité subsiste encore.

L'ère des visites d'amis terriens sur le sol d'autres réalités s'inaugure.

En réunissant le masculin et le féminin, en comprenant leur complémentarité, leur essence et leurs lois de mouvement, vous recevez l'autorisation de pénétrer notre lieu de vie. Naturellement, vous irez progressivement plus loin dans cette découverte en fonction de l'ajustement vibratoire de vos cellules. Peut-être aimeriez-vous savoir ceci : les ions négatifs et positifs sont les matrices des identités solaire et atomique, donc du féminin/masculin. C'est là une grande vérité !

Tous vos pouvoirs sont inscrits dans les ions.

HUIT

APPRENDRE À ÊTRE SOLAIRE

Nous voici rendus à la compréhension selon laquelle *tout est à l'intérieur de vous*. Il nous paraît intéressant d'examiner comment réagissent des entités en incarnation possédant toutes les lois en cours dans le grand sidéral, lois inscrites dans les particules de leurs atomes lors de la création du concept de leur moule d'expérience. Comme la demeure de l'Amour primordial sera la matrice du deuxième Cercle atomique de Vie, nous avions un grand besoin d'études comportementales sur ce sujet. Ce faisant, nous fûmes tous d'accord pour inscrire les lois fondamentales et secondaires au cœur des ions, des protons et des neutrons. Tous les grands scientifiques maîtres et couronnés sont venus au chevet de cette construction de forme. Votre véhicule d'exploration (ce corps physique) constitue un grand espoir de maturité pour les mondes en formation. L'élaboration de ce moule de mouvement nécessita une approche nettement plus complexe que nos autres créations. La joie nous motiva et nous habita. Servir ce plan représente ce que vous qualifiez aujourd'hui de *challenge*. Nous devions encore une fois nous transcender de manière à donner vie à un moule capable de recevoir une somme formidablement importante d'informations.

Jusqu'alors, nos autres moules ne détenaient qu'une séquence d'informations. Ces moules portent des spécificités, des parties de Lois primordiales mais ne sont pas aussi proches de la Source. Chaque section universelle travaille à recevoir des informations sur telle ou telle séquence de l'identité solaire.

Dans votre système solaire, une planète naquit avec mission d'expérimenter un nouveau moule d'identité. Dès les prémices de sa venue, nous avons été informés de sa tâche et des ouvertures que cela amènerait ; enfin, nous le supposions. Imaginez plus de quatre millions d'informations déposées sous forme de codes et de Fleurs de Vie immergés dans un atome ! Rien de plus, rien de moins, quatre millions de données ! L'enjeu est donc de taille et le potentiel aussi ! Saisissez-vous pourquoi ce lieu, votre planète, est tant convoité !

Toutes les informations nécessaires à l'évolution d'un nouveau secteur de vie se situent au cœur même de votre corps. En vous prenant en otages et en ayant réussi à vous installer dans une quarantaine, on a fait descendre des voiles d'oubli sur votre mémoire de créateurs. Les techniciens du mouvement se voyaient englués dans une stagnation ! Du jamais-vu dans l'histoire de ce Super-Univers. Cette situation fort intéressante suscite des interrogations et offre ainsi un terrain riche en futures ressources. Rien de catastrophique, juste la nécessité de trouver des parades et des équations nouvelles. Quatre millions de données scientifiques portées au cœur de votre Être. Toutes les solutions sont là en vous, rien qu'en vous. Comprenez-vous l'attitude utopique de rechercher une solution à l'extérieur de vous-mêmes ?

Vous êtes les maîtres de la création du mouvement, incarnés afin de vérifier vos équations et les inter-réactions de celles-ci entre elles. La clé se trouve au sein même de votre identité. Alors, devant ce phénomène (l'oubli de votre venue, de votre origine comme de vos fonctions dans le grand sidéral), nous dûmes envisager un remède. En réalité, nous en avons essayé plusieurs avant de nous arrêter sur le dernier choix en cours : vous rendre votre mémoire en ce qui a trait à qui vous êtes, à l'endroit d'où vous venez et à la raison pour laquelle vous êtes ici.

Je m'adresse non pas à des êtres en cours d'évolution

Apprendre à être solaire

mais bien à nos amis, les maîtres de la création, c'est-à-dire vous. En réveillant ce souvenir, vous allez nous fournir le remède idéal afin de voir régner le plan conceptuel attribué à cette planète. Pour engendrer cela, d'autres maîtres sont venus dernièrement en incarnation en vue de canaliser et de diffuser la Lumière solaire des Soleils extérieurs et intérieur d'Urantia Gaïa. Le côtoiement des deux mouvements devrait créer une explosion de conscience chez nos maîtres bien-aimés installés dans l'oubli d'eux mêmes.

Les maîtres, quelle notion galvaudée ! Vous pensez nous voir venir en manifestant une attitude imposant notre savoir, alors écoutez. Il est vrai que nous allons poser nos pas physiques sur le sol extérieur d'Urantia Gaïa, que nous possédons une grande connaissance et une grande technique, et il est tout aussi vrai que nous détenons le plan d'expansion de votre Terre et des Univers venant sous son autorité, mais après la confusion de vos dirigeants due à notre arrivée, nous serons avant tout des partenaires retrouvant leurs maîtres bien-aimés. Oui, certains d'entre vous sont nos maîtres à penser, et rien d'utopique ou de grande révélation dans ces mots ! Juste l'énonciation de faits réels.

À qui voulez-vous que nous transmettions nos espoirs de voir la paix de l'Être s'installer sur ce lieu, sinon à des maîtres ? Naturellement, le mot *maître* ne porte pas dans sa vibration la puissance négative que vous lui attribuez. Non, nous rendons toute la puissance et la force à des êtres responsables et dignes de revêtir la charge solaire et atomique contenue en ce terme. Pour nous, seule la teneur des identités citées ci-dessus détermine l'usage de ce mot. Bref, vous avez une conception restreinte de réservoirs d'énergie mis à la disposition d'une humanité. Savez-vous comment utiliser ces réservoirs sans passer par la connotation restrictive de la phase humaine ? En vous connectant à votre source solaire et atomique. De quelle façon ? C'est simple, très simple. Il suffit de parler à votre esprit supérieur, votre Moi divin. Passez par lui afin de vivre une expérience dans sa forme enrichissante. Voici un exemple : « Mon cher esprit divin, vis avec moi l'expérience (citez-la), participe pleinement en me donnant tes impressions sous la forme que tu souhaites. Utilise les rêves, ma pensée ou les intuitions pour me parler de ce que je vis dans mon présent, donne-moi la vision de cette expérience en me fournissant la profondeur des pôles Ombre/Lumière et dirige-moi vers la Lumière de Vie de cette expérience. » Votre esprit Père/Mère répondra. Soyez attentifs, au début de ce partenariat, afin d'identifier le visage de son langage, car il le choisira idéal et aisé pour établir ce dialogue. En agissant ainsi, vous permettez à votre Moi supérieur de remplir son rôle et de travailler au rétablissement du lien entre lui et vous. Tant que vous réagirez seuls vis-à-vis d'une situation, vous entretiendrez le déséquilibre des forces de la personnalité. Les informations contenues dans vos atomes resteront en potentiel et ne seront pas accessibles pour votre épanouissement et votre réunion avec votre demeure divine.

Quand nous foulerons le sol de votre belle planète, ne pensez surtout pas que nous allons vous prendre en charge, non. Nous allons plutôt pointer du doigt votre état d'être, de manière à vous inciter à entreprendre ce travail. Vous ne pouvez demeurer éloignés et coupés des énergies nourricières de votre Père/Mère. La corde d'or doit reprendre de la vitalité.

Voici le moment d'aborder les lieux où nos pas se poseront et d'où nos actions partiront vers les futurs mondes.

Le pays qu'est la France accueillera la Rotonde d'informations.

Au Canada, nous construirons une ville et une base d'accueil.

Le Brésil est le lieu où les forces du ciel et de l'intramonde se marieront pour le bien de tous.

En Afrique sera d'abord installé un centre éducatif puis, plus tard, une école interstellaire. Dans un deuxième temps, nous reviendrons au Tibet.

Les Lois de Vie prendront de nouveau racine et rayonneront sur la surface de votre planète.

Mais ici, je vais tenir ma promesse faite à un Être de Lumière vivant à ce jour au Canada. Je vais parler un peu de l'Afrique, pays parvenant au seuil de sa liberté d'expression.

Toutes les influences occidentales et de la race blanche vont progressivement diminuées et, partant, son peuple pourra reprendre entièrement sa destinée. Aujourd'hui, et afin de sensibiliser l'esprit de ce pays, beaucoup d'Africains se sont expatriés pour recevoir de l'extérieur les forces nouvelles et salvatrices qu'ils restitueront par des actions indirectes.

J'invite tous les hommes et toutes les femmes d'origine africaine soucieux de venir en aide à leurs frères et sœurs d'agir de là où ils sont en communiquant les informations provenant des sources de Lumière.

Là aussi, nous retrouvons une loi de mouvement, et ces êtres l'illustrent parfaitement. Ils partent du centre de cette Terre, mais l'identité de leur naissance demeure attachée à ce lieu ancestral. Leurs transformations, par la loi du cercle, touchent tous leurs frères et sœurs demeurant encore dans leur pays d'origine.

Mes amis, si vous voulez être efficaces, effectuez une transformation à l'intérieur de vous-mêmes et l'identité de groupe se modifiera. Ayez des actions d'influences indirectes puis, seulement si vous y êtes appelés, des actions directes. En prenant modèle sur nous, vous comprendrez que nous procédons ainsi en ce moment même.

L'Afrique a épuisé son quota d'énergie mal qualifiée. Aussi, entrera-t-elle prochainement dans une période alternative puis dans une autre d'expansion. Cependant, je vous invite à élever votre regard-sentiment-pensée et à ne pas vous attarder plus qu'il ne faut sur les événements immédiats et ceux des dix prochaines années.

Cette planète possède des portes d'énergie donnant accès aux autres mondes. Celles-ci sont convoitées et, derrière les simples guerres, les fomenteurs de troubles se battent afin d'entrer en possession de ces couloirs du temps. Je comprends parfaitement votre détresse et votre besoin d'action visant à permettre à ce peuple de retrouver la paix. Cependant, écoutez-moi, l'action la plus efficace et certaine, ou garante de réussite, passe en premier lieu par vous-mêmes. Établissez la paix au centre de votre être et, à ce moment-là, vous pourrez nous aider à rétablir le respect envers vos frères et sœurs. L'Afrique reste le plus grand enjeu de cette Terre pour tous les assoiffés de pouvoir. Ne rentrez pas dans leur jeu en devenant vous-mêmes fervents d'une autre sorte de pouvoir. Rappelez-vous qu'en agissant ainsi vous renforcez leur domination, car vous leur donnez vos énergies. Comme votre planète entre dans une période cruciale où les forces de l'ombre et du gouvernement obscur servent à révéler votre position intérieure et votre choix, ces êtres ont les mains libres pour agir selon leur volonté. Ceci ne veut nullement dire que leur domination perdurera. Non, car parallèlement, la Lumière de Vie s'installera doucement sur ce sol.

Voici pourquoi nous avons accepté, nous « les maîtres » de nous incarner par vagues. Voici pourquoi je vous invite à transformer votre regard sur les êtres vivant autour de vous.

Un maître peut se cacher derrière un simple visage et une modeste expression. Ne les cherchez pas tous parmi les personnalités en vue qui sont, bien souvent, des entités destinées à rester dans la troisième dimension. Je le répète, ils ont accepté d'être les points de mire et vos miroirs à seule fin de vous aider dans ce passage. Un jour, ils vivront ce que vous vivez aujourd'hui. Pour le moment, ils apprennent une leçon, rien d'autre.

Nous tenions, dans ce livre, à vous parler des maîtres incarnés sur votre sol. Leur travail s'effectue dans l'ombre, de façon à éclairer le ciel et toutes ses demeures depuis les entrailles de cette matrice de Vie. Chaque pas parcouru vers votre réconciliation participe à l'événement cosmique. Alors, écoutez encore ceci : au centre de votre Terre, les êtres y sont de grands maîtres et, un jour, ils partiront rejoindre le *Soleil Central*. Cette place sera ainsi occupée par vous, les maîtres de la surface, et je ne fais pas allusion ici à une certaine catégorie d'entités !

Afin que la loi du autour/sur/dedans soit respectée, les maîtres du grand sidéral se baseront en trois points : sur votre sol, autour de Jupiter et, enfin, dans le ciel, pour y assurer la paix. Pourquoi Jupiter ? Parce que cette planète a un destin particulier. Elle sera votre deuxième Soleil très prochainement. Votre Soleil actuel porte déjà en son sein son quota d'esprits reconnus et actifs. Ce système solaire entre dans une phase répondant aux normes stellaires (enfin !), soit deux Soleils par système. La balance cosmique s'équilibre. Un système solaire est une division devant répondre à des statuts dans le but de recevoir une dose précise de lumière. Comme le vôtre fut créé d'après des demandes bien particulières du Grand Constructeur, il entra en phase obscure dès sa conception afin de répondre à un schéma d'études. Votre planète est particulière, mais votre système solaire l'est également. Tous les maîtres d'énergie furent confrontés à des dilemmes d'expression. Je m'explique.

Le grand sidéral répond dans sa totalité à un courant précis de Vie. Nous avons donc des références pour nos constructions. Avec l'ouverture du deuxième Cercle atomique de Vie, le Grand Constructeur souhaita expérimenter un autre courant de Vie. Il nous soumit alors plusieurs germes d'idées à explorer pour retenir celui qui serait en vigueur sur ce cercle. Dans l'intention de ne pas perturber plus qu'il ne faut le déroulement de vie au sein du premier Cercle atomique de Vie, la décision de créer un lieu d'études bien précis fut retenue. Votre système solaire est la matrice d'études de ces germes d'idées. Au début, tout se passa relativement correctement, puis nous vîmes apparaître une période de troubles quand tous les germes d'idées furent mis ensemble en vue d'enregistrer les synergies. Les ennuis ont commencé dès ce moment ; pourtant, malgré tout, nous recueillons un potentiel inespéré.

Aujourd'hui, le Grand Constructeur décide de retenir l'idée germe du deuxième Cercle atomique de Vie. C'est la raison pour laquelle l'année 2012 clôturera ce grand test. Par après, ce système solaire entrera dans sa réalisation et ne sera plus retenu comme base expérimentale des premiers germes d'idées. Ceci suggère également la construction d'une autre base d'études supervisée par ce système solaire. Il va s'en dire que le vôtre s'aligne sur les valeurs éthiques de ce Cercle atomique de Vie. Par conséquent, les maîtres positionnés sur ce sol seront pleinement réveillés après l'année de clôture du grand test. Beaucoup de transformations attendent en ce moment, mais plus pour longtemps ! Je vous invite à prononcer vos non et vos oui avec le plus de conscience possible. L'Être solaire se profile et s'en vient vers vous. Il prendra forme grâce à vos positions intérieures et épousera la Fleur de Vie que vous dessinez en ce moment même dans vos atomes. Extérieurement, les apparences pourraient vous entraîner dans un désespoir ; je vous en prie, reprenez votre foi et rendez-la vivante en la nourrissant de l'intérieur de vous-mêmes.

Les événements présents servent de supports à ce dessein entrepris au cœur de vos cellules. Ne permettez à personne de s'interposer tout au long de cette réalisation. Vous, amis lecteurs, appartenez à la nouvelle garde de cette planète ; aussi, ne copiez pas les actions de l'ancienne. Servez-vous-en comme d'un tremplin visant à créer la

Charte de Vie d'Urantia Gaïa. Vous possédez un grand pouvoir : AIMER. Ne le comparez pas à la façon terrestre la plus négative. En transformant votre regard-sentiment-pensée, vous parviendrez à des hauteurs insoupçonnées de l'acte d'aimer. Nous vous donnons comme référence l'Amour christique. Ceci est une étape. Tout est perfectible, et nous vous attendons après 2012 pour l'agrandissement de cet Amour. En effet, le Grand Constructeur attend de vous que vous émettiez l'Amour solaire. Nous ignorons son visage ; à vous de nous éclairer sur ce concept dans votre futur.

L'Amour christique restera la référence de ce premier Cercle atomique de Vie. Tous les grands maîtres de ce Super-Univers sont conviés dans cette nouvelle réalisation. C'est là la raison du retour de tous vos prophètes et des maîtres ayant laissé un enseignement sur ce sol. Leur travail d'antan doit évoluer et ils vous attendent de manière à grossir la lumière servant de base expérimentale à la construction du concept de l'Amour solaire. Nous vous invitons à éclairer par votre présence, vos choix et votre volonté toutes les actions de l'Ombre et du monde obscur de votre Terre. La Lumière doit s'installer en rayonnant depuis votre Être intérieur. Vos pieds doivent puiser la lumière du centre de votre Terre afin de la laisser briller de tout son éclat autour de vous. De votre plexus solaire, vous devez canaliser la lumière de votre Soleil, et par votre rate, celle du *Soleil Central*. Quand chacun arrivera à diffuser ces trois sources de lumière, il méritera le nom d'*ÊTRE SOLAIRE*.

Pourquoi, selon vous, les maîtres se sont-ils incarnés sur ce sol ? Uniquement pour réussir à donner naissance à l'Être solaire. Tout votre parcours vous a menés à cette expérience. Alors, aujourd'hui, vous voici rendus à votre plus grand rendez-vous cosmique.

Personne ne vient vous y tenir la main. Votre réalisation sera la référence des mondes nouveaux. Travaillez encore et encore pendant ces dix petites années immédiates. De ceci dépend l'activité des secteurs administratifs à naître. ÊTRE solaire résume le mouvement à déployer dans le deuxième Cercle atomique de Vie. Le premier donna l'Amour christique.

Tous les efforts effectués jusqu'à 2012 pour unir ces trois pôles de lumière permettent d'établir une base d'études utilisée par les étudiants des mondes à venir. Nous enregistrons les germes relatifs à cela. Quant au devenir de votre Terre, vous le modelez en fonction de ces paramètres. Comprenez que votre Terre répond déjà aux données propres à l'Amour christique et que, si les apparences semblent en être éloignées, vous êtes en réalité très proches de cette loi d'Amour. Après 2012, vous saisirez pleinement cet état de conscience. Ce qui intéresse et préoccupe tous les maîtres d'énergie reste avant tout la fusion des trois centres solaires.

Ce petit système solaire (le vôtre) a reçu comme mission d'explorer le contraire de la Lumière, de s'éloigner des trois pôles nourriciers (les trois sources solaires) avec l'idée d'y revenir et de les unir. Certes, vous pensez : « Ceci aurait pu être plus aisé sans l'éloignement. » Au premier abord, cette réflexion apparaît juste, mais aucune force n'étant développée dans la seconde approche, elle représenterait une grande faiblesse. En vivant d'abord loin de ces trois sources de lumière et de grandes nourritures, vous, les explorateurs et les expérimentateurs de ce dysfonctionnement, donnez des appuis solides à la pensée, des repères ou des références. Les futurs étudiants des mondes à venir prendront leur envol d'expérience à partir de ces données et pourront, de par leur force et leur volonté, déterminer des lois précises ayant trait à l'Être solaire.

Nous savons ceci : le deuxième Cercle atomique de Vie commencera sa vie par la reconnaissance et l'établis-

Apprendre à être solaire

sement de l'état solaire puis, à un certain degré de maturité, un laboratoire expérimental sera créé dans le but de faire germer l'esprit du troisième Cercle atomique de Vie. En cela, le déroulement reste le même d'un cercle à l'autre.

Aujourd'hui, tous les yeux des esprits évoluant dans ce présent cercle sont tournés vers vous ; un jour lointain, vous nous rejoindrez et observerez un lieu précis où des esprits auront accepté d'y être isolés dans le but de créer un microcosme favorable au fleurissement d'un état d'être. Alors, à ce point, il faut savoir qu'il n'existe qu'un laboratoire expérimental par Cercle atomique de Vie. Et tant pis, c'est vous ! Ajoutons que les sept Super-Univers connaissent parfaitement l'existence de ce laboratoire. Cependant, puisque l'isolement devait être total, vous n'avez eu droit qu'à un seul Soleil, ce qui vous a protégés dans ce cheminement si particulier.

Pourtant, voici l'heure de sortir de votre retraite et de réintégrer les Lois universelles. Tous les esprits devant séjourner dans ce lieu singulier furent choisis d'après leur pouvoir d'endurance, leur force à maintenir longtemps leur but et leur amour inconditionnel pour le service. Bref, dans le passé de ce cercle, il y eut un nombre considérable de candidats et peu de retenus.

Vous vivez ici par choix et par amour. Aussi, ne vous plaignez pas et assumez votre choix, retrouvez votre volonté émise et votre but ultime. Tout demeure dans vos atomes. Nous vous promettons de grandes surprises quand vous vous réapproprierez votre mémoire ancestrale. Vous rirez de vos expériences en apparence malheureuses. Vous dites : « Mais au sein des Univers, les Êtres réalisés sont déjà établis dans l'Être solaire » et nous répondons : « Les Êtres reconnus, ascensionnés et couronnés sont établis dans l'Amour christique, en réponse à la loi d'appartenance de ce premier Cercle atomique de Vie ».

Nous vous attendons bien sûr dans l'épanouissement de votre trajectoire au cœur de ce cercle, mais également au sein de la fusion des trois sources de lumière solaire. Votre passage dans la quatrième dimension ne signifie pas votre arrivée dans votre couronnement. Même le jour où, enfin, vous passerez dans cet état d'être, vous n'aurez pas encore atteint votre objectif suprême. La quatrième dimension ne représente seulement qu'une étape, importante il va de soi. Reste à établir les embryons de la base de l'identité solaire. Pourquoi aujourd'hui, justement, vous livrons-nous autant d'informations ? Pourquoi vous révélons-nous la vie sur les Soleils en l'état actuel de l'ouverture de conscience planétaire ? Pourquoi êtes-vous invités à retrouver votre mémoire ancestrale ?

Le but ultime de cette destinée se dévoile entièrement. Pourquoi ? Non, une bonne fois pour toutes, nous ne vous entraînons pas vers une impasse, une illusion, ni n'essayons de créer une utopie. Écoutez, non seulement vous êtes nos frères et sœurs des étoiles, nos partenaires dans l'expansion de conscience, des scientifiques vérifiant leurs hypothèses, mais vous êtes aussi un groupe d'esprits ayant la charge et la responsabilité de fournir une base qui servira de modèle d'expérience auquel se grefferont d'autres formes embryonnaires de pensée et de vie. Que ceci vous plaise ou non, vous appartenez à ce groupe : celui des explorateurs d'idées.

Votre planète héberge actuellement plusieurs sources scientifiques. Afin d'aider nos frères et sœurs dans leur programme expérimental, nous leur avons adjoint :
- un groupe (celui des kamikazes) venant réclamer la Lumière de Vie pour une planète ; son intervention permet à celle-ci de former son souhait de couronnement,
- un groupe gardien des schémas de vie en cours dans le grand sidéral,
- un groupe détenteur d'un potentiel lumineux tenu en réserve dans leur corps, de façon à leur fournir une cellule familiale extraplanétaire.

Ces groupes évoluent sur deux plans. Ils sont incarnés sur votre sol, partageant votre vie densifiée, ou ils évoluent sous une forme subtile en deux points : sur votre Soleil et sur Jupiter.

Je vous invite expressément à stimuler votre mémoire et à mettre votre lien en résonance avec eux.

L'état d'Être solaire vient doucement réclamer votre attention en vue de former une matrice évolutive pour les futurs mondes. Vous ne créerez pas les lois s'y rapportant ; vous définirez les premiers mouvements de fusion entre les trois sources lumineuses. Le couronnement d'un esprit s'effectue par une succession de fusions d'identités.

L'identité solaire reste à définir. Nous commençons à peine à la dessiner. Les Cercles atomiques de Vie restent des matrices favorisant l'exploration de la pensée du Grand Constructeur. Celui-ci nous appelle dans cette aventure. L'Amour christique ayant délivré ses lois de mouvement et sa forme d'identité, à vous, mes amis, de nous montrer le chemin de l'identité solaire. Nous pouvons aujourd'hui lire les idées se dessinant à ce propos dans votre aura.

Voici pourquoi l'identité solaire est encore difficile à définir à l'heure actuelle.

NEUF

LE LABORATOIRE DU PREMIER CERCLE ATOMIQUE DE VIE

Ce livre permet d'aborder la réalité de ce système solaire. Jusqu'ici, vous avez cru à une fonction normalisée, mais il n'en est rien. Revenons dans le passé, au moment précis de sa conception.

Le Cercle atomique de Vie présentait une situation intéressante de l'approche à maturité de son identité. Des réunions avaient lieu les unes après les autres. Les scientifiques universels trouvaient nécessaire d'avoir un lieu d'études précis et commun aux sept Super-Univers. Le temps d'une expansion se profilait. Il fallait être prêt d'un instant à l'autre, le Grand Innommable pouvait transmettre son souhait d'animer le deuxième Cercle atomique. Les Sages et les scientifiques pressentaient la nécessité de créer des prototypes pour cette expansion.

Au siège administratif des Super-Univers, les Sages en charge de la responsabilité de ces secteurs se réunirent tous puis firent venir les hauts scientifiques des sept Super-Univers. Pendant cette réunion, un émissaire du *Soleil Central* arriva et exprima la volonté du Grand Constructeur. Un plan de Vie alors remis aux Sages changea le visage de cette réunion ; il n'était plus question de suppositions mais bien de certitudes quant à l'avenir. Le Grand Constructeur donnait ici les grandes lignes des idées à développer dans le second Cercle atomique de Vie. Cette réunion se transforma en réelle séance de travail. Le premier point consista en une analyse précise des acquis au sein du grand sidéral (autre nom de ce Cercle atomique de Vie) et des faiblesses par rapport au souhait de Vie à réaliser dans le futur secteur atomique. Tous les scientifiques présents réclamèrent la création d'un laboratoire commun.

En effet, lors de l'expansion de ce présent Cercle atomique fut mentionnée la venue en temps utile de cette construction qui ouvrirait ses portes sur le deuxième cercle. Restait à présenter la requête d'élaboration de ce laboratoire. Aussi, pendant cette réunion, les intervenants se penchèrent-ils sur les questions suivantes :

- Quelle section universelle porterait cette création (ce grand laboratoire) ?
- Comment les scientifiques des sept Super-Univers pourraient-ils intervenir dans ce lieu ?
- Quel couloir du temps resterait attaché à ce lieu ?
- Quel espace et quelle voie navigable en deviendraient les portes d'accès ?
- Qui serait responsable de ce lieu ?

Telles furent les premières interrogations émises.

La maturation nécessaire aux réponses exigea une longue période de réflexion. Pas question que soit lésé un secteur par rapport à un autre. Dans chaque Super-Univers, les scientifiques travaillaient déjà sur les projets à développer dans ce laboratoire. La qualification d'études à amener à maturité dans le deuxième cercle étonnait : *être solaire*. À partir de cette volonté, toute une stratégie d'approche et de développement restait à émettre.

La neuvième séance donna lieu, enfin, à une base de départ. L'emplacement fut choisi et ce choix, arrêté : un système solaire serait créé spécialement dans ce but. La taille du laboratoire se dessinait, soit un système solaire en entier ! D'accord, mais il fallait envisager une sécurité d'entrée. La décision fut prise : il serait constitué d'un seul Soleil. En fait, la loi des systèmes solaires abritant la vie répond déjà à la nécessité de posséder deux Soleils afin d'éclairer tous les habitants. Un système solaire vivant par la lumière d'un Soleil unique ne peut d'ordinaire prétendre à recevoir des humanités ; ces systèmes servent de réserve et de lieu de ressourcement. Ils ne développent pas d'études comportementales. En choisissant de placer ce laboratoire sous l'influence d'un seul Soleil, on donnait toutes les chances aux résidents de ne pas être confrontés à des interférences pendant le développement des sujets d'études.

Ce lieu est commun à tous les Créateurs des sept Super-Univers (les créateurs de nouveaux prototypes ou ayant charge de susciter des pulsions comportementales favorisant l'éclosion de nouveaux germes d'idées). Des couloirs de navigation furent mis en place afin de leur permettre de contrôler facilement cette osmose. En théorie, nous devions être les seuls à les emprunter. Quand ce lieu scientifique répondit favorablement aux critères annonçant la possibilité de recevoir la vie, les Créateurs exportèrent les premiers prototypes. Ceux-ci restèrent inanimés tout au long du voyage ; nous insufflèrent le mouvement dans leur corps à leur arrivée, et ainsi débuta l'aventure.

Ce laboratoire d'expériences à l'échelle d'un système solaire répond à un programme précis de développement. Il fut créé pour l'expérimentation, et ceci demeurera ; toutefois, son expression sera désormais autre, puisque vous ne développerez plus de germes d'idées ! Le Grand Constructeur donna l'étincelle primordiale à l'origine de cette création et déposa un plan. La première phase se termine ; par cette démonstration, les germes d'idées sont maintenant suffisants pour être transplantés dans le deuxième Cercle atomique de Vie. Cette seconde phase représente la sélection (parmi les résidents de ce système solaire) des futurs dirigeants de points stratégiques. Si vous songez : « oh là là ! notre niveau de pensée est bien trop peu élevé pour ça ! » je vous rassure, cette vie actuelle ne sera pas la seule source d'évaluation et une grande période s'ouvre devant vous dans ce but. Si vous préférez, nous n'ouvrons ici que le préambule de cette deuxième phase.

Durant ce temps, un remaniement considérable s'effectuera en vue d'installer les bases administratives et les Lois solaires. Cette ouverture annonce des troubles inévitables étant donné les besoins de pouvoir égotiste de certains, et votre présentation à la pluralité de la Vie. Nous possédons une liste de caractères d'intentions servant à définir les candidats potentiels. Certes, je pourrais vous fournir cette liste, mais cela ne vous serait point profitable. Dans l'intention de vous offrir des conditions idéales à cette nouvelle étape comportementale, la décision fut prise d'allumer le deuxième Soleil. Vous sortez de l'isolement et de l'ombre, mais cette exposition en pleine lumière attirera également d'autres groupes explorateurs d'idées ; vous serez exposés à une multitude de formes, de langages, d'expressions, et si, aujourd'hui, nous n'avions pas la sagesse de vous en parler, le choc serait trop grand. Les situations conflictuelles vécues jusqu'à ce jour vous serviront dans votre détermination d'échanges culturels.

Encore une fois, vous êtes les maîtres de cette planète, mais placés devant l'obligation de sortir de votre autarcie et de recevoir des visiteurs. En cela, vous n'avez pas le choix ; on ne peut se soustraire à un décret du *Soleil Central*. La période d'évaluation des candidats se déroulera sur un peu plus de 10 000 ans. Il va sans dire que l'amour, la sagesse, la charge solaire sont au centre des conditions nécessaires à l'accession aux postes clés. Certains grands intervenants de votre histoire sont candidats, et leurs postes seront également à pourvoir si eux-mêmes sont retenus. Voici un grand remue-ménage dans la hiérarchie des Êtres réalisés et de ceux en passe de le devenir. Si vous rêvez d'être un jour un prophète, un bouddha ou un grand intervenant, cela pourra se produire dans le deuxième Cercle atomique de Vie, à moins que votre préparation ne vous propulse dans d'autres systèmes solaires en vue de

Le laboratoire du premier Cercle atomique de Vie

reconnaître les attitudes adéquates à développer. Mais ce laboratoire recevra toujours des plans d'expérimentation (d'un autre type) après la seconde phase : des plans à mener à maturité ici et pour le bien du premier Cercle atomique de Vie, ou à transporter dans le deuxième cercle. Ce laboratoire devient la porte primordiale entre les deux cercles.

Avant la période de l'Atlantide, seuls les Créateurs connaissaient l'existence et l'importance de ce lieu d'études. Depuis ce moment de votre histoire, les couloirs du temps et de navigation reçurent la visite d'entités en quête d'une planète pouvant les accueillir après qu'ils eurent fait imploser la leur. La pénétration de votre espace vital se fit dans une séquence de vie déjà rendue difficile par votre acceptation de l'autoculpabilité, la dépréciation de votre identité et la perte de votre pouvoir du verbe. Votre fragilité du moment permit l'installation de ces êtres puis la venue d'autres entités ; ces dernières, à l'origine de votre spectaculaire avancée technologique, sont dépourvues de toute conception de l'amour et de la sagesse. Voici pourquoi votre humanité fait aujourd'hui les frais d'une domination nucléaire et de manipulations génétiques. Ce grand mal donnera malgré tout la vie à une autorité placée sous l'égide de la sagesse et des vues philosophiques. Actuellement, une incroyable course au pouvoir total se poursuit dans l'ombre de façon à vous présenter un constat comme une évidence, mais le *Soleil Central* refuse ce comportement et agit déjà pour rétablir l'égalité d'expression sur ce sol.

Je vous lance un avertissement : les dix ans à venir seront le théâtre de grands retournements d'attitudes et votre gouvernement occulte sera démasqué puis perdra toutes sortes d'influences. Par ailleurs et malheureusement, une probabilité de guerre atomique reste encore inscrite pendant cette période. Les prémices en transparaissent déjà de la bouche de votre actuel président américain. Votre pensée demeure le meilleur moyen de transmuter cette énergie. Nous restons à l'écoute de votre avenir immédiat et interviendrons encore en vue d'éloigner ce spectre.

Ce laboratoire a connu une telle situation à plusieurs reprises, qu'il est d'actualité de dépasser l'appel de cette mémoire et d'y installer un respect de la pluralité d'expressions. Ici, nous voulons vous dire ceci : ce lieu fut concrétisé à partir d'une pensée multiple due à une alliance entre tous les secteurs de création des sept Super-Univers. Cette conception repose non pas sur une idée germe mais sur un agglomérat de germes fusionnés, afin de donner naissance à un seul noyau, ou cellule de Vie. Ce système solaire sert la multiplicité des expressions en vue d'offrir des résultats à la totalité du premier Cercle atomique de Vie. Aussi, vous construirez la paix en acceptant la diversité. Et quand cela sera enfin, vous pourrez penser à l'identité propre de ce système solaire en débutant par votre planète !

Ce sol et ce système n'abriteront jamais une expression unique. Votre humanité mariera ses races en créant une souche unie, de manière à intégrer son passé, sa mémoire, mais jamais au grand jamais ce sol ne restera ouvert qu'à vous seuls. Si votre humanité s'avance vers un visage unique, c'est simplement dans le but de recevoir des groupes de vie d'expressions diverses. Votre force s'installera dans la reconnaissance de la sagesse de l'apport diversifié de races. Vos égarements sont dus aux couleurs des races vivant actuellement ; pourtant, de cela a éclos la plus belle fleur d'expression au service de ce cercle.

Il est temps, dans l'avènement de l'Être solaire, d'amorcer la reconnaissance de la légitimité de toutes vos races. Celles-ci sont les racines de la future humanité, c'est-à-dire de vous en mutation. L'Être solaire viendra s'appuyer sur ce moule émergeant de vos difficultés. En principe, les autres systèmes solaires n'abritent qu'une race (ou forme) par planète, seule l'ouverture permanente de leurs frontières occasionnant les frictions. Vous, vous vivez

Le laboratoire du premier Cercle atomique de Vie

dans un système solaire aux frontières fermées, mais les frictions découlent de la promiscuité de couleur des races. Bientôt, vous devrez ajouter à ceci l'arrivée des formes, de la sagesse, de l'amour, de l'expansion de vie et, surtout, le constat de votre limitation de mouvement.

Votre gouvernement impose un clivage d'expression et préfère vous sentir démunis ou dépossédés de votre pouvoir d'action. Quand vous, humanité, concevrez à l'intérieur de vous un grand champ d'action, une liberté totale d'expression, alors vos gouvernements n'auront plus de prise sur vous. Accentuez le respect naissant entre vos identités nationales, reconnaissez-vous comme les enfants à part entière d'Urantia Gaïa et osez vous proclamer urantiens et non français, allemands, américains, africains, etc. L'identité planétaire germe dans votre pensée : rayonnez-la. On peut, encore un temps, vous empêcher de parcourir librement les pays mais on ne peut emprisonner vos pensées ; votre liberté et votre libération se situent en cela. Quand ce germe sera assez puissant, vos frontières nationales tomberont aussi sûrement que le mur de Berlin. On peut réprimander un Corse, un Anglais mais pas un Urantien.

Prochainement, vous recevrez (pas forcément par mon entremise) tout un cours sur l'identité des systèmes solaires voisins, incluant leurs noms, dont le vôtre. Nous tentons de vous rendre votre identité universelle dans un court laps de temps, et si, aujourd'hui, je suis en poste ici, j'ai d'autres frères et sœurs créateurs ou administrateurs prêts à venir s'installer au service d'Urantia Gaïa. Alors pourquoi, dans ce système, tout repose-t-il sur votre planète ? Pour cette simple raison : les autres planètes sœurs sont déjà installées dans leur identité, il ne reste plus que vous ! Vos sœurs ont fourni un effort considérable d'alignement sur les Lois solaires et travaillent maintenant à soutenir votre entrée (ou retour) dans la conscience universelle.

Laissez-moi lever un voile de plus ici : les humanités

résidant sur le sol des planètes de ce système solaire appartiennent à votre humanité. Au cours de l'évolution de la seule humanité dans ce système solaire, certains groupes d'entités se sont détachés et ont progressé plus rapidement sur les cercles de compréhension.

Les Vénusiens, Saturniens ou Jupitériens sont vos frères et sœurs parvenus dans une dimension plus élevée de conscience. Ils vous attendent afin de célébrer ensemble le couronnement non pas d'Urantia Gaïa, mais de l'ensemble de ce système solaire. Dans ce laboratoire à l'échelle d'un système solaire, les Créateurs n'amenèrent qu'une seule vague d'entités. Il est vrai qu'aujourd'hui il subsiste des sous-groupes de cette humanité qui n'ont pas encore entamé leur exercice, mais il n'y a bien qu'une seule humanité évoluant dans ce lieu !

L'exercice primordial de cette humanité demeure l'émergence de l'Être solaire.

Ce premier Cercle atomique de Vie fut créé pour amener à maturité l'Amour christique, et tout ce qui fut déposé en son sein répondit à cette nécessité. Toute étincelle de Vie naquit dans ce but suprême : le couronnement de l'Amour.

Dans le deuxième Cercle atomique de Vie, toute étincelle portera le couronnement de l'Être solaire en elle. Les lois, les actions, les pensées seront naturellement orientées vers cette réalisation ; par conséquent, l'histoire du futur cercle sera éloignée de la nôtre par son essence primordiale. Notre passé ne sera pas forcément d'une grande utilité pour cet avenir. Nous allons jouer une autre partition, et les faiblesses non renforcées seront les pièges en œuvre à ce moment-là. Nous ne pouvons négliger un domaine d'expression ici dans ce cercle, et surtout pas dans votre système solaire. Il est la clé ouvrant les portes du futur, et tout commencera par vous. Je ne sais pas comment vous le dire autrement. Sur vos épaules repose la plus

Le laboratoire du premier Cercle atomique de Vie

lourde des responsabilités ; aussi, ne vous étonnez pas de la grande concentration d'Êtres réalisés dans l'Amour christique auprès de vous.

D'autres planètes seront les relais des futurs Univers, mais elles ne sont pas au cœur du laboratoire de ce Cercle atomique de Vie et, en cela, ne peuvent prétendre à l'honneur suprême de superviser les expériences de demain dans l'espace nouveau. Vous cumulez toutes les charges inhérentes à votre position au sein de notre cercle. Vous ne pouvez y échapper, et c'est là la raison de votre retour obligatoire dans les Lois d'Amour et solaires. Votre envol partira de celles-ci. Mais, en même temps, ne vous étonnez pas de l'extrême rigueur que vous rencontrerez dans les décennies à venir. L'année 2012 passée, vous retournerez dans les normes sociales universelles avant de pouvoir vous servir à nouveau d'une extrême liberté d'action. L'impact du *Soleil Central* au cœur de ce système a pour but d'accélérer votre retour à la conscience universelle et de préserver ce lieu comme laboratoire d'idées (à transmettre et à développer dans le second cercle). Toutefois, celui-ci doit se libérer des activités de basse fréquence vibratoire. Son entrée dans la quatrième dimension répond à une logique d'évolution. Ce premier Cercle atomique entre dans une phase d'expansion entraînant de cette manière votre système solaire sur cette spirale d'élévation. Aucun lieu dans ce Cercle atomique ne sera épargné. Aussi, dans un premier temps, est-il évident que nous assisterons à des remous comportementaux à l'image des événements observés en Afrique. Par simple déduction, tout ce qui refusera de s'aligner sur la volonté du Grand Constructeur, celle de rentrer dans la mutation de la pensée, se verra confondu dans une refonte obligatoire. Pour ce passage, plusieurs systèmes solaires sont requis en vue d'offrir une période de réflexion mais, finalement, le choix sera le suivant : ou vous pénétrez l'expansion de l'Esprit ou vous retournez au cœur de votre naissance afin d'être repolarisés et réajustés en fonction des nouveaux paramètres. Dans la création des groupes d'étincelles, certaines montrent en effet des dysfonctionnements ; elles représentent en réalité 0,02 % de l'ensemble. Aussi, quand l'inaptitude à l'élévation de l'esprit devient une certitude, le Père/Mère rappelle l'étincelle de Vie et procède à l'extraction des informations, sépare toutes les particules formant le moule de l'identité acquise et procède à une nouvelle création. L'étincelle de Vie retourne ensuite vers les cercles de l'expérience, entièrement dépolarisée des précédentes études et projetée dès lors vers un cheminement vierge de tout passé.

Il faut comprendre qu'une telle refonte ne signifie pas la mort ni l'anéantissement de l'étincelle mais bien seulement une intervention la libérant d'une charge devenue handicapante. Quand cela se produit, l'étincelle de Vie repart avec un nouveau dépôt de spécificité. Pourtant, ses études antérieures lui ont donné une somme de réalisations lumineuses. Cet acquis est là en réserve, et le jour où, dans sa nouvelle aventure, l'étincelle de Vie arrive à un stade décisif de sa progression, elle reçoit cet acquis préservé à son attention. Ces interventions sur les étincelles de Vie en difficulté sont déclenchées au cours des grands passages appelés initiations ; elles se rapportent donc à tout grand secteur administratif ou universel, et des systèmes solaires sont retenus à cette fin. Chaque création de système solaire inclut une spécificité d'évolution. Certains entrent dans la catégorie des systèmes solaires de vie spécifique (on y retrouve ce laboratoire du Cercle atomique de Vie), des lieux de ressourcement accueillant les êtres en difficulté sur le plan énergétique ; d'autres sont des systèmes solaires à études non déterminées ou des retraites desquelles les étincelles ne sortiront qu'après réintégration de l'acceptation de la Lumière de Vie ; d'autres encore servent d'accueil aux Pères/Mères devant effectuer des nettoyages de mémoire et repolariser ainsi leurs étincelles de Vie.

Tous les autres systèmes ne rentrant pas dans ces catégories sont divisés en plusieurs sections et dépendent de la forme des prototypes ; le vôtre utilise l'oxygène, mais certains ne respirent pas du tout, d'autres sont dépourvus de sang, etc. Je ne parle même pas des formes extérieures de prototypes, cela ne déterminant pas l'entrée en études dans tel ou tel type de système solaire. Certains systèmes ont la particularité de posséder des planètes à atmosphères différentes les unes des autres et se voient ainsi dotés d'une humanité répondant à des critères pluriels. Ces systèmes sont des réalisations difficiles ; en effet, quand les résidents de ces planètes se rencontrent, il faut tenir compte de ceux qui ont ce besoin d'oxygène et de ceux qui ne l'ont pas ou qui répondent encore aux nécessités vitales d'autres aptitudes intérieures. Cela complique considérablement les communications, car les membres de cette même humanité expérimentent dans le même lieu (système solaire) des contraintes les éloignant dans leur réalisation et l'acquisition des compréhensions.

Votre laboratoire répond pour l'instant à l'oxygène, mais je tiens à vous aviser que cela ne signifie en rien la continuité de ce choix. Il se peut qu'un jour il soit appelé à une autre expérience, mais je ne crois pas que cela soit à venir. Il s'inscrit encore dans une expansion d'études, mais sachez toutefois que ce revirement de matrice a déjà eu lieu dans d'autres systèmes solaires. Par contre, assurément, vous vous engagez vers un remaniement de la formule oxygène ; rien ne perdure dans le temps ! Ce laboratoire va changer de visage (de spectre lumineux) et, par nécessité, un alignement des formules bioélectrochimiques s'opérera. Les lois fondamentales répondent à plusieurs degrés de manifestation et s'adaptent aux idées germes à développer.

LA LOI EST ÉVOLUTION

Un grand changement se prépare pour votre système

solaire et ses habitants terriens et solaires. Par conséquent, vous entrez en mutation. Le réajustement de la grille magnétique de votre planète non seulement apportera des modifications par rapport à tout ce qui y vit mais se répercutera sur l'attraction des grilles magnétiques des autres planètes, et finalement, sur celle de ce système solaire. Cela étant, cette dernière émettra sa nouvelle identité et entrera dans l'attraction magnétique de la division supérieure. Ainsi, les lois administratives descendront jusqu'à vous par le vortex nouvellement créé.

Le changement de grille magnétique de votre planète aura des effets dans votre univers local et participera à son alignement et à sa future initiation. Comme vous avez révisé les concepts ayant cours ici, votre univers local peut entreprendre son alignement sur la grille magnétique de l'Univers et proposer son couronnement. Cela amènera tous les autres systèmes solaires au sein de votre univers local à entrer en mutation ; la chaîne d'appartenance permet ce travail de résonance. Votre univers local procédera à son autonettoyage, et il n'est pas certain que les étincelles de Vie devant partir de votre lieu restent en son sein.

Des systèmes solaires d'univers locaux voisins proposent des planètes d'accueil pour les recevoir. Les décisions finales ne sont pas encore arrêtées. Ce qui est nettement exprimé, c'est l'intérêt porté aux groupes en provenance de votre planète. Les germes d'idées, même mal exploités pour l'instant par quelques-uns d'entre vous, demeurent une « mine d'or » pour ces planètes candidates à votre accueil, qui connaissent les avantages à recevoir de votre présence et la spirale d'élévation que celle-ci apportera. Aussi, que ceux qui s'en vont prennent conscience de cet atout, n'entretiennent pas de culpabilité mais ouvrent leur regard-sentiment-pensée à leur potentiel de réalisation.

Ce laboratoire demeurera une source d'expériences bénéfiques pour l'ensemble des secteurs administratifs de ce premier Cercle atomique de Vie.

DIX

LA LUMIÈRE OR, SOURCE DE GUÉRISON

Être solaire représente votre prochain défi et détermine la prochaine expansion de l'Amour. Votre révolution, vous la ferez au sein même de vos sentiments. Aujourd'hui, toutes les déficiences liées à l'Amour christique engendrent des désordres bien physiques et métaphysiques dans votre quotidien.

Pour y remédier, vous possédez tout un éventail d'interventions : la chromothérapie, la médecine par les sons, la médecine énergétique, la lecture de l'aura, toutes les médecines dites parallèles et la dernière, qui joue à la meilleure et à l'exclusive, l'allopathie. Toutes ces approches n'ont que des impacts extérieurs sur votre demeure et, en ce moment, un déséquilibre supplémentaire vous est imposé. Il vous faut concevoir les germes de l'Amour solaire, soit *être* solaires. En cela, l'inharmonie due à une expansion de votre état d'être dépourvue de repères occasionne des troubles du sentiment. Toutes vos maladies répertoriées ne sont en réalité que des déséquilibres de l'expression d'amour dus à un regard erroné qui engendre des pensées vous éloignant de votre centre d'action, le cœur.

D'ailleurs, ces mots, le centre et le cœur, ne vous renvoient-ils pas au même endroit ? Dès lors, voici cette fonction bien controversée encore. La Loi primordiale émise par le Grand Constructeur fut celle-ci : *je m'expanse au travers d'une multitude de moi-même et je les vois parfaits.*

L'Amour, pour lui, reste la condition du Soi regardant le Soi.

Vous et moi sommes une partie du Grand Constructeur ; ensemble, nous sommes UN, soit le Grand Constructeur incarné. Le Sans-Nom soutint jadis comme très probable son extériorisation en une multitude de lui-même. Pari gagné aujourd'hui, puisqu'un nombre incommensurable d'expansions de lui-même bougent sur son théâtre de Vie. Ce premier cercle de Vie demeure sa première grande pièce étudiant la qualité d'Amour inconditionnel définie par la suite comme l'Amour christique.

Nous, répliques infinies du Sans-Nom, avons dû accepter cet état d'être : nous aimer dans la différence et l'éloignement du Nous-Même primordial. Ce défi ayant été lancé il y a fort longtemps, nous arrivons maintenant à la maturité de sa compréhension, mais le mouvement ne peut s'arrêter. En conséquence, il est donc forcé par sa définition même de perdurer, sinon cela signifie pour lui la cessation du mouvement. Le terme attribué à son état est l'Amour. Aussi, étant prêt à sortir des limites du premier cercle, celui-ci continuera sa course dans le deuxième à partir de la même définition, en étant mature dans sa première étape et à définir dans la seconde. L'Amour à maturité dans ce cercle se reconnaît sous le nom d'Amour christique ; nous savons qu'il portera le nom d'Amour solaire dans le deuxième Cercle atomique de Vie et que, pour le troisième cercle, ce sera très certainement l'Amour cristallin.

La venue du Maître Cristal dans ce laboratoire annonce déjà les premières interventions déposant des germes à développer dans le second cercle, afin de parvenir à une expression souche qui sera donnée à la grande expérimentation du laboratoire d'expérience du deuxième cercle. Avec l'arrivée ici du Maître Cristal, la chaîne d'appartenance reliant les futurs laboratoires d'expérience (de la taille de systèmes solaires) se met à vivre et donc à s'étirer.

L'Amour devient la chaîne d'appartenance reliant les Cercles atomiques de Vie entre eux. L'expérience et l'émergence des germes de l'expansion de la forme d'Amour deviennent le moteur alimentant la reliance de la chaîne d'appartenance des laboratoires. Les Cercles atomiques de Vie abritent quant à eux la forme de l'Amour en cours de structuration. Les Lois de l'Amour sont donc en expansion ; elles sont évolutives et répondent à la Loi primordiale à l'origine du mouvement de Vie.

L'Être solaire, ou être solaire, dénomme la qualité nouvelle de l'Amour relatif au second Cercle atomique de Vie. Laissez-moi répéter ceci : les lois inhérentes à cette forme nouvelle d'Amour restent à définir par vous et par les expériences développées dans le second cercle. Nous connaissons l'approche de cet état d'être, mais ne pouvons que deviner les germes émis sur cette qualité d'être et non la décrire. Vous seuls fournirez les bases existentielles de cet état. Mais auparavant, vous devrez retrouver la mémoire de toutes les facettes de l'Amour christique, les désordres comportementaux dus à l'éloignement de celui-ci et tout ce qui en découle, comme les maladies développées au cours des dysfonctionnements dus à l'éloignement de votre centre d'Amour et de l'usage de ses lois. Vous devrez réidentifier les méthodes de réharmonisation des corps, appelées médecines, réutiliser le pouvoir de la pensée et, ainsi, reconnaître ses différentes expressions de mouvement (que vous nommez *pouvoirs*) et comprendre le mécanisme de la volatilité des corps denses. Une fois ceci réalisé et réintégré dans vos comportements, vous ouvrirez les portes de votre Cercle atomique de Vie. Vous devez savoir également ceci : le second Cercle atomique de Vie s'anime. Les germes des futurs départements administratifs (Super-Univers) et leurs divisions sont déjà à l'œuvre et créent les supports de vie (planètes) ; rien n'est parvenu à maturité, certes, mais oui, cela est bien en action ! Régulièrement, les créateurs responsables de la surveillance de ces lieux vont observer l'évolution de cette formation. Le parallèle entre ces lieux et votre propre maturité devient de plus en plus évident. Notre arrivée aussi !

Au cours des années à venir, vous découvrirez des applications très concrètes de la lumière sur votre mode de vie et vos mouvements ou déplacements dans la matière. La découverte de la puissance de la lumière ne restera pas entre les mains d'une élite mais sera l'apanage de l'humanité entière. Déjà, parmi vous, des hommes et des femmes se lèvent afin de canaliser des rayons particuliers du spectre lumineux, de manière à intervenir sur l'harmonisation des flux internes du corps communautaire. L'esprit de cette humanité s'ouvre à une dimension plus grande de son état d'être et permet l'émergence de nouvelles méthodes.

Les techniques d'approche de ces médecines nouvelles sont déposées dans l'éther de votre planète et certains d'entre vous iront jusqu'à pouvoir reconstruire ce qui n'existe plus. En effet, avant de vous élancer vers l'aventure suivante, vous repasserez par la restitution de votre harmonie totale. Le pouvoir de la Lumière est incommensurable. Nous ne sommes qu'au début de la reconnaissance de son état et de sa puissance. Nous approchons d'une nouvelle identification de ses applications.

L'Amour christique commence à rayonner suffisamment dans ce premier Cercle atomique de Vie pour entamer le discernement suivant de son état d'être. L'approche de la Lumière portant la Vie (rayon nommé Lumière de Vie) nous autorise à y lire une nouvelle page de son identité. Cette lecture effectuée par plusieurs groupes de Créateurs sera diffusée à tous. Aussi, dans un premier temps, la puissance vivante des pôles Ombre/Lumière sera sans nul doute un filtre d'interpénétration et, ainsi, d'expérimentation. Cette expansion passera par le Noir et le Blanc, peut-être le Blanc en premier puis le Noir et de nouveau le Blanc, avant d'entrer dans la Lumière dorée, matrice de tout ce qui vit. Ne parle-t-on pas de Lumière blanche, de

La Lumière or, source de guérison

Fraternité blanche ? Ces expressions suggèrent bien leur réalité.

La Lumière de Vie est de couleur or.

La guérison miraculeuse évoquée ici et là dans certains livres de réflexion renvoie à ce rayon, rayon suprême d'où tout vient et où tout repart. Dans le monde physique de la densité (se déclinant selon plusieurs variations d'intensité), cette humanité s'avance vers une réconciliation qui passera par la réintégration de toutes les déclinaisons de la densité. Votre monde est représentatif d'une intensité vibratoire à géométrie prédéterminée.

Votre Fleur de Vie personnelle entre en mutation, la Fleur de Vie reliée à cette humanité aussi. Les Lois d'Amour suivent également le même chemin. Alors, écoutez-moi encore un peu : vos démonstrations apparemment éloignées d'une simple sagesse dessinent une nouvelle géométrie. Celle-ci servira de support et de base d'envol dans l'exploration plus avancée de l'énergie solaire et des Lois de Vie s'y référant, car rien ne peut rester stable. De même le rayon or ou Lumière de Vie poursuit-il son chemin mutant. La restitution de la multitude d'expressions de la Vie représente en soi un moyen de guérison et un terrain d'études pour votre âme.

La guérison de votre corps-âme-esprit repose sur le retour de la connaissance, et les informations véhiculées dans votre atmosphère ouvrent les portes à tous les mondes autour de vous. La guérison de votre corps communautaire oblige l'ouverture de toutes les portes de conscience. L'intérieur des quatre éléments et leurs mouvements de vie viennent vous visiter, les mondes parallèles offrent leurs visages en vue de participer à cette grande réconciliation.

Certains d'entre vous s'ouvriront aux mondes de l'Esprit ; ne cherchez pas tous à recevoir une même nourriture. Les Pléiades diffusent une conscience parmi une myriade d'entre elles. Vous autres, en relation avec une densité plus concentrée des particules de Vie, ne vous étonnez point des différences dans la réception des informations. Elles ne sont nullement contradictoires et cherchent avant tout à vous restituer la multiplicité des moules ouverts à la Vie. Nous répondons à une volonté émise de voyager sur la conscience en approfondissant la Source de Lumière et de rejoindre un point très précis dans un plan dispensé par le Grand Architecte.

Si nous ne nous plaçons pas au bon endroit prédéterminé, nous ne parviendrons pas à dessiner la Fleur de Vie unique à ce Cercle atomique de Vie. La guérison de la mémoire cosmique se situe dans l'acceptation de vivre autour, sur et dedans un point stratégique des lignes géométriques. Prenez le dessin d'une fleur à quatre pétales, le cœur formé par les lignes délimitant son expression. Au cœur, vous avez réuni huit points de ligne (quatre lignes avec deux points chacune au début et à la fin), puis quatre lignes partent et parcourent la forme retenue. Vous ne pouvez être tous au cœur, car à ce moment-là aucun pétale ne serait dessiné, et ceux ou celles qui sont positionnés sur une ligne ne peuvent prétendre vivre au cœur. Chacun joue un rôle, et l'expansion d'une donnée permet de redistribuer les rôles et les places à tenir. De plus, l'expérimentation et la reconnaissance de ces rôles ou places permet d'en comprendre toutes les subtilités possibles dans l'agencement retenu.

La guérison, c'est aussi cela : accepter sa place dans l'instant présent sans vouloir celle de l'autre, sans prétendre vivre et mieux comprendre la vie de l'autre. Vivre sa vie permet de mieux écouter ses partenaires, mais le fait même de ne pas avoir parcouru cet autre cheminement n'autorise pas la pénétration de leurs pensées au sein de leurs sentiments ; cette porte ne peut s'ouvrir et ne s'ouvrira peut-être jamais. Voilà pourquoi la tolérance et le respect mutuel sont deux attitudes justes dans l'approche de l'Amour inconditionnel et la guérison de cette humanité.

Certains d'entre vous sont plus doués pour une étude, tandis que d'autres excellent visiblement sur des déclinaisons de la Vie éloignées des vôtres. La multiplicité de la différence offre la matrice d'un plan de Vie. Aussi cette humanité se présente-t-elle obligatoirement devant la plus grande des portes : celle du *respect de l'autre dans son expression*.

Seul l'accès au passé donne une vue déjà plus nette de l'essence d'un être, alors qu'un accès au futur détermine une sensibilité plus entière dans l'étude comportementale d'un esprit en incarnation. Trop peu d'esprits formant cette humanité sont autorisés à voyager dans le passé, le présent et le futur (autour, sur et dedans une personnalité) pour décider de ce qui a droit de vie ou non. Aujourd'hui, une grande guérison vous est proposée : celle qui consiste à recevoir un enseignement sur le passé de votre humanité, sur le présent de la vie différenciée au sein des mondes multiples et parallèles au vôtre, et sur le devenir de l'ensemble de ce Cercle atomique de Vie (tous les germes de vie y développant la personnalité du lieu).

Dans cette guérison, l'esprit fort chahuté dans son jeu de la reconnaissance passe par l'acceptation de ses erreurs, l'identification de ses jeux de rôle, l'action de sourire de ses peurs et de son autoculpabilisation, et surtout par la reconnaissance de son impact sur la vie des autres et ses inter-réactions dans les mondes parallèles.

Le changement de votre regard-sentiment-pensée, suivi d'actions rétablissant les flux d'énergie dans l'Univers, proclamera votre réintégration dans l'harmonie du fleuve Vie au service de la Vie, pour l'expansion de la Vie, et la découverte de nouveaux moyens ou de modes d'existence respectueux de la Source de Vie. Vous avez expérimenté le contraire de la fluidité de la Vie en reconnaissant les limites à ne pas dépasser afin de ne pas éteindre la Vie. C'est bien, cela sera mieux dès votre retour dans le rétablissement des circuits de la Vie. Inutile de vous dire « Commencez tout de suite », car je crois que vous le savez déjà.

Afin de vous aider, des hommes et des femmes se lèvent parmi vous en vue de canaliser la Lumière or, source de vitalité et de santé. Nous les nommons les nouveaux médecins. Bien sûr, ce terme *médecin* n'englobe point ici les techniques traditionnelles ni les longues études relatives au corps. Ces « médecins » sont des canaux s'ouvrant au passage de ce flux lumineux et le dirigeant consciemment vers les zones affectées de dysharmonie.

Bientôt se lèvera un autre groupe capable d'identifier non seulement le désordre mais aussi l'idée ayant donné corps à l'éloignement de la Source. Partant, ils ou elles seront à même de dissoudre la cristallisation de l'idée et de rétablir instantanément l'écoulement normal de la Lumière dorée dans tous les corps.

Votre maître Jésus avait recours à ce type d'action de guérison. Le miracle demeure totalement dans le domaine quantifiable des lois géométriques. Pourquoi quantifiable ? Parce que toute action est mue par la maîtrise des nombres. Chaque rayon de lumière se propageant sur un nombre, une fréquence, tout est donc scientifique, rien que scientifique. On agit sur le rayon 1, ou sur le 3, ou encore le 7, mais on agit par les nombres. Toute géométrie répond aux Maîtres Nombres. La clé reste l'apprentissage des nombres. Aujourd'hui, au-delà de l'apparence physique du nombre, ses subtilités se déclinent ; aussi ce retour présage-t-il un accroissement de guérisons inexpliquées (à première vue). Vous risquez d'entrer dans une ère de *miracles* dépassant l'entendement humain.

Le retour de l'Amour christique dans l'aura de votre planète détermine l'ouverture de cette période. Avez-vous remarqué vos changements d'attitude et de pensée envers l'Amour christique ? Hier, vous leviez les yeux au ciel en imaginant cet état d'être fort éloigné de votre réalité. Aujourd'hui, en y pensant, vous tournez votre regard vers

La Lumière or, source de guérison

l'intérieur de vous-mêmes. Cet état vous semble bien moins inaccessible ; ce qui a permis à cette vibration de descendre dans l'aura de la Terre et de se diffuser plus facilement. Cette activité devenue plus proche de vous inaugure une phase plus intensive de son rayonnement. Les efforts fournis dans le passé de votre histoire, même fort récente, deviennent plus fluides, aisés et l'ensemble de cette humanité résidentielle d'Urantia Gaïa bénéficie donc du travail fourni par ses aînés.

La chaîne d'appartenance s'incarne ainsi. Maintenant, les premières racines de cette réalité vont développer un réseau secondaire de radicelles favorisant la diffusion de l'énergie reçue par le premier groupe. Ce deuxième réseau plus important pourrait être coupé du premier sans subir de dommages. L'Amour christique s'implante sur toute la surface de cette planète. Des groupes d'hommes et de femmes entreprennent en ce moment même de canaliser les différentes approches de cet Amour de façon à les retransmettre à l'ensemble communautaire. Cela n'empêche nullement des actions très concrètes dans le monde physique. À tous ceux et celles qui se sentent appelés au service, je tiens à préciser ceci : canaliser les nouvelles énergies, c'est très bien mais à la seule condition que des actions physiques manifestent des changements comportementaux et de la responsabilisation dans tous les domaines. Nous ne vous transmettons pas des informations pour vous voir vous retirer de ce monde et devenir des ermites. Nous souhaitons plutôt, au fil de celles-ci, voir se constituer des géométries nouvelles donnant vie à des attitudes empreintes de responsabilité envers tous les mondes de Vie.

La Lumière or coule dans tous les mondes désireux non seulement de la recevoir mais aussi de passer à un état de conscience plus élevé. Cette lumière s'approche également par étapes. Ce que vous recevrez dépendra de votre volonté à vous unir à elle, de vos buts et de vos objectifs. Si un être souhaite devenir UN, autonome, sa force différera alors d'un autre, visant simplement à réharmoniser un organe ou une partie de son corps.

Évidemment, les Êtres ascensionnés apprivoisent une qualité de lumière plus grande et il en sera ainsi longtemps. La Source de Vie se lit page après page afin de constituer un livre de Vie accessible aux autres. Voyez la similitude entre les sources d'information et les livres de Vie ; chaque source d'information apporte une richesse d'expression et un moyen de se réidentifier à la Source. L'Être de Lumière transmettant l'information décrit en réalité son vécu au sein du grand sidéral. De cette manière, vous recevez une nourriture adaptée aux besoins des souches d'idées développées dans votre humanité.

Les Pléiades interviennent dans votre quotidien par leur venue prochaine dans votre monde. Si nous n'avions pas reçu cette invitation, nous aurions attendu encore un peu avant d'établir ce contact. Nous sommes porteurs d'une des qualités contenues dans la Lumière or. Cette dernière descend du Triangle d'Or, haut lieu de sagesse, de savoir et d'action, sur tous les plans de la conscience, jusqu'à la supraconscience. En rétablissant l'échange fluidique entre notre réalité et la vôtre, nous permettons la descente de la Lumière or dans votre monde et la participation accrue à votre rétablissement dans la pleine santé. Je ne fais pas allusion ici à celle du corps physique mais bien à la santé de la conscience et de l'esprit, qui engendre l'harmonie des corps subtils et du corps physique.

Vous pouvez aborder cette Lumière or en plusieurs étapes et, en cela, rejoindre encore une fois la loi du *autour,* du *sur* et du *dedans* suivant le point de jonction entre vous et elle, et la qualité de son rayonnement. De la sorte, son impact sur vous sera plus ou moins grand dans votre pensée. Il y a donc des degrés dans les formes de guérison comme dans les retours à la pleine santé. Là aussi, ne cherchez pas à ressembler à un autre frère ou une autre sœur en action. Travaillez sur vous en considérant votre

La Lumière or, source de guérison

approche comme unique et tendant à un résultat tout aussi unique.

L'élargissement de votre champ magnétique de pensée détermine le cercle d'influence. Certains d'entre vous canaliseront plus facilement des enseignements, d'autres des formes de soins ; d'autres encore se relieront plus aisément à des modèles de Vie. En respectant le champ d'action de chacun, vous recevez tout un dégradé du pouvoir d'harmonisation de ce rayon (la Lumière or). Ceci est bien, car, voyez-vous, vos besoins diffèrent les uns des autres. Vos nœuds d'expression ne sont pas tous situés sur le même chakra, ou roue d'énergie et porte ou sas entre les mondes.

Votre descente hors de l'harmonie d'origine sollicite toutes les sources de Vie et leurs expressions à agir dans votre matrice évolutive. Nous sommes présents afin de répondre à l'ensemble des souches de besoin. La guérison n'est rien d'autre que le retour à l'harmonie et votre réinstallation dans les flux de la Vie. La Lumière or provient des sources de sagesse. Se baigner dans ses eaux équivaut à se fondre dans la pensée des grands Esprits connus sous le nom de Sages des Super-Univers.

Chaque Sage incarne une séquence vibratoire de la Lumière émise par l'Île Centrale. La Lumière or reprend dans une équation plus atténuée la Lumière atomique où l'Île Centrale repose. Les Sages des Super-Univers canalisent donc la Lumière atomique originelle pour la rediffuser dans une forme moins condensée et plus facilement assimilable. Chaque secteur administratif (ou Univers) est supervisé par un groupe de Sages sous l'autorité du groupe supérieur. Votre système solaire est régi également par un groupe de Sages. En appelant la Lumière or, la sagesse de ce groupe d'Êtres parvient jusqu'à vous et prend racine dans le sol de cette Terre. Comme vous pouvez le constater, la Lumière de l'Île Centrale arrive dans tous les secteurs de vie par plusieurs voies directes et indirectes. L'accès à chaque possibilité révèle également les mêmes actions directes ou indirectes. Rien n'est linéaire dans le grand sidéral, de manière à toucher toutes les formes de vie. Ainsi, sur cette planète, nous ne dénombrons pas moins d'un million d'approches et, par conséquent, d'accès à votre Essence.

Je ne représente donc qu'un maillon parmi bien d'autres au service de ce secteur universel. En vous redonnant la mémoire de la Lumière or, vous lecteurs pouvez décider ou non de votre retour dans sa force et son harmonie.

Actuellement, cette Lumière est peu active dans cette humanité résidente d'Urantia Gaïa. Les années à venir nous dévoileront vos intentions vis-à-vis d'elle. Comme d'habitude, vous seuls déciderez de son plein retour dans la conscience humaine. Actuellement, la Lumière or reste inactivée pour votre sphère de Vie. Son visage demeure un des moyens efficaces prévus dans le rétablissement des harmonies de ce lieu. Le rayon direct est assuré par la chaîne solaire et votre chakra solaire commence à reprendre sa place dans cette expression. Nous retrouvons la grande loi du autour/sur/dedans, soit autour (la Lumière or), sur (le rayon direct), dedans (le rayon émis par le Soleil interne). Le rayon direct travaille déjà au retour de la conscience dans la fraternité cosmique. Maintenant, nous vous proposons de donner des racines à la Lumière or en la canalisant volontairement. Puis, nous vous inviterons à puiser la lumière de votre Soleil interne.

Revenons à ce moment précis de votre histoire. Votre prochain pas consiste à reconnaître, identifier cette manne céleste, la Lumière or, et à vous en servir sans intermédiaire. Il n'y a pas de recette miracle ; chacun d'entre vous parviendra ou non à ce partenariat selon sa pensée. Vous construirez un sas d'approche puis de pénétration dans cette Lumière, en fonction de votre état d'âme. Quoi qu'il en soit, le plus important se résume à voir un grand nombre d'entre vous se nourrir de cette Lumière, ceci ne vous dispensant pas de nourriture physique.

Bienvenue dans ce partenariat avec la Vie.

ONZE

LA JOIE, LE RIRE, LE PLAISIR, SOURCES D'ENVOL DE L'ÊTRE SOLAIRE

Nous avons abordé le concept de l'Être solaire, mais à quoi cela va-t-il vous mener ? À reprendre le pouvoir de votre vaisseau de lumière : l'œuf aurique, votre demeure, votre résidence, et à prendre votre envol.

Dans ce Cercle atomique de Vie circulent la source originelle, la source indifférenciée et la source démultipliée. Vous êtes issus de la source originelle. Au début, votre parcours vogue sur la source indifférenciée, vers votre couronnement dans la source démultipliée. À chacun de vos pas vous éloignant de votre origine première, vous créez des voies parallèles de réalisation en permanence et cela sert la source originelle. Dans cette course sans fin au service de la Vie, votre recherche d'identité et de reconnaissance vous a éloignés de vos références premières.

Dans ce cheminement, l'oubli fut votre lot, le doute votre compagnon, l'autoculpabilité votre nouvel état d'être, et ces dernières manifestations ont moulé vos illusions actuelles. Or, voici le moment de les détruire et de retrouver cette source originelle, fleuve de Vie tranquille, serein et empli d'amour, de joie et de fraternité. *Tout ce qui n'existe plus en apparence dans votre monde.*

Votre accoutumance à vos drogues (les peurs, les doutes, l'autodestruction, la culpabilité, la fausse humilité, le besoin de posséder et de dominer) est difficile à déraciner ; pourtant, pas à pas, vous devez y travailler et procéder à l'aplanissement de vos désespoirs sentimentaux. Si vous possédez un tant soit peu de bon sens, vous remarquerez le parallèle entre vos illusions et l'éloignement de votre source. L'oubli de l'Amour christique a engendré le sentimentalisme ; l'oubli de votre demeure, le besoin de posséder ; l'oubli de votre fluidité d'expression (les pouvoirs supranormaux), le besoin de dominer les autres. Quant à l'oubli de votre identité cosmique, il a créé les peurs, les doutes, le refus de vous reconnaître enfants divins, la fausse humilité et la culpabilité.

Nous cherchons à remettre en place le prisme de votre personnalité dans sa géométrie première et à lui restituer son rayonnement. Nous cherchons à effectuer une prise de conscience de vous-mêmes envers vous-mêmes. Le plus terrible demeure sans aucun doute l'abolition de l'identité de l'énergie féminine aboutissant au massacre des femmes dans votre civilisation, rempart égotiste de l'énergie masculine portée à son paroxysme. Avec l'événement imminent en voie de survenir dans votre monde (le couronnement de la planète), vous voici replacés devant l'inacceptable et l'inconcevable aux yeux de la domination masculine : faire une place à l'énergie féminine et la considérer comme égale.

Avant de déployer vos ailes, de vous envoler vers une zone sidérale vierge et d'y développer l'Amour solaire, vous vous retrouvez toutefois devant ce problème à régler. L'Amour christique s'épanouit et s'achemine vers son identification et son couronnement dans l'Amour solaire. Pourtant, ceci ne peut avoir lieu sans rééquilibrer les deux aspects du Fleuve de Vie : l'énergie féminine et l'énergie masculine. Pas de supériorité de l'une sur l'autre, seulement un couple d'énergies au service de la Vie et devant engendrer une troisième énergie qu'on peut nommer dans un premier temps *énergie du Fils*. Vous vous signez en usant des mots suivants : au nom du Père, du Fils et du

La joie, le rire, le plaisir, sources d'envol...

Saint-Esprit ; il serait plus juste de transmuter ces mots comme suit : « En respect de l'énergie de la Mère, du Père, pour le Fils. »

Demain sera une expansion de toutes les voies d'expression de ce jour. Aussi, nous vous invitons dans le retour de la conscience originelle, non pas pour annihiler votre personnalité ou vous entraîner vers la perte de votre acquis, mais bien pour bonifier votre savoir présent et lui donner sa noblesse, sa richesse d'être et de servir la Vie. Il n'est pas question de vous perdre dans l'identité d'hier mais bien de recevoir cette identité, de l'intégrer à la présente et de devenir la flèche parcourant les nouveaux cieux afin de donner la forme de l'identité de demain. Demain ne sera pas sans hier et aujourd'hui. L'Amour solaire ne peut naître sans s'appuyer sur l'Amour christique. Être solaire passe d'abord par le fait d'être christique, mais nous n'exigeons pas le sacrifice de vos vies présentes, car cela signifierait une perte de temps et une dépense inutile d'efforts.

Vos vies présentes sont les plus précieuses de tous les temps connus dans le grand sidéral. Vous êtes l'aboutissement de l'esprit dans le parcours d'hier, et le présent rassemble la somme de vos études, de vos forces et de vos faiblesses afin de partir à la conquête de votre esprit de demain. *Vos vies sont le plus beau cadeau que le grand sidéral pouvait vous offrir.* Prenez soin de votre corps physique ; accordez-lui la meilleure nourriture, le meilleur air, le plus beau paysage, le plus grand respect ; octroyez-lui les poses qu'il réclame, de la joie et des rires.

Être sérieux, grave n'ouvre pas forcément les portes de la réalisation suprême.

La sagesse passe par l'équilibre de tout en tout

La sagesse ne sera nullement l'état infantile décrit par certains. Elle sera avant tout la conscience du Tout à chaque instant, le respect de la différence au service de la Vie, le partage du savoir, l'attitude juste dans toute situation, certes, mais aussi le fait de savoir dire non et d'être un guerrier de la Lumière s'il le faut. Les guerriers de la Lumière ne courbent pas le dos devant des situations difficiles ; ils se présentent à elles non pas pour les conquérir mais plutôt pour y intégrer la vue élevée des Êtres réalisés. Ces entités prennent leur envol sur les bases solidement déposées par les Êtres couronnés et cherchent sans cesse à faire évoluer ces bases. Elles connaissent parfaitement la loi du mouvement et se chargent d'emmener dans leur trajectoire les acquis du passé, se servant du présent afin de polir un peu plus leur diamant intérieur de manière à offrir au futur le plus beau des joyaux tout en sachant que d'autres poursuivront le travail alors en branle.

La sagesse, c'est avant tout de reconnaître sa place dans la grande chaîne fraternelle et d'accorder autant d'importance au travail de ses autres frères et sœurs. La sagesse laisse une grande place à la joie et au rire. Savez-vous enfin que le rire est le plus grand remède existant ? Vous, étudiants de la Lumière, avez trop souvent recours au sérieux, attitude engendrant des rectitudes et, en cela, des comportements nouant vos voies de navigation.

La légèreté d'être dans chaque instant ouvre les portes à la fluidité et aux états supérieurs de conscience. Certes, nous vous invitons à devenir responsables, mais nous vous enjoignons de rester des êtres joyeux et libres de s'accorder de la joie et du plaisir. Puisque nous avons abordé la notion de plaisir, précisons ceci : si vous vivez une situation vous mettant dans un état dépressif, changez vite de comportement en intégrant le plaisir de faire ceci, cela. Enfin, posez-vous toujours cette question : Je m'engage dans une voie, mais où y est mon plaisir et est-ce que je m'en accorde ? On peut changer une situation en y trouvant du plaisir. La joie, le plaisir sont deux moteurs catalyseurs et propulseurs ; aussi, assurez-vous de ne pas les mettre de côté.

Dans le cas contraire, le retour dans votre identité serait parsemé d'embûches plus grandes qu'il n'est nécessaire. Les Anges et les Êtres réalisés ne se privent pas de ces instants où la joie, le rire, le plaisir sont au rendez-vous. Alors, faites comme eux, mettez-les à profit afin de retrouver votre identité. Accordez-vous des moments agréables, car si vous ne vous autorisez pas ces instants, personne ne vous les accordera. Vous souffrez tous de cette volonté d'être sérieux. Or, dans ce mot, vous avez placé l'idée de castration ; vous vous castrez en permanence en vous refusant des instants agréables, légers où les soucis de parvenir à être ne sont pas exclus. Quand nous vous regardons, nous observons votre attitude et elle ne reste qu'une imitation de la réelle attitude de l'Être solaire. Vous vous identifiez à une rectitude d'âme et non pas à la plénitude de tous les instants, véritable attitude de l'Esprit.

Aujourd'hui, votre guérison passe par l'élévation du corps et de l'âme afin de les établir dans votre esprit en leur accordant vie, joie et réalisation. Observez comment vous réagissez dès que vous prenez conscience de la place de votre esprit dans votre vie courante. Vous fustigez tout ce qui touche le corps et l'âme ; le corps devient impur et représente le mal, l'âme incarne tous les travers d'attitude et est responsable de vos mésaventures lors de vos vies antérieures. Pourtant, avec simplicité, admettez cette énorme erreur. Le rire ne tue personne ni n'éloigne les êtres désireux de retrouver leur Essence première. Et si, justement, cette Essence se jumelait à la légèreté due au plaisir, au rire et à la joie du service ! L'Essence originelle ne connaît pas le sérieux, cette castration d'être. L'Essence originelle fluide, aimante, s'épanouit dans l'expansion, se nourrit de la joie et rit volontiers d'elle-même.

L'Être solaire prendra racine dans la joie, le plaisir, le rire ; il s'envolera en déployant les ailes de ces moteurs et découvrira une expression encore plus grande de ces trois attitudes. Nous ne pouvons qu'enjoindre à chacun de vous de retrouver la source de son Être (la joie, le plaisir et le rire) et de s'en nourrir afin de trouver son épanouissement dans un secteur de service ou un autre. Aujourd'hui, tous les hommes et toutes les femmes se plaçant au service de la Vie sont sérieux, graves, voire moralisateurs dans certains cas. Nous vous incitons à modifier votre comportement et à intégrer les trois moteurs de la Vie dans votre quotidien. En l'expérimentant vous-mêmes, vous constaterez ceci : votre corps et votre âme se dérideront et déploieront des stratégies d'intégration dans l'esprit.

Vos maladies, vos malaises disparaîtront tout seuls. Retrouvez également le sourire, signe incontestable de plénitude envers la Vie. Remarquez comment un sourire apaise une personne en mal d'être et la comble temporairement d'un bien-être. J'aimerais vous voir, vous, femmes et hommes en service, sourire et réinstaurer la joie, le rire et le plaisir dans vos réunions ou dans les ateliers de reconnaissance de l'Être.

Cette humanité souffre d'abord et avant tout de cette perte. La gravité de cette période décisive et délicate n'exclut nullement la légèreté d'être. Vous réapproprier votre identité passée vous invite déjà à rejoindre cette source bénéfique et libératrice. Dans votre passé, ces moteurs furent bannis en vue de vous asservir un peu plus. Ce fut un grand pari lancé par une poignée d'êtres assoiffés de pouvoir et qui connaissaient l'importance de vous plonger dans une dépression permanente. En réalité, votre acceptation de glisser dans un habit de religiosité est un carcan de rigidité d'attitude comportementale, gage de réussite pour eux. Dominer l'esprit de l'humanité représentait leur défi. Alors doucement, au moyen du choix des mots, ils ont construit l'éloignement de votre source.

L'adoption d'un état sérieux engageait tous les individus dans une impasse et, surtout, les privait de la manne céleste. Reconnaissez comment vous repoussez la joie de vivre dès votre approche de la spiritualité. En réalité d'ailleurs, ce mot fut inventé afin de donner une forme dense à l'enfermement de tous les candidats désireux de retourner vers leur identité. Si nous analysons la phonétique du mot *spirituel*, nous retrouvons trois sons : spiri-tu-el, *spiri* pour spirale, *tu* pour tuer et *el* pour Élohim ou dieu. En décodant ce mot, nous dégageons donc le vrai message qu'il contient, soit la « *création d'une spirale pour tuer tout germe d'idée ramenant à la divinité* ». Telle fut la volonté émise lors de la conception de ce terme. Il serait bon aujourd'hui de ne plus utiliser ce réservoir d'énergie qui vous dessert et de vous relier plutôt à l'énergie des mots joie, rire, plaisir et sourire.

Ne prenez pas ce conseil à la légère et expérimentez-le.

Retrouvez dans vos attitudes quotidiennes, et même dans les situations moins aisées, l'usage de ces mots. Remplissez votre cœur de cette nourriture qui vous attend de tout temps et laissez les moralisateurs à leurs injonctions. Certes, nous revenons vers vous de manière à vous montrer le chemin, alors, je vous le dis, nous aimons rire, servir dans la joie, sourire à nos amis et nous trouvons par exemple du plaisir à vous côtoyer. Ce n'est pas en pleurant, en gémissant ou en psalmodiant vos erreurs ni en vous autoculpabilisant que vous rentrerez plus vite dans votre source originelle. Bien au contraire, ces attitudes mettent un frein à ces retrouvailles et obscurcissent votre vue. Devenir responsable et répondre à notre appel de conscience intègre la légèreté de l'âme car, sur ce plan, c'est bien elle qui fut polluée en vue de faire barrage à l'intégration du corps dans l'esprit.

Le *ici et maintenant* vous invite à alléger les formes-pensées créées autour de votre âme afin de permettre à la lumière de votre esprit de descendre en elle et dans votre corps. En focalisant vos pensées sur votre âme et en rendant celle-ci responsable de vos malheurs, vous faites le jeu décrété, il n'y a guère de temps, par des hommes et des femmes peu scrupuleux. Votre esprit connaît la valeur des sentiments nobles développant la notion du plaisir dans le service, la joie et le rire. Il connaît bien les vertus s'y rattachant et use de beaucoup d'humour en relatant sa vie et la vie sur les hauteurs de ses pensées. L'esprit souhaite partager le bien-être procuré par ces qualités d'être (en effet, de par votre éloignement, le plaisir, la joie, le rire sont maintenant vus comme des qualités). Votre âme doit recevoir cette nourriture profonde et complète pour se guérir de la pesanteur accolée à sa réalité. Votre âme n'est nullement responsable de vos maux, elle est juste une réalité nouvelle et intermédiaire entre votre corps et votre esprit. Sa présence n'est pas non plus un défaut, une tare ; elle est là, vivante, alors, avec vos pensées, déblayez vos concepts ingurgités complaisamment.

Encore une fois, votre responsabilité se loge dans l'acceptation d'idées émises par un groupe d'êtres en mal de pouvoir. Si, honnêtement, vous acceptez enfin de reconnaître que votre situation présente est loin de vous offrir satisfaction et qu'il est temps de retrouver votre lumière première, alors les informations transitant vers votre sphère de Vie seront encore plus profondes et révélatrices des enjeux dont vous fûtes le centre. Cela dépasse le cadre de votre propre planète et tout un pan historique universel pourra vous être révélé. Vous comprendrez pourquoi furent créées l'illusion d'être responsable, l'obligation de devenir sérieux et, par conséquent, irascible, intraitable et fat. Ces manifestations d'être sont en réalité des manifestations d'éloignement de votre centre, de votre source originelle.

Prenez exemple sur le Soleil : de par sa grandeur, il occupe une place importante dans le maintien de la Vie ; voyez comme il exerce son pouvoir dans la simplicité et le dévouement illimité, comme il prend son plaisir dans le

La joie, le rire, le plaisir, sources d'envol...

service, sa joie dans votre réalisation, son rire dans votre épanouissement. Il vit en s'oubliant (non pas en ignorant sa vie, sa force). Nous vous invitons fortement à manifester déjà la nature de son service puis à reconnaître le vôtre. Pour l'ensemble de cette humanité, sa réalisation passe par le service aux autres. Tant que vous chercherez le pouvoir, la domination, vous ne trouverez pas le repos de votre âme dans l'esprit et le corps, *ni l'unité*. Je tiens à préciser ceci : quand je parle du rire, de la joie, du plaisir, je ne fais pas allusion à votre approche simpliste de ces mots, je ne vous propose pas de faire la « fête » du matin au soir en oubliant vos responsabilités. Je suggère plutôt la valeur élevée de ces mots, c'est-à-dire rire de soi, prendre plaisir à servir l'autre, partager un moment de communion d'âme avec lui et y trouver de la joie. En effet, la responsabilité de soi passe par tout cela.

Je vous invite également à recréer des moments dépouillés de tout artifice et d'installer d'autres supports de fêtes. Le mariage peut être abordé différemment, et vous pouvez peut-être oublier ce Noël monté de toutes pièces à des fins lucratives pour retrouver plutôt l'esprit des fêtes druidiques. Aujourd'hui, celles-ci ont été reprises sous le couvert des fêtes religieuses catholiques ; alors, pourquoi ne pas les reprendre et mettre à l'avant-scène leur véritable intensité d'être ? Pourquoi ne pas créer des rencontres nouvelles où la joie du moment pourrait s'exprimer hors des moules conventionnels ? Comme partager une eau pure, une boisson qui sera bientôt introuvable et plus prisée que le meilleur des champagnes.

Je vous exhorte à sortir de vos règles de société non pas pour rejeter celle-ci mais bien afin de lui donner de l'oxygène. Aux jeunes de cette humanité prenant conscience des clivages de votre société adulte, on offre drogues, alcool et musique débridée, tous des moyens de clonage visant à leur faire épouser les moules qu'on leur construit et à aliéner les germes d'expansion déposés en eux.

Votre plus grand combat est et demeure la liberté de votre jeunesse.

Vos enfants sont pris en otage. De nouvelles armes étant en cours d'élaboration, soyez vigilants. Rendez les racines à l'humanité de demain, qui a perdu les vrais repères de la Vie. L'épanouissement ne réside pas dans l'argent et les faux pouvoirs qui en découlent. Le rire, la joie, le plaisir, le sourire ne dépendent pas de l'absorption de poisons. Votre boisson non alcoolisée à base de coca est un grand hypnotique et un déstabilisant nerveux.

J'aimerais également que vous n'offriez plus le choix suivant à vos enfants : la spiritualité comme face contraire des faux pouvoirs. La vie de l'esprit, de l'âme dans et par le corps reste la réalité. Voilà pourquoi une partie de l'humanité se dit athée ou rationnelle. Commencez à rééduquer vos jeunes en leur rendant leurs racines, celles rattachées à la Terre, l'Eau et l'Air. Dans un premier temps, le mot *responsabilité* devrait laisser place au *respect* : le respect de chacun, de son environnement, comme le respect de ses intuitions, de la différence et de ses choix. Les entretenir tous de leur origine leur permettrait de ne pas perdre près de quarante années avant de se stabiliser sur cette planète.

Comme la déstabilisation est actuellement un mot d'ordre, le chômage, l'abus de taxes et d'impôts, l'usage des micro-ondes, la surveillance des déplacements des populations et les guerres ethniques sont les nouveaux moyens retenus pour contrôler l'épanouissement des adultes sur cette Terre. Le cercle se referme ainsi sur les humains cassés dès leur naissance par les vaccins dans les pays dits riches et par la malnutrition dans les pays pauvres, déstructurés à l'adolescence par l'apport des drogues, de l'alcool et d'une musique décadente, et à l'âge adulte, par les pressions économiques, jusque dans la vieillesse même en isolant les aînés afin de créer un fossé avec les jeunes et de les empêcher de transmettre les remarques les avertissant de leurs dérives. L'intelligence est au service du pouvoir de l'argent. Réagissez, reprenez-vous en main et redécouvrez qui vous êtes réellement. Vos véritables pouvoirs se réveilleront et reviendront vous servir.

Allez, vous êtes sur la bonne voie, mais les quelques faits déjà accomplis doivent vous inciter à poursuivre votre progression et à retourner en vous-mêmes, où le rire, la joie, le plaisir et votre sourire sont au rendez-vous.

DOUZE

LA PAIX, DEMEURE DE L'ÊTRE SOLAIRE

La paix devrait accompagner toutes vos pensées, vos actions ou vos démarches. En regardant vos mouvements, nous remarquons avant tout de la contrariété. Quels que soient vos schémas de vie, vous grincez des dents ; subtilement mais aussi physiquement. Si nous examinons l'état de santé de vos circuits nerveux, nous décelons un désordre complexe dans ce flux. Vos marées intérieures étant considérablement perturbées, elles influencent directement les marées cosmiques et nous devons tenir compte des périodes où vous nous interdisez tout simplement l'accès à nos rayons de lumière.

Afin d'accueillir l'Être solaire, je ne pouvais conclure ce livre sans aborder ce sujet. Vos pensées chaotiques se dirigent tout droit vers les rayons lumineux. Dans ces moments-là, nous préférons nous abstenir de toute modification d'intensité et de sonorité du spectre de couleur. En restant effacés dans ces instants, nous vous offrons la possibilité de revenir en votre centre sans vous influencer plus que nécessaire. Quand la révolte gronde en vous, diriger un flux d'amour amplifierait cet état et ne l'apaiserait pas du tout. La loi du vis-à-vis est implacable ; elle appelle la loi des contraires. Ces deux lois sont inséparables. Vous ne serez point étonnés d'entendre que les contraires s'attirent et mettent en résonance la loi du vis-à-vis. Quand les êtres incarnés sont dans une impasse, ils cherchent ardemment à rencontrer d'autres êtres dont l'attitude leur permet de se regarder et de lire les réactions erronées de la leur.

    L'éloignement de la paix construit la peur, mais surtout la confusion. Aujourd'hui, vous vivez en pleine confusion et réagissez en conséquence. Nous devons user d'affirmations au sein de notre enseignement afin de créer des brèches dans vos barrages mentaux. Mais cette période étant très particulière et très riche en sources lumineuses, l'autorité de l'ordre mondial de votre planète s'agite considérablement et démontre sa fragilité. Plus un pouvoir en place impose une dictature plus ou moins cachée, plus il fait montre d'instabilité. Comme une partie de cette humanité lâche le conditionnement d'idées relatives au corps communautaire, l'ordre mondial se fragilise davantage. Partant, ne vous étonnez pas de toutes les tentatives de répression de celui-ci, tel son acharnement à créer de l'agitation, des guerres et de l'insécurité. Nous vous invitons donc encore à vous centrer en vous et à vous désolidariser des réactions intempestives largement relatées par vos médias.

    En vous incitant à entrer dans la paix intérieure, nous vous offrons la meilleure arme qui soit en réponse à tous les événements caricaturaux d'aujourd'hui. Ah, précisons de nouveau ceci : se désolidariser de l'idée propagée par l'ordre mondial ne signifie nullement « devenir insensible », non. La meilleure réponse consiste à travailler encore plus intensément aujourd'hui à vous ancrer dans la paix de l'esprit et à trouver enfin les bons gestes et les paroles justes dans toute situation. La paix de l'esprit installée au cœur de ce banal quotidien renforce la paix globale d'une planète. En maintenant l'agitation au sein de chaque groupe constituant la société, l'ordre mondial assoit son pouvoir de domination. En propulsant l'argent dans une spirale de règne, vous en êtes tous les sujets.

    Aujourd'hui, tout s'achète : la morale, la Vie et le reste.

La paix, demeure de l'Être solaire

En France, un mot tiré de la période moyenâgeuse qualifie bien votre état présent : SERF. Si vous préférez, employons le mot *esclave*. Vous êtes les ESCLAVES de L'ARGENT ROI détruisant votre paix et ruinant vos efforts pour vous y installer. Mais, soyons honnêtes, cet abus de pouvoir ne peut être que par votre propre volonté. Depuis un siècle seulement, vous avez préféré l'illusion du pouvoir, car avoir ou non de l'argent relève de cette illusion. *Tous, vous méritez d'être fluides* dans toutes les circonstances. Et si aujourd'hui l'argent représente un repère sociétal, cela n'empêche aucunement votre fluidité de dépasser cette illusion. Comme l'argent roi est une construction mentale, celle-ci va s'effondrer. Aussi, si vous ne voulez pas vivre une souffrance de plus, je vous encourage à retrouver rapidement le fonctionnement magnifié du troc et de l'échange. Sans argent, vous recevrez toujours un quota d'énergie afin de vivre (sauf si vous voulez connaître la faim, la malnutrition et tout ce qui en découle, libre à vous).

L'Être solaire se joue de l'argent et en rit. L'Être solaire pourvoit à tous les besoins, des plus denses aux plus subtils. En recherchant la paix dans tous vos gestes et vos paroles, vous intégrerez rapidement cet état d'être et serez accueillis dans l'Amour christique. Vous trouverez l'expression la plus juste dans la manifestation de l'Amour christique et de l'Amour solaire, mais avant – car il y a un *mais* –, toutes vos constructions mentales s'amplifieront afin d'être regardées et nommées en vue d'un changement d'attitude.

L'argent roi fut amené de façon à vous enfermer dans une prison informelle. Vous voici prisonniers de besoins chimériques et de fausses envies. Malgré cela, il y a toujours une première clé pour ouvrir toutes les geôles de votre monde : le *troc*. Puis une deuxième : *l'échange*. Si vous acceptez de regarder votre vie avec honnêteté, vous admettrez « crouler » sous un fardeau imaginaire et fort bien entretenu dans lequel figurent le modernisme, les nouveaux matériaux, la mal-bouffe (c'est bien ainsi que vous qualifiez votre très mauvaise alimentation), vos sources de conflits intérieurs (voiture, télévision, médias sous toutes les formes). Avec l'arrivée de l'argent roi, vous avez vu déferler dans votre vie des besoins squattant votre bien-être.

Un grand nombre d'entre vous ne se souviennent que peu du plaisir de marcher dans l'herbe, d'échanger des légumes de leur potager, de rêver la tête dans les étoiles. Vous avez rangé ces instants riches d'énergies et d'émotions fortes dans le registre du folklore. En recherchant la paix pas à pas, vous retrouverez ces simples plaisirs et y puiserez à nouveau la source d'un enseignement caché. Vous y découvrirez les grandes lois. Les règnes minéral, végétal et animal sont les gardiens silencieux des lois humaines. Le règne humain fut hissé au-dessus des trois autres ; pourtant, ce petit dernier ne peut bafouer longtemps encore les efforts d'intention émis par ses prédécesseurs. Pas à pas, votre conscience sera dirigée vers vos frères (égaux), une réconciliation aura lieu ; espérons que celle-ci arrivera rapidement.

L'Être solaire doit englober les états minéral, végétal et animal pour s'épanouir et s'envoler vers l'étape humaine. En vous coupant de votre passé et en modifiant votre histoire communautaire, le gouvernement mondial jouait habilement avec vos prédispositions à la fraternité.

Comprenez bien : la fraternité, la tolérance, l'amour de soi, l'amour des autres et la paix intérieure sont des armes trop efficaces pour les laisser à la portée de vos mains. Certes, à l'heure actuelle, il reste difficile de maintenir ces qualités longtemps en vous tant les parasitages sont savamment distribués autour de vous. Savez-vous que la perte de l'Atlantide fut engendrée par les mêmes désordres ? Les êtres revenus en incarnation portent à ce jour cette vieille mémoire ; soit ils profitent de cette nouvelle extériorisation

La paix, demeure de l'Être solaire

de mémoire pour s'en libérer, soit ils restent victimes d'eux-mêmes. Inexorablement, la nouvelle grille magnétique se terminera et sera autonome à la fin de 2002 ; après, les changements seront rapides.

Il vous paraît difficile de trouver la paix, mais la voulez-vous vraiment ? Êtes-vous prêts à ne plus accorder d'intérêt à l'argent roi et à considérer votre voisin (même dans sa forme d'esprit actuelle) comme votre égal ? Je me répète un peu, mais rassurez-vous, cela est tout à fait volontaire. J'espère ainsi ancrer les concepts favorisant votre retour à l'unité. Pour cela, devenez maîtres de votre expression et de l'emploi des mots surtout. Placez-y de l'amour et de la fraternité ; inutile d'ajouter du respect, vous le savez n'est-ce pas ? À chaque mot usité, redevenez droits, justes. Aimeriez-vous en entendre certains à votre égard ? Non ? Alors, pourquoi les prononcer à l'encontre de votre entourage ? Ne cherchez pas tant dans les groupes de la classe dirigeante que dans votre cellule familiale. C'est bien ici, dans l'intimité de chacun, que je relève les plus grandes injustices et le plus grand manque d'amour ! Vous êtes sidérés des actions guerrières dans les pays autour du vôtre, mais vous trouvez normal votre comportement vis-à-vis de votre famille et de vos amis. Là, tout est normal. La dureté de votre regard, de vos sentiments dénués de délicatesse (pour ne pas dire autre chose !), vos pensées chaotiques et parfois haineuses vous paraissent tout à fait convenables et même emplies d'amour ! Moi, je ne relève que chantage affectif, impolitesse, agressivité, affront, incivisme, vandalisme et abus de pouvoir. J'aimerais sincèrement vous voir installer la paix au sein des relations familiales avec, sous-entendus, le respect de l'autre, la tolérance, l'absence de compétitivité et de jugement de l'un sur l'autre. Vos mots sont les maux de vos cellules, des cellules familiales, nationales et des cellules de cette planète.

L'Être solaire

La PAIX est un JARDIN qui se travaille, se cultive dans chaque pensée, chaque parole et chaque geste. Bien souvent, dans la cellule familiale, vous confondez amour inconditionnel et clonage affectif.

La PAIX est la clé de votre retour dans l'Amour christique et la demeure de l'Être solaire, ou Amour solaire.

La paix n'annihile nullement la personnalité et lui offre au contraire un écrin d'épanouissement. L'esprit, l'âme et le corps aspirent à la paix, qu'ils soient pris globalement ou séparément. Ces trois entités appellent la pensée à reprendre conscience de l'importance de cet état. Individuellement, ces entités ont acquis la conviction de ce retour, mais il reste à convaincre la pensée de se canaliser afin de ne plus répondre aux agents extérieurs à l'origine des troubles comportementaux et d'éloignement de la demeure solaire et de l'Amour christique.

La paix permet à la sagesse de servir le corps communautaire, soit les corps subtils et dense. Quand la paix et la sagesse s'unissent, vos feux s'allument et attirent la MERKABA. La pleine santé peut ainsi revenir dans le corps communautaire et tous vos flux, répondre alors aux lois cosmiques sans interférence. La PAIX, vous la conviez, la souhaitez, oui ; pourtant, votre être ne tend pas entièrement vers cette volonté. « La paix, oui, mais seulement si on peut garder nos privilèges ! » Alors, comprenez bien ceci : dans la paix, vous ne trouverez aucun privilège. Il y a juste votre demeure, ni plus ni moins que celle de votre voisin ou voisine.

Dans la paix, vous partirez découvrir de nouveaux horizons et servirez encore le grand plan. Pas de repos illusoire, de retrait au fin fond d'une grotte ni d'isolement de vos frères et sœurs. Seulement le plaisir d'être rendus au centre de vous-mêmes et de profiter des particularités acquises lors de votre parcours initiatique, afin de les mettre au service de l'humanité sidérale.

La paix, demeure de l'Être solaire

Dans cette dernière notion, pouvez-vous encore élargir vos concepts ? L'humanité résidentielle de ce système solaire représente une partie de l'humanité résidentielle de ce Super-Univers et une partie de l'humanité constituant la vie dans le grand sidéral ! Vous, ici, par résonance magnétique, renseignez tous les individus dans le grand sidéral. Vos désordres sont leurs désordres et vos solutions les leurs. L'approfondissement de l'Amour christique et de l'Être solaire demeure le résultat de l'ensemble de ce grand sidéral. Dans ce laboratoire, les influences interactives répondent à des schémas d'évolution des sept Super-Univers. La conception de ce laboratoire fut un avènement très particulier, car celui-ci fut bâti afin de répondre aux interrogations de notre Super-Univers et des six autres.

Les clés comportementales de guérison de l'esprit seront appliquées dans ce Cercle atomique de Vie dépourvu de tout favoritisme. Et si vous avez alors le devoir de chapeauter deux Super-Univers, ceci ne vous permettra pas d'en retirer une gloire quelconque. Par contre, cela vous appellera à revisiter la paix afin d'accéder à l'Amour christique et de vous installer dans les germes de l'Être solaire pour que le deuxième Cercle atomique de Vie puisse s'asseoir sur les assises que vous allez transmettre. Prenez également conscience que vous représentez les repères de l'humanité résidentielle du deuxième Cercle atomique de Vie ; alors, pas question de vous laisser visiter plus longtemps vos travers égotistes. La Paix, source originelle, fleuve d'Amour et réconciliation des contraires vous réclame, hurle sa présence et attend votre installation dans ses énergies.

L'Être solaire se nourrit de la paix, vit par la paix et s'expanse par la paix.

L'Amour christique représente l'étape incontournable pour s'installer dans la paix et comprendre les premiers germes de l'Être solaire. Nous commençons à peine à déchiffrer le message de l'Être solaire et il nous reste à accomplir un long travail de compréhension avant de nous prétendre Êtres solaires. Pourtant, déjà, l'approche de cet état résonne en nous, car chacun sait que le pas suivant correspond sans nul doute à un état de haute fréquence. L'Amour cristallin viendra couronner les deux étapes préalables à la sienne, et derrière lui, nous serons sollicités afin d'émettre encore une autre demeure de notre Être.

Vous, ici sur cette planète, fûtes amenés afin de permettre l'installation de l'état humain, porte primordiale, et de faire prendre racine aux demeures supérieures de l'identité cosmique. Nous travaillons essentiellement à épauler les esprits installés à la périphérie de ce Cercle atomique de Vie. Quand la paix rayonnera de cet endroit, tout le cercle pourra vivre dans la paix. Cet état occasionne de grands changements et des progrès comportementaux. N'oublions pas que le premier cercle vivra en émettant l'Amour christique, dont il sera la demeure ; que le deuxième Cercle atomique de Vie sera la demeure de l'Amour solaire, soit de l'Être solaire ; que la mission du troisième Cercle atomique sera d'offrir demeure à l'Amour cristallin.

Travaillons donc à rendre notre cercle à la volonté du Grand Constructeur. Car, là aussi, l'expansion de celui-ci se reconnaîtra dans l'identité de chaque Cercle atomique de Vie. Nous n'en sommes qu'à la première étape de son expansion, mais nous devons refléter cette première partie de lui-même. Nous ne pouvons savoir combien de cercles le Grand Architecte a prévu d'extérioriser, mais nous pouvons supposer qu'il y aura au minimum sept Cercles atomiques de Vie. Alors, comprenons que nous ne vivons que l'abc du langage du Grand Constructeur. En acceptant de créer les bases de vie favorisant les expansions de conscience de notre grand Père/Mère, nous pourrons progressivement mieux le comprendre. La trame commune de ses expansions se fait par cercles et se véhicule par la paix. Si nous voulons découvrir chaque Cercle atomique de

La paix, demeure de l'Être solaire

Vie (en cela, nous sommes sûrs de voir certains parmi vous souhaiter l'aventure dans sa totalité), nous devons commencer par le début : acquérir la paix intérieure. Votre période actuelle reste la meilleure pour cette acquisition. L'ensemble des études ou de l'enseignement reçu dans tous les temples des cercles de Vie de l'Île Centrale ne fut pas donné uniquement pour ce présent Cercle atomique de Vie, mais bien en vue de déposer des repères relatifs à toutes les expansions hors de l'Île Centrale. Comprenez bien que vivre à l'extérieur de l'Île Centrale offre une aventure permanente.

Si, aujourd'hui, nous arrivons à un instant décisif dans ce Cercle atomique de Vie, il n'en reste pas moins que nous n'en sommes qu'au début de la grande exploration. Tout ce qui sera créé dans ce présent cercle donnera les bases d'envol communes aux Cercles atomiques de Vie suivants.

Nous abordons la périphérie de l'état de la paix. À ce jour, votre planète vit des prises de conscience la concernant, mais j'aimerais ajouter ceci : la paix ne s'achète pas et ne peut faire l'objet de transactions ou de marchandages, voire de chantages.

La paix extérieure dépend de la qualité de la paix à l'intérieur de l'humanité. Aussi, je vous invite encore et encore à tourner votre regard-sentiment-pensée vers le centre de vous-mêmes, au cœur de votre Être, là où tout rayonne, là où toutes les portes s'ouvrent. Bref, que votre regard-sentiment-pensée observe la vie qui s'agite sur toute la surface d'Urantia Gaïa et que cela serve de terreau et de fertilisant à l'amélioration de votre vie intérieure. À l'époque actuelle, un grand nombre d'hommes et de femmes jouent le rôle de miroirs dans le pôle Ombre ou dans le pôle Lumière. S'ils ont accepté d'être les points de mire dans votre société internationale, c'est bien en espérant fournir les réponses à vos interrogations. La paix se construit en éliminant une à une les zones d'Ombre et en rééquilibrant les zones de Lumière afin d'ouvrir la porte à la Lumière de Vie. Le remaniement de la grille magnétique agite tous les reliquats d'expressions mal comprises. Partant, le groupe communautaire d'Urantia Gaïa se retrouve dans la position de réajustement de l'organe de pensée.

Doucement, vous glissez vers le point zéro, de la troisième à la quatrième dimension. Je vous ai dit que vous aborderiez cette dernière d'après la loi du autour/sur/dedans. La qualité de votre paix intérieure déterminera si oui ou non vous deviendrez des habitants de la quatrième dimension. Plus vous travaillerez à votre paix durant ce grand moment, plus vous aurez de chances d'accéder à ce nouvel espace d'état d'être. Toutes vos peurs seront vos handicaps et l'origine de votre maintien dans la troisième dimension. Alors, nous de ce côté du voile, voulons vous dire ceci : « Notre plus grand souhait est de voir le plus grand nombre d'entre vous pénétrer dans cet espace de qualité. » Encore une fois, nous pouvons vous entretenir de votre futur immédiat et lointain, nous pouvons vous relater l'histoire passée de vous-mêmes et des Univers, mais nous ne pourrons jamais travailler à votre paix pour vous.

Lire des ouvrages afin d'y découvrir les informations nourricières est bien, mais n'oubliez jamais d'appliquer dans votre quotidien les nouvelles compréhensions. La pensée s'accompagne d'actions concrètes dans le moule en apparence banal de votre quotidien. Comme la cellule familiale, votre quotidien souffre d'être mal aimé. Nous ne rencontrons que trop peu de femmes et d'hommes heureux de vivre. En les écoutant, nous recueillons ces doléances : « Je veux changer de vie, la mienne est quelconque ; je veux changer de corps, je suis laid(e) ; je ne m'aime pas ; mon caractère ne me convient pas ; mon travail me fatigue et ne m'apporte plus rien... » Pourtant, mes frères et sœurs, votre présente vie, votre apparence, votre cellule familiale furent choisies avec attention, amour et grand soin. Votre vie actuelle demeure votre meilleur atout de réalisation. Cessez de vous plaindre, de gémir et de mettre des

La paix, demeure de l'Être solaire

conditions à votre réalisation par des *si* et des *mais*. Votre vie développe les meilleures stratégies d'approche de la paix intérieure, basées sur vos acquis et vos faiblesses antérieures sans oublier votre volonté de servir la Vie.

L'heure présente ne permet plus ces enfantillages et vous pousse à la maîtrise de votre corps communautaire au sein de l'Amour et de la Paix. Demain sera construit d'après le schéma de votre regard-sentiment-pensée ; vous seuls engagez votre responsabilité, votre place au centre de l'aventure cosmique. *Être solaire* exige dès aujourd'hui que vous finissiez de vous plaindre et que vous fortifiiez votre organe de pensée. Comme votre trajectoire dépend de vos choix présents, commencez par définir vos priorités, vos besoins afin de rentrer dans la paix. Devenez constructifs. Nous avons besoin de vous tous afin d'explorer le nouveau théâtre de la Vie.

Je ne vous instruirai pas des événements existentiels du moment ; pour moi, ils ne sont que vos tremplins. Aussi, vos tempêtes tant subtiles que denses, sentimentales ou météorologiques vous rappelleront-elles la direction à prendre. Cessez de blâmer vos voisins ou les autres ; vous seuls êtes responsables de la trame de votre vie, vous et uniquement vous.

Quand vous accepterez cette grande vérité, et alors seulement, vous retrouverez le chemin de la paix, car vous retrouverez en même temps la conscience d'être les créateurs de la Vie. Les créateurs de votre vie au quotidien et du futur mais, aussi, des créateurs sur les plans planétaire et universel.

Je ne peux que vous encourager à cesser d'être victimes de vous-mêmes, d'être vos propres esclaves et de vous leurrer quant à vos responsabilités. Voir la vérité dans vos manières d'agir vous permettra de retrouver le pardon, l'amour de soi et de recommencer à être. Avant de prétendre à devenir Christ ou Être solaire, apprenez sans fausse humilité toutes vos responsabilités par rapport à vous-même. Les portes de l'Être solaire s'ouvriront ainsi. Cet état vous attire, comme l'aimant la limaille de fer, car l'Être solaire a déjà déposé en vous ses germes conceptuels.

La force du rayonnement de la Lumière de Vie vous rappelle ce chemin. Aussi, je tiens à vous dire ceci : cette présente vie, depuis sa première seconde d'existence, est un immense chemin initiatique parcouru dans un haut lieu initiatique, sur un haut lieu initiatique.

TREIZE

LA LÉGÈRETÉ, CHEMIN DE LA SAGESSE

En ce début de cycle nouveau, j'aimerais vous voir adopter la légèreté.

Avec un peu d'honnêteté, vous admettrez aisément (peut-être ?) la lourdeur de tous vos mouvements. Ceux-ci sont pleins de rancœur, de colère et d'esprit de revanche ; vous comptabilisez les coups rendus et espérez avoir le dessus sur vos adversaires. Vous êtes passés maîtres dans l'art de la dissimulation. Montrer vos véritables sentiments est souvent signe d'échec. Vous oscillez sans cesse entre l'espoir et le désespoir, la croyance et le doute, l'état de bourreau et celui de victime, l'irresponsabilité et les fardeaux ne vous appartenant point pour prouver votre responsabilité, entre l'enfer et le paradis, et je passerai sur le reste.

Vous traînez un état dépressif la plupart du temps. Oh, il y a la dépression nerveuse répertoriée par le corps médical, mais les autres formes de cette maladie passent sous silence. Manquer de lumière ou d'énergie de la terre renvoie à deux types de dépression engendrant les fluctuations émotionnelles à l'origine de votre populaire *dépression nerveuse*. En soignant vos carences tonales, vos racines avec la Terre Mère, vous consoliderez l'harmonie de vos marées intérieures.

Devenir solaire nécessite de reprendre contact avec tous les apports importants de nourriture subtile. Votre dépendance au paraître donne naissance à tous vos travers comportementaux. Votre besoin d'émettre la meilleure image de vous-mêmes génère une spirale décadente des sentiments nobles. Alors, avant de vous lancer dans les grandes phrases moralisatrices dont vous êtes friands, commencez par travailler votre identité. La société offre un miroir de grande qualité pour la lecture du Soi. Si l'image reflétée par la société ne vous convient pas, changez votre regard-sentiment-pensée de vous-mêmes ; la société pourra alors se reposer et ainsi éviter les montées de violence qui vous amènent à reconnaître la vôtre. La société, dans ses manifestations égotistes, favorise la résonance de vos gouffres et vous appelle à la nourrir de vos énergies perturbées. Avec simplement un peu d'objectivité, les composantes sociétales qui vous interpellent ne représentent que vos gouffres personnels.

Vous vous présentez au plus important rendez-vous de votre histoire, individuellement, collectivement et planétairement.

Tous les décryptages de vos parasitages sont possibles dans la phase présente, et les informations qui arrivent à vous traitent de cela. Aussi, nul ne pourra dire : « N'ayant pas été averti, je n'ai donc pas pu entreprendre mon travail de nettoyage dans les meilleures conditions. » Aucun d'entre vous, lecteur ou non de ce livre, ne prononcera ces mots. Tous, vous êtes entretenus de l'importance de l'histoire actuelle de votre système solaire. Des livres paraîtront dans le but d'atteindre toutes les ouvertures de conscience actuelles.

Les événements en cours d'éclatement dans votre quotidien créeront une synergie planétaire, et vos sentiments les plus cachés seront placés sous la lumière de votre compréhension. Si vous estimez avoir des attitudes erronées, ayez l'extrême courtoisie de ne pas jeter la pierre à votre voisin ni d'en rejeter la faute sur votre milieu familial. En portant des jugements envers vos parents et vos frères et sœurs, vous renforcez votre fausse vision des lois de la Vie. La situation actuelle favorise grandement votre retour à la plénitude de l'équilibre de tous les flux vitaux. Comme vous le remarquerez, tous les secteurs évolutifs de votre société sont touchés ou éclaboussés de leur pernicieuse nature. Les religions, les hommes politiques, les scientifiques, les médias maintenant (et bientôt les banques) entrent dans la phase de révélation nauséabonde. Tout fut permis par vous et vous avez construit une à une les marches les autorisant à être ce qu'ils sont à l'heure actuelle. Une à une, vous allez aussi démonter ces marches en analysant vos comportements à l'origine de cette singulière ascension. Et, s'il vous plaît, cessez de leur jeter la pierre, profitez-en pour observer la nature de vos pensées, créatrices de votre réalité présente.

Si nous pointons régulièrement du doigt vos secteurs dirigeants, c'est uniquement pour vous instruire sur vous-mêmes et vous voir modifier vos comportements. Vos institutions étant vos reflets, vos miroirs et vos leçons, ne ratez pas ce rendez-vous fixé par vous-mêmes.

La légèreté vous appelle. Elle est la nature de l'ascension, don de l'Amour christique et de l'identité solaire. La légèreté, c'est avant tout devenir fluide et ne plus créer de nœud dans sa personnalité. C'est reconnaître votre divinité et vivre en elle, ne plus alimenter les réservoirs d'énergie liés à l'humanité.

Aujourd'hui, le visage de votre violence se traduit par l'intolérance de la différence, un besoin énorme d'argent afin d'asseoir un pouvoir sur les autres, le fait de ne pas reconnaître votre planète comme un être vivant et le refus à votre atmosphère du droit de vivre sans perturbation (vos satellites dérangeant les circuits vitaux de l'éther). La société de cette planète se trouve face à un grand carrefour d'évolution et devant un choix primordial : accepter de s'alléger de ses conditionnements passés et entrer dans une ouverture de conscience favorisant le partage de moments fraternels avec la famille (humanité) universelle.

Voici pourquoi vos vieux démons refont surface. La France ne sera pas épargnée, d'autant que le maître Jésus plaça dans son sol des énergies particulières il y a deux mille ans en vue de la voir prendre la place qui lui est réservée depuis sa conception. Ce pays entre en crise d'identité profonde et fera peau neuve, n'ayant pas d'autre choix. Les énergies œuvrent dans le sol de cette terre ; depuis l'instant où elles y furent déposées, sa trajectoire de réalisation s'en est trouvée modifiée et modelée selon le schéma préétabli par le maître Jésus, qui endossa la responsabilité de Prince planétaire ; cette ascension dans sa propre évolution amplifia ces énergies enterrées en France.

Ce grand Être se prépare aujourd'hui à reprendre sa première identité d'Instructeur des Univers. Ainsi, ces mêmes énergies entrent dans une phase de réalisation dépassant le cadre planétaire. La France ne peut plus dormir ; nous ignorons le temps nécessaire à cette crise pour qu'elle soit vécue et comprise, mais la réalité est que ce pays grandira et en sortira grandement éveillé. Il a toujours été prévu de voir la France entrer en crise d'identité en même temps que l'Amérique – qui va perdre sa mainmise sur cette planète. Progressivement, les actions des Américains se retourneront contre leur pays, non pas pour l'engloutir mais pour permettre à son ego excessif d'être travaillé. Nous espérons fortement que cette nation ne disparaîtra pas sous les eaux ; seules les prises de conscience de son peuple nous diront dans les prochains mois si nos espoirs seront réalisés.

L'Europe représente la vieille mémoire de cette planète. Son histoire passée maintient les schémas des ancêtres ; aussi ces mémoires doivent-elles se réveiller afin d'être transmutées et de faire place aux nouvelles idées porteuses de l'évolution universelle. Nous attendions les signes de cette remise en question. À force d'additionner les mémoires du passé sans les regarder, les comprendre et en recevoir la sève nourricière, il arrive un moment où le cumul encombre les circuits du mouvement. Par conséquent, vous voici devant un immense mur impossible à escalader et qu'il faut dès lors désagréger. La France rencontre ce problème, mais l'Amérique se place dans une position plus délicate encore puisqu'elle se croit la meilleure, la seule à posséder la solution et qu'elle impose son despotisme. Bref, elle a soif de pouvoir. Toutefois, fait intéressant dans cette situation, l'Europe entre en crise en même temps. Pourquoi ? C'est simple : les Américains sont tous des descendants de colons européens. Aussi, la mémoire européenne jouant, il y a résonance chez le peuple américain, ou ne serait-ce pas plutôt le contraire ? Les Américains représentant la cible de cette planète, les racines ancestrales bougent et l'Europe entre en crise. Le passé de cette planète s'articule sur tous les continents. Votre Terre cherche à s'alléger du fardeau des pensées anciennes. Alors, ne vous étonnez pas de voir tous les pays se retrouver en situation difficile, de manière à repérer la porte utile à l'arrivée et à la mise en vigueur des énergies et des pensées nouvelles.

La vieille identité doit s'effondrer comme le mur de Berlin, et ce, à l'échelle planétaire, en vue de faire place à la nouvelle identité. La colonisation de cette planète est partie de l'Europe, l'ordre mondial également dans sa forme la plus cachée. L'Amérique n'ayant pas de repères (de passé), elle extériorise tous les conditionnements déposés par l'Europe. Le seul danger en Amérique vient de la réincarnation des Atlantes et de l'ouverture de cette vieille mémoire superposée à la crise actuelle. En réalité, tous les sacs mémoriels de cette planète s'ouvrent afin d'être épurés. Les énergies cosmiques favorisent ce nettoyage de façon à recevoir la nourriture divine prévue pour cette sphère de Vie. Vous pouvez vous débattre ou, alors, profiter de ce nettoyage en entreprenant le vôtre et émettre déjà la légèreté.

Si je vous renvoie l'image de l'Europe et de l'Amérique, c'est pour vous aider à comprendre que tout est interactif, le passé comme le présent et le futur. Vous pouvez sourire et glisser sans dommage dans cette période troublée ou donner corps à vos vieux schémas réactionnels puis vous laissez emporter par ce flot de troubles ; à vous de choisir.

Dans une situation donnée, la légèreté s'acquiert aussi facilement que l'inconfort. Seul le regard-sentiment-pensée détermine votre positionnement. Être léger ne veut pas dire être inconscient.

Les crises majeures des pays (incluant la France et l'Amérique) ont trait en fait à la fraternité et au droit accordé à chacun d'évoluer selon son propre programme.

L'envol de la famille terrienne s'effectuera en acceptant chaque membre comme il est, avec ses différences, ses espoirs, son cheminement personnel, et en gardant la vision d'une place respective au sein de la communauté.

Certains pays seront plus à l'aise en tant que médiateurs, d'autres comme sources d'idées ou de centres artistiques. La légèreté de la planète Urantia Gaïa débutera par une table ronde où chaque membre aura droit de parole et droit de vie dans le respect de sa différence. Naturellement, ces embryons émergeront du peuple, par la voix du peuple et dans la plénitude du peuple urantien. Votre devenir passe par l'obligation d'attribuer le droit de vie à tout homme et à toute femme, ici ou ailleurs. Les crises au sein de vos nations soulèvent les questions essentielles et légitimisent la venue des nouvelles énergies.

Le travail de mon ami Kryeon inaugure les changements. J'apporte un élargissement de conscience et des bases de travail sur votre Terre, mais ceci ne concerne pas uniquement votre planète, et mon arrivée dans votre vie appelle également à revoir vos conceptions de la fraternité, de la liberté et de l'égalité. Toutes les impulsions en cours et apportant des troubles dans votre équilibre statique cherchent à vous faire prendre position par rapport à ces trois attitudes fondamentales. Il ne peut plus y avoir une justice pour les uns et rien pour les autres. Vous ne pouvez pas vous attribuer des droits et les refuser à tout un groupe sous prétexte qu'il ne choisit pas la même expression que vous. Bannir des hommes et des femmes simplement d'après un critère du genre « je suis le meilleur et, lui, il n'est rien » vous entraîne dans une spirale de violence. Vos choix de vie se répercutent sur l'ensemble communautaire par la loi de résonance.

Aujourd'hui, la loi de la Vie pose les questions primordiales à tous les Urantiens : *Accordez-vous une place à la différence ? Reconnaissez-vous les mêmes droits aux autres qu'à vous ? Acceptez-vous d'aimer sans condition ?*

Vous serez tous testés à partir de ces trois questions, vos réponses devant appeler des expressions appropriées afin d'élargir vos concepts de la famille universelle, et, comme toujours, vous passerez ces épreuves avec ou sans légèreté. La Paix se véhicule par l'air, symbole de volatilité, donc de légèreté. On ne vous demande pas de créer de nouvelles lois mais de vous positionner et d'entrer dans le mouvement de l'air. Tout le grand sidéral vit sur le mouvement respiratoire, soit l'inspiration/l'expiration ; nous sommes dans une inspiration, donc en dilatation et en expansion. Dans ce mouvement, les vieux concepts bougent sur un expir (davantage d'énergie porteuse) et tous les effondrements peuvent avoir lieu. À nouveau, vous pouvez glisser dans la légèreté et vous envoler vers les nouveaux espaces, mais cela exige un effort minimal de votre part. Le ferez-vous ?

En observant les oiseaux, vous recevrez (consciemment ou non) des informations sur votre parcours. Ce sont des sages incarnés dans cet élément afin de vous guider sur les chemins aériens ; ils sont vos repères, vos indicateurs et vos professeurs. Peut-être est-ce la raison pour laquelle vous choisissez de les tuer ! Ils vous dérangent tant que cela ? Ou sans doute avez-vous oublié totalement leur puissant enseignement caché gracieusement dans les spires évolutives. Quoi qu'il en soit, regardez-les et vous retrouverez le bon chemin grâce à eux. Tous les animaux détiennent un pan de votre histoire passée, présente ou future. Le choix de vos animaux familiers parle de lui-même et vous renseigne sur vos aspirations profondes. Bientôt, et ce afin d'éclairer ce domaine, des livres puissants paraîtront vous délivrant des informations importantes et majeures sur vous-mêmes.

Nous travaillons aussi à vous rendre l'identité de chaque partie de cette Terre, depuis les continents et pays les constituant, jusqu'à chaque petite section donnant le visage des lieux où vous résidez. Ainsi, vous comprendrez pourquoi naître en France par exemple rend possible un cheminement ne pouvant avoir lieu sur le sol américain ou africain, et pourquoi naître dans le Midi détermine une trajectoire qui diffère de celle offerte par l'est de la France. Nous rendrons l'importance aux quatre directions primordiales : le nord, le sud, l'est et l'ouest. Nous parlerons des trois voies d'expression que portent le froid, le chaud et le tempéré. Voici quelques-unes des études vous attendant au cours des dix prochaines années. Certaines conduites par moi, d'autres par des éducateurs universels bientôt actifs dans l'aura de votre planète.

L'instant présent invite à retrouver la légèreté d'être, chemin essentiel de l'identité. *Être* simplement à chaque instant en reconnaissant sa propre valeur intrinsèque, en admettant son potentiel de réalisation, en identifiant sa différence, en l'acceptant et en en jouant. Devenir UN passe par l'union de vos différences. Vous êtes tous uniques, soit six milliards d'individus différents les uns des autres et, par conséquent, six milliards de différences. Comment annihiler autant de voies d'expression réunies sur une même planète ? Impossible. Ainsi êtes-vous obligés de dessiner une fleur d'expression englobant toutes ces particularités et d'y vivre dans l'harmonie et le respect. Et si vous commenciez par mettre les deux mots *harmonie* et *respect* de l'avant, un grand pas se profilerait et vous pourriez envisager d'évoluer dans la légèreté ou la paix, là où la sagesse réside. Avant d'intégrer les couleurs, il vous faut parvenir au seuil de celle-ci. En restant accrochés au Noir et au Blanc, vous vous refusez cette approche et cette immersion. Dommage, car ce bain est source et révélation d'une autre étape de croissance.

Être fluide, glisser d'une source d'étude à une autre, changer de visage ou encore monter ou descendre sur l'échelle des chakras, voilà ce qui vous attend. La légèreté représente simplement la manière d'aborder une situation ou de poser votre regard-sentiment-pensée sur chaque instant de la Vie universelle. Rien d'autre, pas de grand secret. Pourtant, ce mouvement simple, fluide et aisé demeure votre plus grand obstacle dans votre élévation. Cette simplicité d'être vous amène à résoudre votre plus grande énigme. Aussi, analysez tout ce qui vous semble compliqué et difficile à atteindre, tentez de cerner cette situation physique, métaphysique, mentale ou sentimentale, et cherchez la voie directe, celle qui mène en droite ligne à votre objectif.

La voie directe est une autre action vous ramenant au centre de vous-mêmes en délaissant les complications des analyses mentales. Il est si aisé de dire *non* quand on ne veut pas entrer dans une situation x. Bien souvent, vous pensez « *non, mais…* », car il y a un, voire plusieurs, *mais* et, généralement, ils sont en relation avec la sphère affective, le besoin d'être aimé et reconnu. Alors, vous dites « *oui* » et vous entrez dans la douloureuse zone de l'ambiguïté. Les neuf dixièmes de votre temps, vous demeurez dans cette zone où rien ne peut se réaliser facilement. Bien souvent, il n'y a pas de réalisation possible et vous voilà à démêler un écheveau d'embrouilles. Malgré tout, la légèreté s'offrira à vous à nouveau. Il vous suffit de laisser tomber tous les faux-semblants et de cesser de faire plaisir aux autres en vous oubliant. Vous devez rechercher votre juste place, au juste moment, au bon endroit et vous centrer sur la trajectoire dessinée pour vous par les grands directeurs de conscience.

Tout est simple, dès lors que l'on a trouvé sa famille de réalisation.

Naître dans une famille dite biologique ne représente que la première partie d'ancrage à cette Terre. À cette réalité vient s'ajouter la famille de réalisation et la famille universelle ; entendez comme je n'utilise pas le mot *spirituel*. Chacun d'entre vous cherche en permanence sa famille de réalisation. En reconnaissant votre destin (n'y voyez aucun signe de hasard mais bien vos prédispositions), vous marcherez automatiquement sur le sentier vous conduisant à elle. Vous y rencontrerez des hommes, des femmes et des familles vivant bien sur votre sphère de Vie ; seulement après, vous reconnaîtrez votre appartenance à une division de la famille universelle.

La légèreté consiste bien à implanter ses racines dans le sol de la Terre et à reconnecter les racines avec l'éther.

Encore une fois, j'ai séparé ce qui ne peut l'être pour éclairer votre vue intérieure. Écoutez-moi encore un peu : certes, un groupe d'hommes et de femmes se détachera et sera autorisé à ne plus fouler cette Terre – leurs pas les conduisant alors vers une autre planète. À ces êtres je dis : ne vous méprisez pas sur votre nouvelle terre d'accueil. Après l'étude entamée sur Urantia Gaïa, d'autres horizons vous attendent, certains plus agréables mais plus lents par rapport à l'acquisition des données qui vous manquent. Toutefois, si vous aimez vous réaliser dans la rapidité, vous vous tournerez invariablement vers une planète offrant autant de possibilités qu'Urantia Gaïa. En quittant les voiles de l'oubli, vos pensées s'orientent alors d'une autre manière et seul compte ce qui vous reste à éclairer. Inexorablement, vous tournez vos regards vers de telles planètes en vue de compléter votre apprentissage. Aussi, amorcez dès à présent votre retour dans la légèreté d'être, car vous y trouverez le repos, la paix, la sagesse, l'amour, la joie du service, le rire et des compagnons de route toujours prêts à vous soutenir. Vous nous trouverez !

Dans l'immédiat, vous rencontrez des personnages à votre service : ces hommes et ces femmes incarnant tous les contraires de l'état harmonieux. Alors, si la situation présente ne vous convient plus, dites-le et changez d'attitude. Mais, sans légèreté dans les mouvements, vous deviendrez des paralysés de l'esprit et vos vies seront toutes des exemples de stagnation. Ne vous accrochez à rien, bougez dans la diversité, ne restez pas rigides et amoureux des vieux schémas sociétaux.

À chaque instant, votre société se meurt à elle-même et renaît en elle-même.

Ces fluctuations permanentes engendrent le mouvement et le changement. L'inspir et l'expir d'une humanité permettent de modifier en permanence sa croissance et de se défaire d'attitudes erronées. Vous en faites partie ; encore une fois, entrez dans la légèreté et quittez la lourdeur des schémas anciens. Ceux-ci ont eu leur importance mais doivent disparaître afin de laisser place à l'Amour christique et à l'identité solaire.

Nous vous redonnons les grands principes de la royauté, non pas celle d'un État ou d'un domaine mais bien de la vôtre. Chacun d'entre vous est roi en son royaume intérieur ; à quand le moment de son couronnement ? Nous montrons les attitudes justes menant à cela. La sagesse découle de la paix, la paix s'installe par la légèreté de vos mouvements, l'Amour christique rayonne quand paix, sagesse et légèreté s'unissent et, enfin, vous entrez dans votre identité solaire. Rien de moins, rien de plus.

Avec ces mots, nous faisons ressurgir les lois primordiales de l'état d'*être*. En réalité, je m'efforce de vous restituer ces lois. Vous pouvez ainsi mettre des mots sur les lois du *autour/sur/dedans*. La sagesse, la paix, la légèreté sont la base des lois du dedans. Progressivement, nous dessinons les ondes porteuses des lois d'expression. Après avoir expérimenté celles-ci par l'extérieur, vous voici de nouveau prêts à les émettre de l'intérieur. Cela correspond à un inspir et à un expir de votre propre évolution. Tout se coordonne, s'épaule afin de travailler à l'expression finale d'une réalité des lois d'Amour. La légèreté est le chemin le plus sûr pour regagner sa demeure primordiale, plus grand d'une compréhension sur la vie du Grand Constructeur. Aujourd'hui, le premier Cercle atomique de Vie sort de sa crise d'adolescence et entre dans sa réalisation d'adulte. Dès lors, toutes les constructions faites pour explorer l'âge des turbulences n'ont plus de raison d'être et, les unes après les autres, s'effondrent ici comme ailleurs. Tous les systèmes solaires sont concernés ; viendra ensuite le tour des univers locaux puis des Univers et, finalement, des grandes divisions universelles.

Nous sommes à l'aube de voir s'aplanir toutes les difficultés dans nos Super-Univers déjà existants. Aux petits derniers de reprendre la relève et de fournir les efforts pour l'agrandissement des Cercles atomiques de Vie. Tous ensemble, nous avons réussi à mener à bien cette expansion. Nous avons encore un long chemin à parcourir avant de voir naître le premier Cercle cristallin de Vie. Déjà, les futurs maîtres des Cristaux maîtres d'eux-mêmes se détachent. La vie sidérale est ainsi faite : la réponse est déjà là avant le besoin !

Que d'efforts inutiles et de dispersion avant de reconnaître cette grande loi immuable moteur de votre réalisation ! Toutes les réponses sont déjà inscrites en vous, mais vous cherchez plutôt bien loin à l'extérieur de votre centre d'amour.

J'insiste : retrouvez la légèreté et placez-la en priorité au centre de votre regard-sentiment-pensée. De la sorte, l'Ombre/Lumière perdra instantanément son pouvoir d'éloignement et vous trouverez la porte de la Lumière de Vie.

QUATORZE

L'EAU, MATRICE INITIATRICE, MÈRE DE VOTRE VIE

Voici encore un élément à revisiter. Pourquoi terminons-nous ce livre en abordant ce sujet ? C'est simple, très simple même : l'eau est la matrice et le support de votre pensée et de votre esprit. Dans sa forme densifiée, elle permet d'apporter une nourriture, sert à vous laver autant subtilement que physiquement et facilite l'élimination des déchets du corps humain. Nous n'approcherons pas sa présence dans son identité de premier espace : les mers, les océans, les lacs et les rivières.

L'eau vous fascine ou suscite au contraire la montée des peurs en vous.

L'EAU, élément fluide quelle que soit sa densité ou sa subtilité, vous accompagne dans votre trajectoire.

L'identité primordiale se meut *sur* et *dans* l'eau. Le *autour* fut investi par l'essence volatile de l'âme. Cet élément deviendra la matrice primordiale du second Cercle atomique de Vie et de l'expérimentation. Les sentiments évoluent avec l'eau ; l'Amour solaire se coulera dans cette matrice. Aussi, devient-il nécessaire de respecter cet élément vital et de lui accorder une attention dénuée de toute possessivité. L'eau n'appartient à personne ; elle vous est prêtée de façon à privilégier votre évolution et votre apprentissage de l'énergie solaire.

L'Amour christique fut posé sur l'élément Feu ; ne parlez-vous pas de Feu sacré et n'imaginez-vous pas cette force comme une boule de lumière avec un rayonnement ?

L'Amour solaire s'identifiera à la fluidité de l'eau. Les

années à venir vous rappelleront le prix à « payer » envers l'eau, et si vous faites la sourde oreille, vous risquez de vous épuiser à chercher bien physiquement à étancher votre soif. Le Maître Jésus a abordé ce thème dans ses enseignements ; voici venu le moment d'expérimenter et de connaître ceux-ci.

La demeure de l'Amour en votre personne réside dans votre cœur, qui révélera tous vos mal-être et les mauvais usages des énergies ayant trait à l'Amour christique. Ce faisant, il vous montrera le chemin de l'Amour solaire et poursuivra en son heure avec l'*Amour cristal*. Trois étapes primordiales de l'identité de l'Amour divin. Votre but ultime demeure l'appropriation de la compréhension des séquences de l'identité de l'Amour divin. Ce domaine étant très vaste, nous avons créé des divisions pour nos investigations et les vôtres, d'où la naissance des cercles d'études, puis des cercles d'expériences (cercles de Vie dans l'Île Centrale, Cercles atomiques de Vie à l'extérieur).

Actuellement, nous vivons le fondement des cercles d'études, le premier ne pouvant que se reposer sur l'élément Feu. Ceci nous amène tout naturellement à cette révélation : ce premier cercle d'expériences sera la référence des autres, le lieu où toutes les lois cosmiques furent éprouvées afin de révéler à la lumière des consciences la force d'amour déposée en chacune d'elles.

Tous les autres cercles d'expériences, atomiques ou cristallins, ou... (nous y reviendrons en temps voulu) s'appuieront sur les réalisations du Feu contenu dans le premier Cercle atomique de Vie. Le deuxième sera l'expansion de la conscience de l'Eau ; le troisième, de la Terre ; le quatrième, de l'Air. Quant aux suivants, ils participeront à l'union des quatre éléments. Les cercles cristallins de Vie perpétueront l'expansion de la conscience des quatre éléments, mais nous sommes encore trop éloignés de ces naissances pour vous encombrer avec davantage d'informations à ce propos. Cependant, la force

Cristal se met déjà en oscillation dans ce but.

Revenons à l'eau, élément primordial du sentiment. À ce jour, vous ne la comprenez pas, essayant de la domestiquer et de l'asservir. Cette intelligence se laisse diriger en apparence vers les moules d'expression que vous lui avez réservés. Derrière cette illusion, l'eau creuse des chemins où vous serez amenés à poser vos pas physiques et subtils. En parallèle, vous créez vos grands rendez-vous avec elle ; ne vous en étonnez pas et ne vous posez pas en victimes à ce moment-là. Vous bafouez l'intégrité du service de l'Eau envers la Vie ; par conséquent, vous vous bafouez et vous vous entraînez vers des rencontres douloureuses. Pourtant, dans vos vies passées, vous avez déjà vécu des scènes difficiles devant l'élément fluide de la Vie. Pouvez-vous comprendre que vous ne pouvez emprisonner ce qui s'exprime sans forme préétablie pour épouser vos moules de pensée ? L'eau ne se laisse pas diriger par vos formes-pensées ou vos constructions actuelles ; elle reste libre d'elle-même, décide de sa vie, de sa participation dans la vôtre et ne répond qu'à la loi du Grand Constructeur. Vous pouvez modeler la terre et canaliser l'air, mais l'eau vous échappera constamment tant que vous ne serez pas centrés sur la volonté du service. Elle n'acceptera votre suprématie qu'à ce moment-là.

Le Feu joue avec vous et l'Eau a force de vie sur le Feu. Le Feu suprême reste le Feu sacré intouchable et inviolable. L'Eau est l'esprit indomptable parmi les quatre éléments. Elle ne se dévoile pas, ne s'apprivoise pas. Aussi, vos tentatives sur elle traduisent invariablement votre besoin de vous asservir aux forces aliénantes de la personnalité. Aujourd'hui, à la lecture de vos actions sur cette matrice, nous constatons le mépris de vous-mêmes envers vous-mêmes. Vos besoins d'alléger vos efforts physiques traduisent la mise en esclavage de vos sentiments ; vos fatigues sont le langage évident de vos surcharges émotionnelles débridées. L'effort sera toujours le révélateur de la volonté. Moins vous tendez vers lui, plus vous traduisez votre démission face à votre réalisation personnelle. L'eau ne pourra jamais être contenue dans des moules d'expression si elle ne l'autorise pas, et ce, afin de vous renvoyer l'image de vos conditionnements.

Comme l'Être solaire retient cette matrice porteuse de fluidité et d'expression extrême du Soi, vous voici parvenus à un rendez-vous douloureux avec vous-mêmes. Combien de temps continuerez-vous à empoisonner cet élément ? N'oubliez pas que votre corps est constitué de 90 % de liquide et répond à l'état de santé de sa référence, c'est-à-dire l'Eau. Or, voici justement que cet élément porte des stigmates empreints de pollution. La résonance entre l'eau à l'extérieur et celle à l'intérieur de vos corps amène cette dernière à se calquer sur la première. Très rapidement, vous vous positionnez de manière à être obligés de prendre des actions visant à rétablir la pureté de l'eau, car vos corps physiques et subtils souffrent de la pollution déposée par vous dans sa structure – l'eau absorbée ajoutant à la pollution de vos corps. Vous méprisez les deux éléments nourriciers vitaux de vos corps : l'Eau et l'Air.

L'eau est un élément de guérison maintenant vos vibrations élevées. En l'empoisonnant, les hommes et les femmes participant à ce sacrilège ont eu une parfaite connaissance de leurs actes. L'eau travaille toujours à vos nettoyages bioélectrochimiques, mais ici, de par cette action, elle occasionne un empoisonnement de l'air par vos expirations mais aussi de la terre, par le rejet de vos fluides.

Vous êtes alors confrontés à l'obligation de *réapprendre le poids de vos actes sur l'eau à vos dépens.*

Vous souffrirez énormément si vous restez sur vos positions. Une fois pour toutes, vous ne pouvez asservir l'un ou l'autre de ces quatre éléments sans vous asservir vous-mêmes et générer des épreuves vous amenant à acquérir cette compréhension. Les émotions denses ou plus subtiles font appel à l'eau, à sa mémoire, à sa force et à son amour envers vous.

Et comment lui rendez-vous cet amour ?... En l'empoisonnant volontairement ! Vos déchets chimiques, vos actions sur sa vie conditionnent votre futur, et que ceci soit clair : vous serez amenés à ce vis-à-vis de responsabilité sur la pureté de son expression. Ne vous y trompez pas. Plus vous tarderez à retrouver des gestes, des pensées en vue de rétablir sa géométrie parfaite, plus vous vous positionnerez délicatement devant elle. L'Eau attend, mais la fin du test pourrait voir une réaction amplifiée de sa part. Dès à présent, je vous invite donc à rendosser votre responsabilité envers elle en reconnaissant tous les actes qui la souillent, en entreprenant des réajustements de comportement puis en établissant la liste des poisons subtils dégagés par vos sentiments erronés. Vos troubles comportementaux durant depuis trop longtemps, la matrice émotionnelle étouffe sous vos marécages sentimentaux. Il vous faut participer à un rééquilibrage des matrices de l'eau et de ses manifestations subtiles. Les sentiments se coulent sur la fluidité de l'eau. Aussi, tous les nœuds sont autant de barrages érigés sur le parcours initial de l'eau.

Il est intéressant de constater le nombre considérable d'interventions humaines sur les lits des fleuves de cette planète. Autant d'actions domestiquant la fluidité et la moulant dans un carcan de rigidité. Tous les barrages ont eu pour objectif d'empêcher l'assainissement régulier de certains lieux, d'augmenter les égrégores d'énergie viciée et de polluer cette planète, lui interdisant ainsi l'accès à une phase supérieure.

Vos barrages sur les rivières ne représentent rien d'autre qu'une domestication de la nature et l'enfermement des hommes et des femmes dans des ghettos afin de les priver de leur liberté d'expression. Une population importante fut déplacée de manière à l'encercler par l'illusion et à la maintenir dans un modernisme détruisant à petit feu la lumière humaine. L'Eau ne s'y trompe pas et son grand réveil est programmé. Vos sentiments sont canalisés et endigués de la même façon que l'eau. Aussi, comme le réveil des sentiments est également programmé, l'eau sera au rendez-vous dans sa forme dense pour épurer vos matrices émotionnelles. Tous les hommes et les femmes travaillant dès à présent à la pureté cristalline de l'eau œuvreront pour la libération de l'humanité.

Je ne veux pas installer le trouble et ajouter d'autres peurs à celles déjà présentes, mais un homme averti en vaut deux, paraît-il ! J'ajouterai plutôt qu'en vous avertissant, je vous offre la chance de vous positionner différemment vis-à-vis de l'Eau. Cela nécessite une acceptation plus grande de la maîtrise de son expression et un élargissement de vos choix dans le quotidien.

Être solaire appelle à définir dès maintenant ses choix d'attitudes et de pensées envers l'humanité, non pas terrestre mais bien universelle.

Vos poisons sont véhiculés par l'air et arrivent jusqu'à nous. Or, voici venu le temps de canaliser et d'émettre les lois solaires, soit de modifier vos comportements. Naturellement, la matrice de votre quotidien servira de grande révélatrice de votre volonté à retrouver le respect de la Vie et, par conséquent, de vous-mêmes. La conscience d'appartenir à une seule et unique famille vous revient. Si vous ne voulez pas éprouver une sensation d'écrasement et une culpabilité démesurée face à ce retour, entreprenez la rééducation de votre regard-sentiment-pensée dès cet instant. Inutile de vous servir du moule Ombre/Lumière pour justifier vos choix ultérieurs. Ils ne sont que ce qu'ils sont, rien d'autre que les témoins d'un égarement provisoire. Pourtant, vos attaches à ces vieux réflexes conditionnent votre futur.

Ouvrez le cercle d'expression afin de le transformer en

spirale d'élévation. En réalité, le moment présent vous offre de le quitter et d'en pénétrer un autre plus expansif. La planète Urantia Gaïa souffre de votre mépris à son égard. Il ne suffit point de posséder de grandes aspirations intellectuelles vis-à-vis de la Vie universelle ; il faut plutôt commencer par le b.a.-ba des attitudes respectueuses et la reconnaissance des entités *Terre, Air, Eau, Feu* et *Éther*.

Le sel (l'identité) de la Vie englobe ces cinq éléments. Votre esprit représente l'Éther du grand sidéral, nous plaçons l'âme, votre création, dans l'Eau de ce grand sidéral, vos réalisations dans l'Air et votre expression globale dans la Terre du même grand sidéral. Vos portes intérieures s'ouvrent à la multiplicité des expressions différenciées, mais une à la fois. Aucun aspect de la globalité de la personnalité ne peut être bafoué par un autre. Plus que jamais, votre responsabilité est engagée avec ou sans conscience.

L'heure historique de la genèse de notre Cercle atomique de Vie réclame l'élargissement de la conscience au sein de tout acte, de chaque pensée, de chaque regard et donc de chaque sentiment émis.

Ne croyez pas qu'un grand tribunal est dressé en vue de vous juger et de prononcer une quelconque condamnation. Où que je tourne mon regard, celui-ci ne rencontre aucune création de ce type. Non ! Vous seuls, encore une fois, vous jugerez et vous condamnerez. Ne pensez-vous pas que la légèreté pourrait s'installer dans ce conditionnement vous appartenant ou que vous pourriez même quitter celui-ci pour vous réconcilier avec vous-mêmes ?

Redevenir responsable commence par le fait de quitter tout jugement et d'accepter les inter-réactions dues à nos cheminements. Si j'appelle votre respect envers l'eau, c'est en vue de vous inviter à vous engager dans la loi du pardon et à retrouver le respect de vous-mêmes. Vous avez extériorisé à outrance le peu d'estime que vous éprouvez envers votre propre image. Comment des Fils et des Filles des Soleils et de l'Île Centrale peuvent-ils s'engager si loin dans l'abnégation d'eux-mêmes ? Vous venez de l'élément Feu, vous vous épanouirez dans l'élément Eau, vous vous réaliserez dans l'élément Air et accéderez à votre maîtrise dans l'élément Terre. ***Voilà la grande vérité cachée au cœur d'autres grandes vérités.***

Les lois sont des fluides du comportement, des rappels ou des repères visant à réemprunter les chemins aisés de la Vie au service de la Vie. Aujourd'hui, l'Eau, matrice primordiale de Vie, vous rappelle à vous-mêmes, et vous ne pourrez nullement contourner ce rendez-vous. Aussi, plus vite vous installerez le respect de cet élément dans votre quotidien avec toutes ses manifestations, plus vite vous vous libérerez. Encore une fois, nous ne pouvons vivre ces moments à votre place.

Vous êtes les dieux et les déesses ayant décidé de jouer des rôles en vue d'élargir la matrice de l'Eau.

L'expansion de ce Cercle atomique de Vie ne pouvait être vécue que par des dieux et des déesses. Aussi, la mémoire ancestrale revenant, nous assisterons d'abord, dans l'intimité de chacun d'entre vous, à l'effondrement de ces attitudes comportementales non épanouissantes, puis à l'effondrement des schémas affectifs appartenant à la mémoire passée. Ceci pourra amener des débordements d'émotions avec des rires et des pleurs démesurés, mais sera naturel et signe de bonne santé. L'Eau sera votre plus grand rendez-vous sur votre parcours initiatique de dieux et de déesses reconnus et couronnés.

Comprenez que nous n'interviendrons qu'avec parcimonie afin de ne pas interférer dans votre processus intérieur. Malgré cela, nous reprenons la direction de cette planète et la réinstallons dans la Lumière de Vie. Bienvenue à tous ceux et celles qui désireront revenir au sein de l'Administration universelle.

Plus que jamais, nous vous offrons la possibilité de réintégrer votre identité primordiale en conscience. Le

L'eau, matrice initiatrice, mère de votre vie

fleuve de la Vie représente la responsabilité de nos émissions subtiles et denses. Ne vous y trompez pas, vos actions, vos pensées et vos créations cachées dans la profondeur de votre être sont claires comme de l'eau de roche au regard de la Vie. Vous jouez aux innocents tout en sachant parfaitement l'impact de celles-ci sur la matrice de votre expression. Ce qui vous gêne le plus, c'est le fait d'énoncer tout cela clairement au grand jour. Je vous ôte votre refuge de prédilection et, ainsi, vous place dans l'inconfort d'être découverts et reconnus dans votre jeu de rôle. Le problème demeure l'impossibilité en ces jours nouveaux de recréer des lieux d'ombre pour vous y cacher. L'eau trouble de vos sentiments rejette les effluves nauséabonds de vos puanteurs intérieures ; c'est désagréable, je le conçois ! Je vous le concède, je crée chez vous un sentiment supplémentaire d'inconfort. Celui-ci n'étant nullement dû à vos troubles mais uniquement au fait que je ne vous autorise plus à reconstruire des retraites pour rester ce que vous étiez dans le passé. Je vous aime, aussi j'ose avec joie employer des mots forts, pointant encore une zone d'ombre bien tapie à l'intérieur de votre ombre. Oui, il y a des zones d'ombre dans l'Ombre.

Quand poserez-vous avec respect votre regard sur la géométrie sacrée d'une molécule d'eau ? Quand la comparerez-vous ensuite avec les molécules d'une eau souillée par la main de l'homme et par une volonté consciente de mainmise sur l'élément primordial de la vie sur cette planète ? *J'ai envie de me révolter !* Qu'avez-vous fait de l'Eau, mère de votre vie ? [Voir sur le site Internet des Éditions Ariane l'article de Masaru Emoto. À l'adresse www.ariane.qc.ca, cliquer sur le menu Auteurs, puis sur Drunvalo Melchizédek, L'esprit de Ma'at et Masaru Emoto.]

De grandes décisions sont prises entre le collectif de Sages dirigeant cette planète, celui étant en son centre et les Sages de l'Univers. Nous vous retirons le droit de bafouer les éléments constituant les matrices de Vie. Nous vous plaçons désormais dans l'obligation d'entrer dans les Lois universelles et exigeons de vous l'émission du respect et de la tolérance. Ce qui a été toléré sous l'influence de la vieille grille magnétique est devenu caduc et obsolète. Les premières actions entreprises sous l'influence de la nouvelle grille magnétique vous proposent une alternative : reconnaître vos méfaits (même s'ils ont servi la Vie dans leurs extrêmes) et rentrer sous l'autorité solaire ou, si vous persistez à refuser cette autorité, vivre une expulsion sans recevoir le droit d'y revenir. Dans le premier cas, vos prédispositions actuelles vous permettront d'évoluer rapidement sur cette sphère ou d'en partir et d'y revenir ensuite. Nous appellerons les maîtres de la magie et de l'illusion, et les placerons dans l'obligation de se positionner. La plus grande magie noire effectuée sur les hommes en vue de les envoûter est sans conteste la présentation de l'argent en tant qu'étalon de comparaison de valeur. L'argent roi est la plus haute forme de magie noire faite sur cette planète. Vous croyez que j'extrapole ou que j'affabule ! Oh que non ! Je suis plutôt gentille et tolérante dans le choix de mes mots ! Vous êtes tous devenus prisonniers de cette magie noire ! *Voilà la plus grande réalité existant actuellement à la surface de cette planète !*

Vous pensiez que l'énergie de ce livre s'amoindrirait au dernier chapitre ? C'était là encore une illusion, puisque je le termine sur l'énergie de Feu contenue dans l'énergie de l'Eau ! Je tiens à participer pleinement à la fissure de vos résistances en vue de l'avènement de l'Être solaire ! Regardez vos créations et ayez l'honnêteté d'en recevoir les pleines leçons avant que ces dernières revêtent le visage de l'épreuve. Il est encore temps d'échapper à la douleur, mais votre regard-sentiment-pensée doit s'élargir, intégrer l'Ombre/Lumière et s'envoler en retrouvant ses valeurs universelles. L'Eau sera votre plus grande initiatrice, car

L'eau, matrice initiatrice, mère de votre vie

elle est votre Mère nourricière au service du Père, le Feu sacré de l'union et de la reconnaissance.

Nous, ici, vous livrons ce message, car notre regard empli d'amour se veut réconciliant mais exempt de mièvrerie. Vos faux-semblants, vos masques et vos fuites vous amènent directement à ce qui s'en vient.

Votre Père le Feu et votre Mère l'Eau devront, comme tous les parents dignes de ce nom, prononcer des *oui* et des *non* à leurs enfants : vous.

CONCLUSION

Nous avons tenté de poser les premiers germes de l'identité solaire. Tout ceci appelle à l'épanouissement et se réalisera par étapes, pas à pas, ou encore de cercle en cercle.

Les Lois des Univers s'expansent par le cercle, figure géométrique sacrée ; le cercle contient puis transmet un rayon afin de former le cercle suivant. La spirale représente l'expansion du cercle ou, encore, est cette expansion. Bientôt, ce Cercle atomique de Vie engendrera une spirale ; il reste à déterminer le point de départ de celle-ci, et les sept Super-Univers sont partants pour cet honneur. Nous pensons que notre Super-Univers est le candidat favori (si vous me permettez cet emprunt parmi vos expressions !). Je vous promets de vous en reparler si la décision est prise pendant mon service sur votre planète. D'ici là, les habitants des sept Super-Univers travaillent à ce mérite. Votre participation à cette aventure nourrit de toute façon ce rayon d'expansion. Quand celui-ci dessinera le nouveau cercle, chacun des sept Super-Univers ouvrira alors une porte vers ce cercle et l'histoire de ce nouvel espace débutera. Ce dernier, vierge de vie, sera déjà riche d'un passé. Il entrera dans le cycle de la réincarnation. Eh oui ! Cette notion est commune à tout corps accueillant la Vie. Pouvez-vous entrevoir la richesse de cette réalité ?

Les habitants de ce cercle devront s'appuyer sur les germes émis par le premier Cercle atomique de Vie, en recueillir la richesse et l'épurer des scories résiduelles. Ce sera là le début de l'expansion.

Aujourd'hui, tous les intervenants sur toutes les planètes habitées répondent à la réalité et au désir d'agrandissement de ce présent cercle. Je n'échappe pas à cette volonté collective. L'enseignement dispensé aux habitants du grand sidéral repose sur la restitution de la mémoire ancestrale et l'éducation des volontaires à la nouvelle aventure de notre lieu de vie.

Urantia Gaïa entre naturellement dans ce programme ; seul son isolement offre un caractère exceptionnel à la participation des instructeurs. À force d'oubli, une amnésie de l'état de citoyen universel a pris vie. Comme pour toute amnésie, les docteurs se penchent sur le (les) malade(s) atteint(s) et occasionnent des miniséismes de conscience afin de remettre en mouvement le circuit mémoriel.

Dans le cas de votre planète, le vis-à-vis avec les fomenteurs de cette amnésie devient vital. Avant celui-ci, nous réimprimons les informations relatives à votre vie universelle. Un choc se produira au cours de la rencontre et nous vous donnons les armes pacifiques nécessaires à votre guérison. Subtilement, vous êtes menés dans un rail d'expression limitatif : pas question de vous donner une grande liberté, il y aurait danger. Au sein même de cette limitation – votre amnésie, imposée par des hommes et des femmes –, nous envoyons les bases de votre émancipation et de votre retour à votre identité universelle. Le passé immédiat de votre planète porte des percées dans l'esclavagisme et nous observons aisément les voies d'accès à votre liberté. En effet, des hommes et des femmes ont réussi à émettre une lumière assez forte pour créer ces voies, et notre enseignement en favorise l'approche. Pas de grands secrets, mais une simple réalité. Nous nous appuyons sur le travail de vos ancêtres et nous vous dirigeons pas à pas vers cette liberté. Encore une fois (et je le répète souvent), nous ne pouvons effectuer le travail à votre place. Vous devez répondre à des questions essentielles, dont celle-ci : Vais-je demeurer ou non esclave ? La Lumière de Vie est liberté. Nous vous reconnaissons cette liberté, et vous ?

Au fil de mon enseignement, je travaille à développer votre autonomie. Je ne suis pas la seule en ce moment à

Conclusion

m'adonner à cet exercice ! L'urgence de votre présent a simplement appelé des Êtres de Lumière à agir plus intensément que par le passé. La venue de l'Instructeur des Univers laisse supposer la possibilité d'entrer dans une spirale d'évolution rapide. Votre Maître Jésus a inauguré les interventions décisives sur le cours de l'histoire d'Urantia Gaïa. Il n'y a guère de temps que le nom *Gaïa* fut apposé à celui d'Urantia en signe de reconnaissance de l'identité de l'humanité résidentielle de votre planète (à la demande expresse du Maître Jésus). À ce propos, son histoire complète au sein de votre Univers va transiter très rapidement vers vous et vous comprendrez alors l'infime bonté de ce grand Être dans le fait de vous avoir choisis pour son expérience personnelle.

Doucement, nous retissons la trame de vie de votre planète dans le grand sidéral et pensons fortement à vous instruire sur cette réalité très prochainement. L'historique des grandes interventions sur votre sol depuis la naissance de cette planète vous intéresserait peut-être ? Voulez-vous connaître l'histoire exacte de votre Terre avec tout ce que cela comporte ? L'avenir immédiat vous restituera déjà un pan de cette histoire au sein du cosmos, mais cela ne représentera qu'un tout petit pourcentage, le reste demeurant à votre disposition si vous le souhaitez.

Progressivement, je descends vers vous et je me rapproche de votre sphère de Vie. Mon nom, porteur d'énergie, sera largement usité sur votre planète. Je travaille aussi dans ce sens, et le nom de notre collectif génère des ouvertures et de l'expansion. À chacun des passages de notre collectif d'Êtres au service des informations vitales aux Univers, des voies naturelles de vie se dessinent et des progrès s'enregistrent dans les consciences des entités, établissant ainsi l'humain divinisé. Notre venue participe pleinement au rétablissement de l'identité de l'HUMAIN puis de l'Être christique, et à l'entrée dans l'Être solaire.

Je désire ici adresser ma reconnaissance à Kryeon,

notre ami commun, pour son travail exemplaire sur la grille magnétique de cette planète et lui offrir mes vœux pour son entrée dans la deuxième partie de son travail. Pourquoi faire cela par le biais de ce livre et non directement ? Peut-être pour susciter une reconnaissance de votre part vis-à-vis de ce grand Être...

Une fête pourrait voir le jour avant le début de son entrée dans le second volet de son ministère. Je vous le suggère. Nous, ici (le collectif SORIA), honorerons KRYEON, mais j'avoue souhaiter une participation de l'humanité urantienne. [Les Éditions Ariane célébreront cet événement le 14 décembre 2002 par une conférence très spéciale en compagnie de Lee Carroll.] C'est une victoire de la pensée sur l'obscurantisme.

En réalité, Kryeon a pu mener à bien son travail grâce à votre propre travail intérieur. La fête honorera autant son œuvre que la vôtre. Ensemble, vous avez participé à déstabiliser l'obscurantisme. À partir de 2003, de nouvelles énergies ébranleront les constructions antérieures. Les groupes politique, ecclésiastique, médical et militaire éprouveront des difficultés croissantes dans l'exercice de leurs fonctions respectives et devront refondre leurs assises. Je vous invite à conserver la vision de votre but et de vos objectifs au cours de cette traversée de troubles et à construire intérieurement la vision épanouissante de la Lumière sur cette Terre. Vous avez vécu l'abolition de l'esclavage par petits groupes ethniques puis par pays ; ceci va maintenant s'étendre à toute la planète. Ne vous étonnez pas des difficultés temporaires rencontrées. N'oubliez jamais que dans ces heures-là, nous sommes à vos côtés et participons pleinement à votre rétablissement dans votre liberté d'expression.

L'Être solaire vous appelle à lui. Ses germes deviennent actifs et cherchent des terrains fertiles où s'implanter. Il en fut de même dans le passé avec l'Amour christique. Votre engagement dépasse désormais l'Amour christique.

Conclusion

Vous passerez certes dans sa demeure, mais vous vous élancerez rapidement vers les hauteurs du foyer de l'Amour solaire. En prévision de cette étape importante de l'identité divine, les Maîtres Cristaux (responsables des cristaux maîtres d'eux-mêmes ou, si vous préférez, leurs instructeurs Pères/Mères) s'installent à la périphérie du grand sidéral en vue de porter leur lumière vers les futurs Cercles atomiques de Vie et, au-delà de cette formation, vers les Cercles cristallins de Vie. Le premier Cercle atomique de Vie est la demeure extériorisée ou densifiée de toutes les facettes du Grand Constructeur. Afin de donner corps à chacune d'elles, les Cercles atomiques de Vie induiront l'identité cristalline puis l'identité électronique. Restons à l'étape présente, bien que ce début d'approche de l'expansion divine vous redonne la conscience de l'infini de cette aventure densifiée dans les cercles d'expansion. Nous en vivons seulement les prémices. Nos échecs renforcent notre vision et notre amour. Rendons grâce de pouvoir vivre des échecs de manière à nous construire. À la lecture de vos réactions, nous restons confiants quant à votre élargissement de conscience. Les prises de position vis-à-vis de la fraternité humaine présentent déjà une évaluation de vos actes dans ce domaine.

Bien d'autres tests venant vers vous, soyez toujours fermes et autant décidés. Nous vous l'avons annoncé, les grands tests arrivent et prendront des visages inattendus. Les couloirs du temps s'entrouvrent. Attention, la naïveté peut encore vous entraîner dans des zones d'ombre. Travaillez vos intuitions et restez centrés en vous-mêmes. N'accordez aucune place à la peur. Bûchez encore sur vos dépendances de tout ordre. La technologie sous sa présente forme cache de grands pièges, usez-en tout en demeurant maîtres de cette énergie.

Présentement, la lecture de votre relation avec elle révèle trop d'illusions et de nouvelles formes d'esclavage. Vous devenez dépendants de ce type de communication et cela vous éloigne de votre réel pouvoir d'échange. Attention ! S'il vous plaît, écoutez-nous tant qu'il est encore temps !

Je ne suis nullement alarmiste, mais si je souligne ce point critique de manipulation, je le fais en vue de vous restituer votre liberté.

N'oubliez jamais ceci : Dieu, votre *Père/Mère originel*, vous a conçus *libres,* sans avoir besoin de vous identifier par un marquage quelconque, comme cela se fait actuellement dans votre société avec le « bétail ».

N'acceptez jamais de recevoir une puce électronique dans votre corps ; vous perdriez instantanément votre liberté d'expression.

Je ne peux que vous prévenir. Alors, si vous entrez dans cette phase, je déplorerai ce choix mais n'interviendrai pas. Les choix sont vos outils d'épanouissement ; ne l'oubliez jamais, jamais !

La France est entrée dans sa propre nécessité de se positionner et de choisir ses actions dans l'humanité ; phase délicate, certes. L'Amérique entame une traversée du désert avec les troubles correspondants. Le Brésil entrouvre son champ vibratoire aux nouvelles expressions. L'Afrique reçoit désormais des énergies cicatrisant ses plaies. Le temps sera encore son allié et, malgré les terribles soubresauts qui l'agitent, elle relève la tête inexorablement.

Vous vivez la fin de l'influence de la vieille grille magnétique. Alors, patience, la guérison de la mémoire collective approche rapidement. Il y a toujours un début et une fin à toute situation. Tous ensemble, travaillons main dans la main à l'émergence de ce nouveau cercle de conscience. Chacun y a une place qui l'attend, pas de favoritisme ni de rejet, soit une place pour chacun et chacun choisit sa place. Cela est bien.

Conclusion

Les instructeurs se dirigent vers vous dans ce choix. Avec l'émergence des nouvelles énergies de cette récente grille magnétique, les **Cercles de Parole** vont refleurir plus fortement. L'expression sera bien au centre de cette grille magnétique. Jusqu'à présent, la jeunesse de vos enfants était considérée comme un handicap à la sagesse. Au cours des événements à venir, la sagesse éclatera au cœur de leurs propos et les adultes l'accueilleront avec respect. Observez, car les plus grandes leçons seront délivrées par vos enfants. Ils portent les nouveaux schémas de vie et vous obligeront à quitter les anciens. Les clivages furent possibles par le passé mais sont impossibles dans le présent et le futur immédiat.

La conscience s'ouvre à la fraternité et à l'esprit communautaire. Les balbutiements promettent une belle assise. Nous, ici, souhaitons voir les cercles de parole s'installer dans chaque groupe, ville, village et chaque famille de façon à réinstaurer les échanges de tout type. Les aînés, les adultes, les jeunes et les très jeunes, tous assis autour d'une table ou d'un feu, accueillant la parole à tous les stades de la sagesse. N'en doutez point, même un enfant en bas âge porte déjà en lui une immense sagesse. La construction de votre société passera par ce stade. Aussi, ai-je demandé à ma partenaire de mettre en place un **Cercle de Parole** (atelier de trois jours) afin que vous, lecteurs, puissiez échanger vos réflexions sur mon enseignement et éclaircir les zones d'ombre qu'il révèle.

Il faut briser l'isolement créé dans le but de vous diviser, de régner sur vos pouvoirs de décision, donc sur votre vie. Et si toi, ami lecteur, tu te sens concerné par un échange fraternel, invite alors ton entourage à communiquer ; et pourquoi ne pas commencer chez toi ? La sagesse amérindienne se propage autour d'un feu, le Feu créateur. Ce symbole est la force de la Vie, le Feu dans le Cercle.

J'appuierai toute initiative visant à briser le silence dévastateur de la paix dans sa forme actuelle.

Quiconque entamera un dialogue avec autrui sera soutenu par les Créateurs. La Vie est un échange d'énergie, une expansion de la conscience basée sur la Sagesse, la Paix et le Verbe. Si vous désirez vous élever, alors le Verbe doit être approché, apprivoisé et maîtrisé. En masquant le pouvoir du Verbe, soit de la Parole, les faux maîtres ont imposé le silence et tari la source créatrice. Celle-ci se réveille et s'anime. La source créatrice désaltérera tous les assoiffés de la Vie, tous les êtres meurtris, brisés et sous le joug de la fatalité.

Il n'y a pas de fatalité, non !

La force solaire s'anime en vous ; c'est son heure. Aussi, le retour du Verbe effectue une percée décisive dans votre quotidien.

Toi, homme ou femme, écoute : « Dans le passé, il t'a été demandé de quitter ton cercle relationnel et de vivre en ermite afin de recevoir la connaissance des Lois de l'Univers. À présent, il t'est demandé de rester au cœur de ton quotidien et de sortir de ta mémoire cette connaissance pour illuminer la surface entière de ta jolie planète. Ton quotidien est ta grotte, ton sanctuaire, ta force et ton pouvoir. Ne cherche rien d'autre, SOIS dans ton quotidien la Sagesse, la Paix, le Verbe, la Lumière et le Feu créateur. Ainsi, tous tes efforts passés seront couronnés et tu seras reconnu(e), proclamé(e) et accueilli(e) en Maître.

Avant de t'élancer dans les grandes réalisations, maîtrise les petites ; ce sont celles-là qui comportent les plus grandes difficultés et complexités. Toutes les Lois des Univers se cachent dans les inter-réactions de ton quotidien.

Toi, homme ou femme d'aujourd'hui, tu es l'aîné(e) de

l'humanité de demain. Ta responsabilité réside dans ce grand secret tenu dans l'ombre de ta conscience. »

Conférence

MONTRÉAL
(MARS 2002)

Mes frères, mes sœurs, mes amis, merci d'être là et de répondre à la demande de la vie. Vous savez que vous et votre Terre vivez des moments inoubliables. Aujourd'hui, des énergies très particulières positionnées autour de votre planète et au centre de celle-ci se révèlent progressivement à vous. Le Québec est une terre admirable. Tout comme vous, il a un grand destin. Cependant, il va falloir bien travailler afin de recevoir les informations concernant ce destin.

Nous espérons voir votre quête d'identité actuelle faire une place plus grande aux énergies du soleil. Pas celui qui illumine vos journées, mais le soleil à l'intérieur de vous. Il n'a pas encore révélé toute sa présence ; toutefois, il ne sommeille pas, il est là. En fait, les événements que vous allez vivre vont vous obliger à vous centrer et à faire appel à cette force qui vous habite. Les énergies du soleil sont en quelque sorte votre identité, ce que vous êtes, votre force, votre demeure.

L'Être solaire est en vous, mais il faut le réclamer. Comment ? Nous ne vous apporterons pas toutes les solutions. Il attend un geste, une parole pour redevenir actif. Pour ce faire, vous pouvez compter sur les forces du soleil extérieur qui s'activent et reprennent position dans votre vie. Des êtres y résident ; ils se sont penchés sur votre devenir. Pas celui de tous les jours, mais votre devenir en tant qu'Êtres solaires. C'est le but de votre venue ici, sur cette terre, et le Québec a une grande place à y occuper.

Vous allez recevoir des informations de plusieurs endroits de votre planète. En fait, un grand nombre de *channels* qui se révéleront à l'extérieur de votre pays vont se présenter à vous parce que vous allez recentrer votre pays sur une énergie accueillant la sagesse de cette terre. En premier lieu cependant, vous devez retrouver la sagesse déjà en vous. Ensuite, vous recevrez beaucoup de sagesse de l'intérieur de votre Terre et de toutes les planètes sœurs.

De ce fait, il n'est pas utopique de penser que nous viendrons sur votre sol. Nous allons marcher parmi vous, vivre parmi vous, travailler parmi vous. Vous pourrez nous toucher, partager un repas avec nous, ou travailler avec nous si tel est votre souhait. Nous serons dans un endroit où, en apparence, il n'y a rien, afin de ne pas déranger les gens. Nous habiterons ce lieu sans le défigurer, en respectant l'énergie qu'il détient, et ce, sans construction de clôture. (Nous sommes en réalité bien loin de ce concept.) Nous utiliserons les forces présentes, sans puiser dans celles de la Terre, et nous vous montrerons, si tel est votre souhait, comment les utiliser à votre tour. C'est simple, et la clé se trouve au centre de la Terre. J'insiste beaucoup auprès de ma partenaire (Régine Françoise Fauze) pour la sensibiliser aux êtres présents au centre de votre Terre, et je vous demande la même chose [voir le livre *Telos*, publié aux Éditions Ariane]. Vous allez entrer dans une phase qui va s'amorcer non pas dans 2 000 ans ou 10 000 ans, mais bien très prochainement. Il vous faut simplement attendre encore trois ou quatre ans. D'ici là, il vous reste encore des petits tests à passer.

Le groupe Soria va s'installer en trois points sur la surface de la Terre. J'accompagnerai le premier groupe en France. Le deuxième groupe sera sur votre sol. Il aura la charge de construire une terre d'accueil où nous irons et un lieu où tous nos frères et sœurs de l'espace pourront atterrir. Le troisième groupe s'installera au Brésil. Il aura la charge, je dis bien la charge, d'accueillir les frères du centre de la Terre. D'autres pays s'éveilleront aussi et recevront d'autres groupes. Cela, vous le saurez bientôt.

Le groupe Soria a mission de transmettre des informations en provenance des Univers. Nous avons aussi une responsabilité quant à la rééducation de votre organe de pensée, soit de l'élargir et de lui permettre d'accueillir de nouvelles notions. Ceci sera nécessaire à la formation des hommes et des femmes sérieusement intéressés à vivre des expériences dans le nouveau monde. Vous savez que les années à venir ne seront pas faciles. En effet, toute forme de vie devra s'épurer en rejetant le lest inapproprié. Nous vous demandons de n'enregistrer ni déception ni tristesse en regardant s'effondrer vos anciens systèmes de pensée. Vous serez peut-être attachés à l'un ou à l'autre, mais tout doit être balayé, lessivé, pour vous amener à accueillir votre nouvelle dimension. On parle beaucoup de la quatrième dimension, mais personne ne sait vraiment de quoi il retourne. Avant toute chose, c'est un état d'être qui prend naissance de l'intérieur, un espace infini, une pensée nouvelle.

Ne l'oubliez pas, des portes vont s'ouvrir et vous amèneront vers de grandes aventures merveilleuses. Mais, auparavant, vous devez laisser aller les anciennes mémoires qui ne vous servent plus. Si vous vous arrêtez à ces vieilles mémoires encombrantes, eh bien, vous allez vous arrêter sur le merveilleux d'hier qui est très pâle en comparaison du merveilleux de demain. Si vous voulez guérir la mémoire d'hier, travaillez aujourd'hui sur ce que vous devez laisser de côté.

Comme vous le savez, votre ADN est en pleine transformation. Mais il faudra attendre 2004 pour que nous puissions vous révéler des informations substantielles à ce sujet. Actuellement, il peut même être dangereux d'y effectuer un travail sans être informé de la réelle dimension de ce travail. Soyez patients. Aujourd'hui, nous ne sommes qu'à la périphérie des données, mais vous êtes à la veille de recevoir des informations d'une telle ampleur, que vous serez obligés de tout remettre en question. Moi, je me contente de vous bousculer un petit peu, espérant en fait ne pas y aller trop fort. En chacun de vous je regarde la fleur de réalisation ou Fleur de Vie, car tous vous en avez une qui est spécifique et déjà en mutation. Je ne sais pas jusqu'où vous irez, mais aujourd'hui nous sommes nombreux à travailler autour de vous, à être là à chaque instant de votre quotidien. Pas moi, personnellement, mais tout autour de vous se tiennent au moins une dizaine d'anges à votre service, tout simplement parce que l'heure est d'une grande importance et que nous formulons les plus grands espoirs en ce qui vous concerne. Bien sûr, nous pourrions nous arrêter au quotidien, aux petits gestes simples de votre vie, mais nous regardons plutôt l'être que vous êtes, votre lumière. Nous connaissons tous vos manies et savons où vous en êtes, mais contrairement à ce que vous pouvez penser, vous n'êtes pas des gens ordinaires. Au contraire, vous êtes en ce moment les êtres les plus observés dans le grand sidéral. Je parle de vous qui êtes ici dans cette salle ou de vos frères et sœurs ailleurs à la surface de votre Terre. Vous êtes en train d'accomplir des merveilles, mais vous l'ignorez. Vous ne vous rendez même plus compte que toutes vos actions, toutes vos pensées, tous vos choix font qu'aujourd'hui chacun de vous est un être d'exception. Dans l'aura de votre Terre se trouvent des êtres qui viennent des autres Super-Univers. Ils n'ont pas le droit d'intervenir dans votre quotidien, mais ils restent là à vous observer parce que vous êtes de grands instructeurs pour eux. Vous êtes étonnants ; à chaque instant de vos journées, vous nous surprenez. Nous pensons que vous allez à droite, eh bien non vous allez à gauche ; nous pensons que vous allez choisir telle action, et puis non vous restez assis.

Ce que nous observons aussi avec grand d'intérêt, c'est l'évolution qui aura lieu dans votre prochaine vie. Nous l'observons parce qu'elle nous donne une foule de renseignements et nous guide pour construire d'autres formes, d'autres corps mis à la disposition d'êtres en provenance de tel ou tel autre système planétaire dans le but d'expérimenter la vie. Savez-vous que les plus grands scientifiques sont aujourd'hui sur votre sol, et que vous êtes ces scientifiques ? Parce que seul un scientifique peut venir étudier un programme de vie. Vous pensez peut-être que les grands savants sont là-bas, dans des endroits bien particuliers, quelque part, et inaccessibles. Non, vous seul avez conçu des plans, avez imaginé des inter-réactions, puis vous êtes dit un jour : « C'est très bien, je vais non seulement imaginer leur fiabilité sur papier, mais aller aussi les tester en chair et en os. » Tout ce que vous vivez aujourd'hui, vous l'avez déjà programmé et décidé. C'est vous qui décidez de construire les Fleurs de Vie ou s'il est nécessaire ou non d'agrandir tel ou tel secteur. Vous pensez peut-être ici aux espaces extérieurs, mais je parle avant tout des espaces intérieurs dans vos corps et qui forment de grands ensembles, des univers. Oui, nous avons construit votre prototype, mais comme tout le reste, vous étiez à nos côtés. Alors, si vous vous sentez aujourd'hui un petit peu à l'étroit dans votre corps, je vous rappelle que vous avez accumulé plein d'informations susceptibles de vous aider à mieux être et à maîtriser ce corps ainsi que toutes les énergies qui en découlent. Vous êtes votre propre clé, votre propre magicien, votre propre transformateur.

Je vous demanderai encore ceci : réapprenez à respirer. Vous ne savez plus respirer ; vous ne savez plus, au travers du souffle, rétablir les humeurs de votre corps et ses flux, ni les circuits d'énergie – ou tout simplement votre lumière. Nous pourrons toujours vous aider en vous suggérant quelques exercices, mais je vous conseille de vous recentrer et de trouver l'exercice respiratoire qui vous convient le mieux, parce que forcément vous êtes votre meilleur médecin.

Laissez-moi à présent vous entretenir un tout petit peu de la Rotonde d'informations qui sera établie en France. Ça vous intéresse peut-être ? C'est un lieu bien physique, c'est-à-dire un bâtiment où il y aura un écran géant sur lequel paraîtront des informations sur votre système solaire, votre univers local et votre Univers. Dans cette Rotonde d'informations auront lieu des débats et on accueillera la population. Vous pourrez discuter de toutes les informations provenant d'ailleurs. Ce sera un lieu vivant auquel vous seuls donnerez une âme, une raison d'être. En tant qu'êtres de lumière, vous êtes les créateurs de toutes choses, et si nous pouvons aujourd'hui descendre vers vous, c'est en raison de votre appel et du fait que vous avez créé cet instant dont nous vous remercions.

Nous avons beaucoup de remerciements à vous transmettre parce que, voyez-vous, même si vous êtes descendus très bas, dans un système où l'on ne pouvait plus vous joindre, où l'on se demandait comment faire pour rétablir le lien, vous nous avez apporté la solution. De l'autre côté, nous pouvions penser détenir toutes les solutions, mais nous avons pris conscience de pouvoir les imaginer sans pour autant les faire vivre. Vous seuls avez mis en évidence la solution et agrandissez l'univers. Vous êtes les créateurs, et nous demeurons à votre service.

Il est temps d'assumer de nouveau votre rôle et de reprendre conscience de tout ce que vous faites. De créer des instants, des actes, des ouvertures pour le bien de tous. Vous avez oublié que votre quotidien – le moment où vous arrivez en retard à un rendez-vous, ou celui où vous prenez un bon bain pour votre plaisir, ou n'importe quel autre moment de votre quotidien – a une répercussion directe sur celui de votre univers. Si vous vivez vos instants en paix, en conscience avec la mémoire de la fraternité, alors je crois que ce que vous allez créer sera d'une telle beauté, que nous en aurons le souffle coupé. Mais pour cela, il va falloir changer votre regard sur votre vie, car il n'est pas neutre. C'est sur ça que vous devez vous appuyer ; sur ces instants que votre nouveau regard-sentiment-pensée va permettre. J'insiste : changez votre regard et vous changerez vos sentiments et vos pensées. Et en modifiant vos pensées, vous transformerez le devenir de l'univers.

Oui, bien sûr, vous pouvez croire que nous avons la *part facile* parce que nous sommes de l'autre côté, que nous vivons dans les mondes subtils et que nous avons la conscience de tout. Vous êtes en droit de penser cela. Cependant, nous ne pouvons pas intervenir dans le dernier des mondes, soit le monde physique, là où toute chose prend une importance très spéciale. Ainsi, pour intervenir dans ce monde, il faut y aller, et c'est ce que vous êtes venus faire. Vous êtes venus ici en vous disant : « OK, je descends, parce qu'il y a ceci ou cela à faire et parce qu'il faut changer telle ou telle chose. Il faut s'aligner sur cette grille et permettre à cette énergie de s'actualiser. »

Je voudrais ajouter que « nous vous aimons » parce que vous avez eu le courage de venir, d'aller jusqu'au bout, d'expérimenter vos idées. C'est en cela que vous êtes des kamikazes. (Vous voyez, je n'ai pas la même compréhension des mots que vous.)

Je voudrais une fois encore aborder la question du Soleil central, ce lieu où un jour vous retournerez, puisque vous êtes tous des soleils. Plus tôt, je vous parlais du soleil à l'intérieur de vous. Eh bien, ce soleil voit grand, et il y a beaucoup d'endroits vers lesquels vous serez attirés, mais quel que soit votre choix, en fin de compte, vous retournerez à votre source. Cela ne veut pas dire que vous n'existerez plus ; cela signifie plutôt que vous vivrez un nouveau départ, que vous serez riches de toutes ces expériences et que vous pourrez envisager alors une autre phase de découvertes. Quelques-uns parmi vous seront appelés à devenir des soleils bien physiques. Oui, certains auront cette responsabilité. Je vous engage alors à endosser dès maintenant votre responsabilité envers votre nature solaire.

Il y a encore énormément à dire, mais je poursuivrai dans mes livre. Je vous ai amenés, au fil des trois premiers, dans un voyage vous restituant une *vague d'études*, mais aussi votre identité, parce qu'aujourd'hui nous ne pouvons plus garder ce que vous nous avez remis en dépôt. Vous êtes venus vivre l'aventure humaine en laissant de côté votre savoir, votre identité, vos réalisations antérieures, afin d'expérimenter dans la matière une nouvelle orientation de votre parcours personnel. Voilà, c'est maintenant l'heure de vous rendre ce que vous avez déposé, soit vos attributs, votre savoir, votre personnalité, parce que nous voulons que les êtres qui s'ignorent retrouvent leur mémoire, reprennent leur place et puissent travailler dans cette grande chaîne d'appartenance. Ainsi, nous avons décidé que, au cours des trois années à venir, nous allions progressivement vous restituer tout ce que vous nous avez laissé. Nous allons le faire dans votre aura, puis, doucement, cela passera à l'intérieur de votre corps. Vous allez vous reconstituer en toute conscience, avançant dès lors vers un grand changement.

J'ai envie de vous dire de bien profiter de ce temps où vous ignorez encore qui vous êtes et où vous avez encore cette extrême liberté de faire tout ce dont vous avez envie, même si vous pensez le contraire. Nous vous le répétons : vous avez une extrême liberté, une liberté tellement grande d'ailleurs que vous êtes à la limite constante d'une catastrophe. Comprenez bien que vous êtes libres, très libres, dans vos mouvements, dans vos pensées, dans vos choix et que ce n'est pas le cas sur d'autres planètes. Vous êtes sur une planète d'exception. Profitez-en, puis commencez à devenir responsables.

Le groupe Soria vous remercie de l'avoir accueilli ce soir. Pendant votre écoute, nous avons déposé des énergies autour de vous. Elles vous permettront de grandir et de passer à une phase quelque peu différente dans les jours qui viennent. Nous avons même réorganisé les centres d'énergie de certains. Mes frères et mes sœurs, je vous quitte, mais soyez assurés que de toute manière, nous sommes là autour de vous, toujours prêts à vous aider.

Soria

NOTE DE L'ÉDITEUR

Le lendemain de la conférence, à l'occasion d'un repas avec Régine, Didier et quelques amis, nous commentons la conférence, et arrive un moment où nous avons une question à poser à Soria. Régine se met donc en contact avec elle, ce qui ordinairement se fait très aisément. Cependant, cette fois-ci, Régine nous informe que Soria ne semble pas disponible. Nous sommes alors curieux de savoir pourquoi. Ainsi, lorsque plus tard Régine nous indique que Soria est revenue, nous lui demandons s'il y a une raison particulière à son absence. Elle nous indique alors qu'elle était présente à une réunion spéciale suivant cette conférence de Montréal, une première devant un large public. Voici le compte rendu de Soria :

La responsable du collectif Soria a rejoint la salle de réunion où étaient déjà regroupés les grands Maîtres tels que Kryeon, le Prince planétaire, Maitreya, Hélios, les prophètes ayant vécu sur Urantia Gaïa, les responsables des secteurs stratégiques des forces de ce système solaire, l'archange Michaël et d'autres venus à titre de visiteurs.

Une analyse des réactions fut faite. L'ouverture de conscience enregistrée permit de soulever des probabilités à l'échelle planétaire. Le rayonnement émis par les personnes présentes durant le channeling a préságé d'une bonne qualité de l'Être pour la phase suivante et déterminé les séquences d'action sur ce sol.

Lors de cette soirée, le groupe Soria déposa dans l'aura des personnes présentes des germes de lumière qualifiés ayant pour but d'améliorer leur santé personnelle, de les amener à une meilleure osmose avec les forces de la nature et de leur permettre d'établir une base d'écoute entre les trois mondes : ceux des intraterrestres, de la surface de la planète et aussi des extra-terrestres.

Le collectif Soria s'activa à nettoyer les vieilles mémoires encombrantes et occasionnant des troubles sporadiques. La réunion des maîtres permit également de vérifier si ce travail était suffisant ou si les prochaines interventions nécessiteraient une autre approche. Il fut décidé qu'au cours des prochains channelings aurait lieu un travail plus profond de nettoyage et de restitution de la mémoire ancestrale. Ceci afin d'aider les Urantiens à retrouver plus rapidement leur personnalité christique et à travailler avec plus d'aisance avec l'Identité solaire.

Le Prince planétaire accepta l'entrée dans la phase de restitution de la mémoire universelle. La lecture des auras dans cette assemblée activa ce retour. Le collectif Soria a l'autorisation d'agir pleinement dans le cadre de son contrat le liant au devenir de cette planète. Votre accueil, votre joie intérieure, le dégagement d'amour et de lumière pendant la soirée ont ouvert les portes à des actions sur la toile de lumière en place autour de la Terre.

Le collectif Soria a donc reçu un plein accord quant à sa présence et à son travail sur Urantia Gaïa étant donné la qualité de lumière émise pendant cette soirée, qui a servi de test d'évaluation pour son travail à venir. Merci à tous.

Soria

Conférence

PARIS
(MAI 2002)

Mes frères, mes sœurs, je suis heureuse de vous accueillir à cette soirée tout à fait particulière. Nous sommes nombreux dans cette salle, tout autour de vous, parmi vous et sur cette scène.

Nous entrons dans une période très riche où beaucoup d'informations vont transiter vers vous par le biais de livres ou tout simplement par l'entremise de votre quotidien, ou encore, pendant votre sommeil.

Un grand travail a été effectué autour de cette planète afin d'y accueillir de grandes personnalités. Eh oui, vous avez déjà reçu des êtres qui ont permis à cette terre de se présenter à son couronnement, d'être une fille solaire reconnue.

L'énergie solaire descend bel et bien vers vous. Elle ne choisira personne. Vous seuls allez vous choisir et décider si cette énergie va vous pénétrer ou non. C'est vous qui allez ouvrir vos portes et nous dire : « Oui, nous sommes des candidats aptes à recevoir cette énergie solaire. »

Cela sous-entend en somme que les voiles que vous avez épousés vont progressivement tomber les uns après les autres. Et qu'est-ce qui se passe dans un tel cas ? Eh bien, on retrouve une partie de sa personnalité, de sa mémoire ancestrale, de qui on est, et on redécouvre ce que l'on a fait, ce que l'on a déjà accompli.

Comme vous êtes descendus très loin dans l'oubli de vous-mêmes, nous devons vous aider pas à pas, tout doucement, à reprendre pied dans cette énergie qui vous appartient et qui est toujours là en vous. C'est en vous que cette mémoire ancestrale a été cachée.

Vous allez devoir vous asseoir là dans votre fauteuil, sur votre chaise préférée. Je ne vous demande pas d'allumer une bougie, de faire brûler de l'encens ou d'écouter une certaine musique. Non, non, rien de tout ça. Vous allez tout simplement diriger votre conscience vers l'intérieur de vous-mêmes, lui évitant ainsi de rester éparpillée à l'extérieur de vous. Vous allez reprendre conscience qu'à l'intérieur de ce corps, il y a beaucoup d'espace et de cachettes. Simplement cela.

Vous allez créer des moments de silence, car c'est dans le silence que vous allez vous parler. Parce qu'en fait vous croyez que nous vous parlons, non ? Quand nous nous adressons à vous par l'intermédiaire de quelqu'un, c'est que vous nous avez fermé les portes. Devant cette réalité, nous sommes obligés de passer par une personne qui accepte d'ouvrir les siennes. Mais nous avons envie de parler à chacun de vous, puisque vous êtes tous des enfants divins. Hé oui, vous êtes nous.

D'accord, je suis de l'autre côté du voile, mais pour pouvoir venir travailler dans l'aura de la Terre, puis également plus tard sur cette planète avec un corps physique comme le vôtre, j'ai accepté, le temps de ce contrat, de faire ce qui ne m'appartient pas habituellement, soit de m'incarner. J'accepte en définitive de quitter ma réalité d'existence et de descendre de plus en plus pour vivre parmi vous.

Mais avant cela, vous savez ce que je fais ? Toutes les nuits, quand vous dormez, je viens vous parler et déposer un enseignement dans votre aura qui complète celui que je dépose aussi dans les livres, celui-ci ayant pour but de réveiller l'information contenue dans cette aura. Derrière les mots, il y a les énergies, c'est-à-dire des portes.

Comme vos portes intérieures sont fermées et qu'aujourd'hui nous, les êtres non incarnés, avons besoin de vous parler, nous effectuons donc un gros travail, nous adressant à vous lorsque vous avez baissé toutes vos barrières de protection. Quand vous commencez à sommeiller, nous venons vous entretenir de ce que vous êtes et non pas de ce que nous sommes, car nous le savons et ce n'est guère important.

Nous vous rappelons très doucement qui vous êtes, disant à chacun : « Tu as des chakras. Et tu sais ce que c'est ? Ce sont des portes d'accès à ce que tu es, mais également à tous les autres mondes. Et tu dois les ouvrir, à défaut de quoi nous ne pouvons te parler malgré notre désir de le faire. » Puis nous attendons. En réalité, nous ne faisons que cela, vous attendre.

Vous devez comprendre que de recevoir l'autorisation de s'incarner reste un privilège. C'est le cas parce que tant que nous n'avons pas un corps dense, nous ne pouvons explorer totalement ce que nous sommes et proclamer notre royauté.

Vous avez donc eu une chance inouïe : celle d'avoir reçu l'autorisation de vous incarner durant une période exceptionnelle et tout à fait rare dans l'histoire d'un système solaire. Aujourd'hui, quelle que soit l'apparence physique que vous avez accepté de prendre, vous avez reçu le plus beau et le plus grand des cadeaux dans tous les univers : l'autorisation de vivre à l'intérieur d'un corps physique.

C'est dans la matière que l'on commence sa carrière de créateur. Vous êtes tous des créateurs qui jouent en ce moment aux amnésiques. Vous êtes tous amnésiques de vous-mêmes, désireux de créer cet oubli. Ce n'est pas nous qui en avons décidé ainsi. Puisque vous avez créé cette réalité, vous pouvez la décréer. Et une myriade d'anges et d'archanges sont là pour vous épauler dans cette reconquête de votre personnalité, soit l'identité du créateur en vous.

Vous êtes créateurs parce que vous êtes les enfants, les fils et les filles de Dieu, des soleils qui donnent et engendrent la vie. Vous êtes des soleils et, à ce titre, êtes

253

appelés à émettre cette force solaire présente en vous. La force solaire qui vient vers vous n'a d'autre but que de réveiller celle qui est déjà en vous.

Vous croyez que nous sommes ceux qui vont vous donner quelque chose. Détrompez-vous. Nous venons tout simplement vous épauler durant cette période délicate de reconquête de votre personnalité.

Vous avez accepté de vivre hors de la matrice de l'Ombre et de la Lumière, de vous oublier. Mais il est temps désormais de regagner ce que vous êtes réellement. De réinvestir votre corps, cette demeure que vous n'habitez pas. Pour reprendre une expression française je crois, « vous marchez à côté de vos pompes ». Vous connaissez ? C'est exactement ça. Vous croyez que vous habitez votre corps ? Non. Vous ne comprenez pas son potentiel réel. Il est temps maintenant pour vous de le saisir.

Nous ne vous demandons pas de croire et de chercher, mais d'être. Oui, bien sûr, vous avez étudié et cherché de gauche à droite. Pourtant, c'est simple, vous êtes le Je Suis, et tant que vous cherchez, vous n'êtes pas.

À l'intérieur de vous se trouvent des millions et des millions d'informations attendant votre bon vouloir d'être visitées. Nous, de l'extérieur, ne pouvons que vous redonner progressivement l'envie de tourner votre regard vers l'intérieur au fil des messages et des livres que nous transmettons. De ne plus vous attarder à l'aspect extérieur de votre corps. Il est ce qu'il est. Pour nous, ça n'a vraiment aucune importance. Le jour où vous verrez, côtoierez et vivrez avec d'autres êtres provenant d'univers différents, vous risquez fort de vous exclamer : « Oh là là, ils ne sont pas très beaux ! Mais ce n'est pas possible, ce ne sont sans doute pas des êtres divins. Ils ne peuvent détenir la connaissance. C'est inconcevable. J'arrive à peine à les regarder. » Et eux, en vous apercevant, diront exactement la même chose.

Par conséquent, si vous voulez prendre votre place

dans la fraternité universelle, vous allez devoir cesser de vous regarder devant une glace et de chercher la ride en plus ou en moins sur votre visage, ou l'apparition de cheveux blancs, car nous nous moquons totalement de tout ça, votre corps étant autre chose qu'une plastique extérieure. Votre corps est le bien le plus précieux ; il abrite la personnalité divine que vous êtes. En réalité, il est cette personnalité divine. D'accord, il a des imperfections, mais c'est tout bonnement parce que vous avez voulu expérimenter l'imperfection. Et vous en avez le droit. Ça ne plaît pas à votre voisin ! Quelle importance ? Il n'a qu'à regarder ailleurs. Moi, j'aime vous regarder. Oui, vous êtes tous très beaux.

Et puis, nous vous aimons. Mais vous, vous aimez-vous ? Avez-vous le courage de vous regarder dans un miroir et de dire : « Oui, je m'aime » ?

Le jour où vous commencerez à vous regarder ainsi en osant affirmer « oui, je m'aime ; je m'aime tel que je suis là présentement, à cet instant, avec mes rides, mes bosses, mes déformations », alors la vie vous répondra « ouf, il était temps ; maintenant on va pouvoir te donner autre chose ». Dans les années à venir, vous allez recevoir – écoutez-moi bien – la somme d'amour que vous vous êtes autorisés à recevoir. Ainsi donc, si vous n'avez pas songé un seul instant à la somme d'amour que vous vous autorisez, nous allons devoir attendre jusqu'à ce que vous en ayez peut-être un jour.

Mais comme vous êtes des créateurs et nous, vos partenaires, il en sera fait selon votre volonté. Rien de plus, rien de moins.

Oui, un jour je vais marcher physiquement ; je dis bien physiquement, parmi vous sur cette terre. Et vous croyez que je vais venir vous prendre la main et vous consoler ? Si je vous vois, je vous dirai plutôt : « Tu sais ce que tu mérites ? Une bonne gifle. Il va falloir que tu te réveilles parce que là, tu marches à côté de tes pompes. » Je ne suis pas venue pour vous prendre par la main. Je suis venue vous déclarer : « Ta façon de réagir ne correspond pas à ton état divin. Si tu veux progresser et réintégrer ta demeure divine, il va falloir que tu commences par le b.a.-ba de la vie, c'est-à-dire par t'aimer. Tout origine de là. »

Nous pouvons prononcer des tonnes et des tonnes de mots, mais si vous ne commencez pas par vous aimer, nous ne pouvons rien faire. Et j'insiste : si vous n'entreprenez pas un changement de regard sur vous-mêmes, nous n'allons pas le faire à votre place. Nous allons vous côtoyer, mais sans vous prendre en charge, puisque vous êtes divins au même titre que nous et qu'ainsi nous sommes des partenaires. Mais être partenaire ne signifie pas servir de béquille. Si tel est toutefois votre besoin, ce sera votre choix, et il sera respecté. Par ailleurs, comme cette terre s'ouvre à une dimension supérieure, si vous avez besoin de béquilles, elles n'y auront pas leur place. Cela étant, nous serons obligés de vous proposer d'aller vivre votre choix sur des planètes susceptibles de répondre à votre choix. Nous, nous ne choisissons rien.

Vous avez tous le pouvoir de glisser dans les nouvelles énergies, d'y vivre, de vous y installer et de rayonner l'amour qui est en vous.

La loi de ce cercle atomique de vie, c'est l'amour christique. Comme je l'explique dans mes livres, ce cercle de vie est appelé à s'expanser. À cet effet, un autre espace sidéral sera créé, où la vie pourra véritablement s'expanser. Et l'amour christique doit également connaître cette expansion. Elle doit grandir en elle-même et offrir une nouvelle matrice d'expériences. L'amour christique deviendra donc solaire, ce qui correspondra à la loi d'amour dans le deuxième cercle atomique de vie.

Et la vie n'ayant pas de fin, d'autres cercles s'ajouteront. Puis l'amour solaire devra aussi s'expanser et offrir un autre terrain d'expériences.

En somme, ce que vous vivez aujourd'hui n'est qu'une

répétition de ce que vous vivrez demain. Vous pouvez immédiatement choisir la bonne approche, soit la simplicité, la facilité, le lâcher-prise et dire : « Bon, d'accord. Puisque la loi c'est l'amour, autant émettre l'amour. » Mais la décision vous appartient.

Quoi que l'on fasse autour de cette terre, sur cette terre ou à l'intérieur de celle-ci, il n'y a qu'une loi existentielle et c'est l'amour. La plus belle façon d'incarner cette loi, c'est d'être amour, et la plus belle façon d'être amour, c'est de se regarder dans une glace et de se dire : « Je t'aime, toi. » Ce choix vous appartient aussi. Si vous voulez grandir, vous devez commencer par ce simple geste et oser affirmer : « Je m'aime comme je suis, avec mes qualités et mes défauts. »

Entre nous, les qualités et les défauts que vous croyez avoir n'existent pas. Ce sont là des jeux de personnalité que vous avez instaurés juste pour être. Je vous le rappelle en toute confidence. Et puis ces jeux ne sont plus nécessaires. Par contre, on a toujours besoin d'amour.

Ce que vous êtes aujourd'hui dans cette réalité terrestre est donc quelque chose de grandiose. Vous vous rendez compte, en tant qu'émanation de l'amour, ou amour par essence, d'avoir accepté de jouer le jeu contraire à l'amour. C'est tout de même extraordinaire de la part de quelqu'un qui ne sait pas être autre chose qu'amour. Voilà une grande farce cosmique, ne croyez-vous pas ? Que des créateurs, des êtres divins de naissance, solaires par filiation, expérimentent le non-amour ! Mais le non-amour, c'est bien pour un temps seulement. Maintenant, vous devez retrouver votre essence, votre émanation première. (Sans sous-entendre Dieu, car quand je lis l'aura de cette terre, je vois qu'on en a fait un mot qui porte une énergie vraiment galvaudée, et c'est pourquoi je n'aime pas vraiment l'employer, tout au moins pour cette planète.)

Vous êtes des créateurs. Le grand message d'aujourd'hui, c'est que vous tous, présents ici dans cette salle ou vivant à l'extérieur, soit en France, au Canada, au Brésil, au

Japon ou en Alaska, êtes des fils et des filles solaires tout simplement. Nés dans l'amour, vous êtes l'émanation de l'amour et ne pouvez être autre chose. Tout le reste n'est qu'une expérience en cours d'expérience. Et ce vêtement d'expérience peut être endossé un jour et ôté un autre jour.

Aujourd'hui, avec les énergies de la nouvelle grille magnétique, une question se pose : Voulez-vous déposer ce jeu et vous dépouiller de ce vêtement que vous avez épousé pour un temps mais qui vous serre désormais et vous empêche de respirer ? Vous pouvez maintenant le délaisser. Tout est prêt pour vous accueillir dans ce que vous avez toujours été : l'amour, l'émanation de l'amour.

Ce soir est très particulier, et je vais vous expliquer pourquoi. Il y a très peu de temps, la France s'est trouvée devant un dilemme. Une question portant sur l'amour lui a été adressée : « Acceptes-tu l'autre pour ce qu'il est, soit une autre partie de toi-même ? Acceptes-tu la fraternité ? » Et cette question a pris un visage que vous connaissez : celui de l'élection présidentielle. Il aurait pu être tout autre, mais vous avez fait votre choix.

Bref, cette question qui vous était posée dans l'éther de la planète a pu prendre racine dans votre quotidien. Et nous avons écouté votre réponse, résumée en ces mots : au-delà des idées politiques – dont nous nous moquons totalement –, vous avez dit oui à la fraternité, à la différence, à l'amour partage. En fonction de cette réponse, nous avons ensuite entamé un travail qui vient se superposer à celui sur la grille magnétique. Maintenant, nous allons pouvoir ouvrir des canaux d'énergie habituellement réservés aux humanités qui acceptent de partager cette fraternité.

La France a un rôle très important à jouer sur cette planète, et elle commence à s'y éveiller. J'ai annoncé dans mes livres qu'elle serait un phare pour la Terre, et elle le sera. Mais dans ce but, elle rentre dans sa période d'introspection. Là, elle sera soumise à des tests et vivra des épreuves. Et chaque pas effectué vers la lumière, le partage et l'amour ouvrira les canaux réservés à cette terre. En d'autres mots, la France a la délicate charge d'émettre des positions claires quant à l'ouverture de ces canaux d'énergie.

Ne croyez pas, toutefois, même si je vous déclare tout ça ce soir, que vous serez armés devant les prochaines épreuves et les tests à venir. En fait, vous serez pris au dépourvu. Cela doit être ainsi pour que chacun d'entre vous s'exprime et que nous puissions savoir si oui ou non ces canaux d'énergie s'ouvriront.

La France se prononcera ; c'est son rôle. Cependant, ces canaux s'ouvriront aussi à l'échelle planétaire. Ce soir, dans cette salle, se trouvent les responsables (sur le plan éthérique) des énergies de chaque pays formant cette planète, dont le Canada, l'Afrique, la Chine, la Russie et d'autres encore. Tous ces êtres viennent accueillir vos énergies afin de les emporter à la surface de cette planète.

Ce soir est très particulier. Voilà pourquoi, dès l'instant où vous êtes entrés dans cette salle, nous avons beaucoup travaillé autour de vous, déposant des énergies neuves et des idées germes auxquelles il vous appartiendra de donner corps. Comme d'habitude, vous avez le choix, et nous respecterons votre décision. Quoi qu'il en soit – à la demande expresse du maître Jésus –, nous avons décidé de prendre les énergies qui se dégagent de cet endroit et de les faire rayonner sur toute la surface de la Terre.

Quand vous quitterez cette salle, vous aurez tous dans votre aura des énergies nouvelles, des idées germes, ainsi qu'un dépôt d'énergie correspondant à chacun des êtres qui ont la charge des énergies des pays. Autrement dit, vous aurez, par exemple, une partie des énergies de l'être qui a la responsabilité de la Russie. Cela est très important.

Ces énergies effectueront leur travail. En fait, ce dépôt d'énergie en vous permettra, avec le temps, la fusion de toutes les énergies de l'ensemble des pays de cette planète.

L'Être solaire

C'est là une grande responsabilité. Vous l'avez réclamée ; nous y avons répondu. Et le maître Jésus a accepté, cela étant dans la continuité de son enseignement.

Beaucoup de personnes ont tâté le pouls des autres pour savoir si elles allaient venir ou non ce soir. Nous avons laissé faire. Certaines ont estimé que la charge d'énergie serait trop forte pour l'instant dans leur vie, mais vous, vous avez décidé que vous étiez prêts à assumer cette charge. À partir d'aujourd'hui, deux archanges vous accompagneront ; ils auront la responsabilité de vous guider dans votre quotidien afin de permettre à ces énergies de grandir.

Maintenant, nous allons continuer ce partage fraternel en accueillant un être. Jean-Claude, c'est l'heure pour toi de revenir. Accueillez-le, mes amis, parce que vous ne vivrez pas ceci chaque fois.

Après une première intervention, Jean-Claude Genel, également conférencier à cette soirée, revient sur la scène.

Channeling de Jean-Claude

« Ma présence est reliée à la tienne, Soria, et c'est un bonheur pour moi d'être actif dans cette force. Nos amis ont appris que tu t'incarneras, mais ce sera, tu l'as précisé, le moment de croire à l'immensité et à la vérité faite chair, de même qu'elle s'est exprimée par le verbe.

La présence constante d'une incarnation féminine est vraiment un bien pour l'évolution, et toutes les époques ont accueilli des êtres d'exception pour permettre à l'humain de devenir dans la compréhension spirituelle et de vivre par cette intelligence. Ainsi, quand tu seras incarnée – nous le savons tous deux mais les autres peuvent l'apprendre –, ta présence symbolisera le temps d'un autre règne, d'un autre enseignement. Et le principe féminin touchera chacun, éveillant tous les retardataires afin qu'ils apprennent à te regarder et à te sentir.

Conférence de Paris

La présence d'une telle force a eu lieu voici deux mille ans, et de nouveau, plus tard peut-être, cette présence amplifiée portant un autre nom s'incarnera afin de manifester les énergies intelligentes d'un ailleurs. Et tu le sais, ma sœur, puisque tu es chargée de regrouper toutes ces énergies pour qu'elles s'activent.

Nous pensons, avec ton accord, qu'il est juste que les êtres demeurent dans le ressenti de ce travail. Et il est bon qu'ils sentent ton énergie les parcourir. C'est ce que nous avions décidé et ce que nous faisons. Que ton énergie de vie, d'espoir et de vérité circule en chacun ; qu'elle dépose la sagesse, éveille le courage et stimule la persévérance. Et toi qui vibres de compassion, aime-les pour les éveiller à cet état puisque d'autres êtres dans le passé sont venus leur enseigner. Qu'ils apprennent aussi, et je te laisserai poursuivre, que leur présence ce soir est chargée de tout leur passé, qu'il s'agit bien maintenant d'une évolution programmée, efficace par rapport à ce qui vient, et que le passé n'a pas à être regardé. Mais il est nécessaire d'être de l'avant. En ce moment, chacun équilibre les énergies de toutes ses vies antérieures pour que la force ouvre les portes du futur. Puisses-tu dans l'instant témoigner de cette vérité. »

Soria reprend
Merci de la confiance que tu as déposée en moi. Nous avions décidé que ce soir nous allions unir nos forces, soit le rayon féminin que je représente et le rayon masculin qui relève de toi.

Il fut un temps où ces deux rayons avaient la charge et la direction de cette planète. Il est vrai qu'aujourd'hui je viens sur cette terre, où j'occuperai une place importante dans le quotidien des humains avec l'appui, toutefois, de ton amour, de ta force et de ta volonté. C'est parce que toi, tu as donné autant de toi-même, que c'est maintenant l'heure d'unir ces deux forces, contrairement à ce temps où

L'Être solaire

ces forces devaient vivre séparées et s'expérimenter l'une l'autre. Mais ce temps est révolu. Et tous ces hommes et toutes ces femmes vivant aujourd'hui sur cette planète ont tous vécu par intervalles la force masculine et la force féminine. Et la période exceptionnelle que nous traversons – en cela tu es je crois d'accord avec moi – correspond en l'union de celles-ci.

Je ne viens pas ici pour imposer la force féminine, mais bien parce qu'il m'est demandé de canaliser cette force et que toi et moi allons travailler en commun dans ce sens. Nous allons devoir unir ces deux forces qui, à force justement d'avoir vécu séparées l'une de l'autre, ont oublié qu'elles étaient partenaires et indissociables.

Alors, à ce jour j'ai voulu te faire une place, au même titre que toi tu l'as fait, et tous les deux, nous allons continuer à œuvrer pour cette terre qui appelle justement l'union et la fraternité. Tous ces hommes et toutes ces femmes que nous avons accueillis à intervalles différents, avec des personnalités différentes, ont cheminé, expérimenté. Mais tous sont venus aujourd'hui pour vivre l'union de l'homme et de la femme, le mariage de la féminité et de la masculinité. Le couple parfait, voilà ce qu'ils doivent désormais connaître.

Oui, oui, je te promets d'œuvrer pour la compassion et le Verbe. Pour leur dire enfin : « Regardez. C'est vers cela que vous tendez. Ne rejetez plus l'un ou l'autre. Nous vous demandons tout simplement d'être à la fois cette énergie masculine et cette énergie féminine. Vous êtes le cycle, le yin et le yang, *vous êtes*. »

Je te promets que moi-même et toutes les personnes travaillant dans cette énergie nommée Soria allons agir pour permettre à cette terre de fusionner ces deux énergies, la croix parfaite, deux branches égales se croisant et formant une rose épanouie en son centre.

Je te remercie pour tout ce que tu as fait dans le passé. Tu as incarné l'énergie masculine et tu l'as amenée au faîte de sa gloire. À l'heure actuelle, l'énergie féminine, bien qu'ayant une mission similaire, ne prendra pas la forme de ton expérience. Elle devra prendre enfin sa vraie place et s'asseoir à tes côtés, être ton épouse, ta partenaire, ton égale afin que vous formiez tous deux le couple parfait.

Vous qui êtes ici ce soir, recevez ce don de pouvoir asseoir en vous cette parité entre l'énergie masculine et l'énergie féminine. Vous ne pouvez pas être une énergie féminine si vous reniez votre part d'énergie masculine. En effet, l'équilibre parfait consiste à accorder une place égale et un temps de parole égal à ces deux énergies. C'est le oui et le non parfaits, le mariage cosmique auquel nous vous invitons. Je crois que nous pouvons terminer sur cette proposition de mariage.

Et comme d'habitude, je viendrai vers toi et te demanderai encore l'autorisation de m'asseoir à tes côtés et d'œuvrer chaque fois qu'il y aura un pas important à faire. Comme je sais que chaque fois que tu auras toi-même à œuvrer, tu agiras de même.

Voyez-vous, chers amis, tout être universel, tout créateur conscient, maître de lui-même ne se permettra jamais de travailler auprès de quelqu'un sans lui demander d'abord l'autorisation de s'asseoir à ses côtés, sa bénédiction, puis de recevoir une partie de son énergie. Le respect de l'autre se résume à cela.

Et comme je vous respecte et vous aime, je vous le demande encore une fois : « Acceptez-vous que je vienne m'asseoir à côté de vous ? » Je ne vous demande pas de me répondre là, à l'instant, mais de le faire chacun chez vous, à votre rythme. Acceptez-vous de me faire une place ? Et croyez-moi, votre réponse ne restera pas anodine.

Mes frères, mes sœurs, il est temps pour moi de me retirer et de vous laisser aller. Il est temps de vous remercier de m'avoir alloué un temps de parole. Je vous aime.

Soria

MESSAGE D'HELIOS

Mes enfants (permettez-moi cette expression, qui n'est pas galvaudée, puisque vous êtes des créations solaires), je Suis *HELIOS*, responsable de votre Soleil.

La force, la réalisation, le pouvoir attribués à cette chaîne d'appartenance, dont je suis un des maillons, s'en retournent vers le seul Soleil qui a oublié qu'il existait : vous. De même, vous oubliez que vous appartenez à la chaîne d'appartenance des individus formant cette humanité.
Avant de vous lancer dans une expansion des germes de la conscience solaire et d'en définir ses lois, vous êtes invités à reconstituer cette chaîne qui vous appartient, à vous, sur cette planète. Dans la chaîne d'appartenance solaire, nous nous connaissons bien, nous respectons les uns et les autres en acceptant la charge de travail respective de chacun en formant une seule et même énergie solaire différenciée.
Nous en sommes à un point où nous pouvons inviter tous les habitants d'Urantia Gaïa à se connecter et à raviver leur propre Soleil. Aussi, nous allons procéder à l'éveil de la conscience de ce Soleil qui s'ignore et ne peut donc illuminer la surface de cette Terre.
SORIA a redonné une loi immuable du grand sidéral : celle du *autour/sur/dedans*. Elle s'applique à la chaîne solaire d'appartenance, soit *autour* avec votre Soleil extérieur, *dedans* avec le Soleil interne et *sur* avec vous, répartis à la surface de cette planète. Chaque individu est une particule de ce Soleil qui ne remplit pas encore son rôle.
Au fil de l'enseignement de *SORIA*, nous pouvons enfin

espérer le voir reprendre sa place et sa fonction. Le couronnement de la planète passera par cette prise de conscience. Être solaire, c'est aussi reconnaître que l'on est Soleil, ce premier pas de l'état d'être solaire. Il ne suffit pas de *reconnaître* pour *être* ni de dire « Je suis Soleil », pour émettre ses rayons. Il ne suffit pas de l'affirmer pour pouvoir refléter tout l'Amour contenu dans un Soleil.

Par étapes, nous allons reconstruire votre identité solaire existant dans le grand sidéral, mais cela ne représente que le premier pas de votre état d'être.

Ce qui vit aujourd'hui et qui est déjà exploré en tant qu'identité solaire appelle un mouvement d'expansion. Notre système solaire fut construit sur l'idée de créer un lieu unique où pourraient se développer les germes du prochain pas de l'identité solaire. Il fut isolé dans le but d'éviter la contamination de ce qui se vivait ailleurs, par des lois spécifiques empêchant les résidents de ce système solaire de développer une autre qualité solaire.

Vous en êtes à ce moment crucial où vous devez réabsorber l'état solaire existant autour de nous, l'intégrer dans les germes émis et y impulser le souffle qui donnera une nouvelle matrice, qui offrira à l'identité solaire sa matrice d'être : celle d'être solaire tout simplement.

Nous vous invitons donc à vous restituer dans l'espace, dans la chaîne solaire, à réintégrer les lois existantes et à prendre votre envol. Les frontières de notre système solaire s'ouvrent pour donner lieu à cette union, pour vous renforcer dans vos intentions et attentions, et c'est de votre état solaire que partira le couronnement de cette planète. Vous aurez les sources d'information permettant à chaque individu constituant cette humanité d'Urantia Gaïa d'être aidé à redevenir ce qu'il a toujours été : le Fils ou la Fille du Soleil, soit un Soleil en potentiel.

Être solaire, chacun l'est d'abord dans la matière avant de s'élancer vers les hauteurs de cet état. Moi, je ne représente qu'une étape dans l'expansion de l'identité et de la forme du Soleil. Il y a des Soleils denses, subtils et les Soleils de Vie qui n'ont pas encore pris leur place. Nous attendons cette réalisation qui, peut-être se mettra à émerger dans cette humanité ; à moins que vous n'ouvriez les portes à une autre humanité pour cela. Quoi qu'il en soit, dans la forme que vous souhaitez, vous êtes Soleils.

Merci d'expérimenter ce que nous n'expérimentons plus. Merci d'aller dans cette matière initiatrice.

CERCLE DES LECTEURS

Il est temps, frères et sœurs, de vous donner la parole.

Ainsi, à la fin de chaque livre, nous répondrons
désormais aux questions les plus pertinentes
et susceptibles de faciliter la compréhension de tous.
J'en choisirai quelques-unes afin de nourrir
un peu plus vos esprits et vos âmes.

Ce cercle d'échange de paroles s'ouvre ;
à vous de l'entretenir.

Daniel B.
Q : Que sont exactement les *semences d'étoiles* ?
R : Elles représentent un groupe d'êtres très particulier ayant une singulière séquence d'action sur le plan à venir.

Les semences d'étoiles portent en elles des schémas d'évolution précis et, en cela, ne reçoivent pas d'accord pour partir sur d'autres planètes où leur concours ne serait point utile.

Il faut aussi savoir que ce groupe ne se mettra en résonance qu'à partir de juillet 2003, date à laquelle les informations contenues dans leur être infuseront des données aidant le tout à s'harmoniser.

Monique R.
Q : Quel est le sens d'*adombrement* ?
R : Les grands Esprits tels que le Christ, un Fils Créateur ou le Grand Créateur descendent dans l'esprit d'un être incarné afin de travailler, durant une période donnée, à l'harmonisation ou l'élévation d'un modèle de l'esprit en cours dans un lieu particulier.

Si nous prenons l'exemple de Jésus, il fut adombré par l'Esprit du Christ pendant les trois ans de son ministère public. Le Christ a pu ainsi apporter une semence nouvelle de sa force d'Amour.

Viviane F.
Q : L'apprentissage du *Je Suis* passe par la maîtrise de l'Ombre et de la Lumière, mais comment faire ?
R : En acceptant l'Ombre et la Lumière comme professeurs et en ne les dressant plus l'une contre l'autre. Il faut unir ce que vous avez séparé.

Q : « *Garder l'essentiel est vital* », dites-vous, mais par quelles méthodes peut-on y arriver ?
R : Toutes les informations sont déjà inscrites à l'intérieur de vous-même. Tournez votre regard en vous de façon à réapprendre à écouter les messages de vos cellules.

Il y a donc autant de méthodes que d'êtres incarnés. Je n'ai pas de solution toute prête ni prédigérée à vous offrir.

Q : Comment lâcher prise ?

R : En acceptant l'inacceptable, en devenant plus fluide avec la Vie et en ne se calquant plus sur les schémas de société. Voici une base efficace pour débuter ce lâcher-prise.

Q : Pouvez-vous nommer les lois supérieures ? Et combien y en a-t-il ?

R : Un ouvrage sera consacré à cela (peut-être communiqué par une autre source). Un peu de patience !

Joël B.

Q : Soria, peux-tu éclaircir le sens du mot *chaos* que tu emploies ?

R : Ce mot vous fait peur ; à vous de travailler sur vos faiblesses. Pour nous, il est synonyme d'une énergie neuve, c'est-à-dire non modelée.

Q : Y a-t-il des livres sur la respiration évoquée ?

R : Il n'y a aucun livre sur la respiration qui soit désormais d'actualité. En effet, tout s'installe dans la nouvelle grille magnétique et les données concernant la respiration seront transmises dans de prochains livres, entre autres par un auteur français. Attendons sans impatience, comprenons que tout est à créer aujourd'hui, que le passé doit servir de marche vers notre envol. L'enseignement transmis n'a d'autre but que de vous emmener vers les régions vierges de l'âme et de l'espace. Vos pas hésitants seront les meilleurs repères en vue de créer votre retour à l'unité.

Martine G.

Q : Pourquoi les Cristaux représentent-ils un piège ?

R : Les Cristaux sont des maîtres d'énergie et ne vous réservent pas de piège à proprement parler. Cependant, l'esprit avec lequel vous allez les approcher vous en réserve. Seules vos intentions détermineront vos relations avec ces maîtres. Si vous allez à eux avec amour, ils vous renverront celui-ci en l'amplifiant, mais si votre approche est dominée par le besoin de pouvoir sur les autres, ils vous retourneront des énergies vous propulsant dans vos plus bas instincts, et là réside le piège.

Denise B.

Q : Comment vivre par la puissance du rayon solaire porteur de vie ?

R : Toute personne ayant fait cette demande reçoit, dans un premier temps, l'enseignement autour d'elle (dans son aura). Ces informations émergeront doucement dans sa conscience, mais elle doit accepter que le temps fasse son œuvre.

MOT DE LA COAUTEURE

Voici venu le moment de vous retrouver et d'exprimer quelques mots.

Ce temps me pose toujours des interrogations et m'amène à un dépassement personnel. Chaque volume transmis me façonne et travaille à mon émancipation. Étrange sensation que celle « de prendre du poids » ou, si vous préférez, d'assumer davantage de responsabilités en raison de mes livres. Cela étant dit, je ne me hasarderai pas encore à parler ici de sagesse. Les mots me pénètrent et mes souffrances denses et subtiles disparaissent. La paix me visite !

Soria a nettoyé mon regard-sentiment-pensée.

Pourtant, des peurs, des doutes sont encore présents, quoique moins denses certes, et je continue à travailler sur les mêmes problèmes, mais j'ai quelquefois l'impression de ne pas en voir la fin. Cependant, la sagesse naissante qui m'habite et la volonté de me centrer sur mes forces et mes qualités ont percé mon quotidien. La liberté passe par la reconnaissance de nos acquis et la cessation de notre autoflagellation.

Le regard des autres demeure le meilleur reflet de soi, à la condition de ne pas s'y perdre. Personnellement, j'y ai cherché de l'amour et une légitimité. Inutile de vous dire la souffrance rencontrée dans cet exercice à la fin duquel je me suis rendue, j'ai déposé les armes !

Je ne cherche plus à me reconnaître dans le regard de mon entourage. Je suis, un point c'est tout. Et c'est là un grand progrès et un soulagement. Certains jours, mon corps éprouve de la fatigue et je dois alors l'écouter ; ainsi, mon âme et mon esprit doivent attendre avant d'entamer une nouvelle introspection. La vie nous apprend à accorder du repos à ce bon et fidèle outil indispensable à l'éveil de la conscience.

J'aime entendre Soria parler de notre quotidien, je me sens à l'aise avec ses paroles. Lever les yeux vers les étoiles me convient ; pourtant, la maîtrise des instants de la vie courante m'attire tout autant et même davantage.

Notre partenariat m'oblige à quitter le connu, avec tout ce que cela comporte, et à pénétrer dans l'inconnu. Je chemine en m'accrochant parfois au passé, mais en toute honnêteté, j'éprouve une immense joie à aller de l'avant, ma curiosité envers la vie demeurant toujours aussi vive. Je dois donc instaurer un nouvel équilibre entre mon retrait dû à certaines peurs et mon besoin d'ouvrir de nouveaux chemins d'expression.

Dépasser ces peurs me procure des joies inespérées. Dernièrement, j'en ai vécu une : je connais une personne très cartésienne, rationnelle et qui décortique tous les mots afin d'y déceler le fantasme de la réalité. Depuis toujours, le regard de cette personne signifie pour moi jugement, sentence. Aussi, tout mon côté intuitif et mon approche de la vie dite irrationnelle furent soigneusement tus. Je ne lui ai pas parlé de mon partenariat avec Soria, attendant le bon moment. Étrange, je n'ai pas trouvé de bon moment !

La vie m'attendait dans le détour et, finalement, décida pour moi. Notre passé, notre mémoire commune douloureuse explique cela !

Devant le fait accompli, lors d'un échange anodin ayant eu lieu sans ma présence, le « secret » fut divulgué. En apprenant cela, j'ai largement ri. Une rencontre fut donc arrangée avec la personne en question afin de parler de mon aventure. Le jour venu, je lui ai offert les deux premiers tomes de l'enseignement de Soria, puis chacun a regagné son domicile. Deux jours après cette entrevue agréable, j'ai reçu un appel téléphonique : « Régine, devine ce qui m'arrive. Je reçois actuellement, par écriture automatique,

Mot de la coauteure

un enseignement d'un être vivant dans une autre dimension que la nôtre ! »

Je tenais à partager cette joie avec vous. La chaîne fraternelle à l'œuvre nous réserve encore bien des surprises si nous dépassons nos peurs et nos a priori. Juger, c'est fermer une porte et condamner un être à évoluer avec difficulté. Hier sert aujourd'hui et prépare demain. Le respect s'installe quand notre regard accepte la différence. Cette expérience me l'a prouvé encore une fois. En réalité, j'ai appris que cette personne cartésienne est médium depuis dix-neuf ans mais refusait de le reconnaître ! La peur de perdre l'estime de soi dans le regard des autres demeure la source de bien des problèmes...

Aujourd'hui, Soria souhaite ouvrir un espace d'échange et vous faire profiter d'une approche plus intime de son enseignement. Nous consacrons notre temps à cette réalisation prochaine, qui se présentera sous la forme d'ateliers de trois jours. La parole sera au centre de cette volonté. Mieux aborder la richesse de l'enseignement, les thèmes, et nous relier par des respirations aux énergies nous entourant seront à la base de notre démarche. Chose certaine, je serai heureuse de partager ces instants avec vous si vous le désirez.

Régine Françoise Fauze

Recevez un n° gratuit
en détachant cette page.

À compléter et à envoyer à :

        Capvers
        BP 320
        F-89005 AUXERRE Cedex

Nom, prénom : ──────────────────

Adresse : ────────────────────

Ville : ──────── Province/État : ────────

Pays : ──────── Code postal : ────────

**Quelques exemples
de livres d'éveil publiés
par Ariane Éditions**

*Marcher entre les mondes
L'effet Isaïe
L'ancien secret de la Fleur de vie*, tomes 1 et 2
*Les enfants indigo
Aimer et prendre soin des enfants indigo
Le futur de l'amour*
Série **Conversations avec Dieu**, tomes 1, 2 et 3
*L'amitié avec Dieu
Communion avec Dieu
Contrats sacrés
La reconnexion
Le pouvoir du moment présent
Le futur est maintenant
Sur les ailes de la transformation
L'amour sans fin
Telos*
Série Soria :
*Les grandes voies du Soleil
Maîtrise du corps ou Unité retrouvée
Voyage*
Série Kryeon :
*Graduation des temps
Allez au-delà de l'humain
Alchimie de l'esprit humain
Partenaire avec le divin
Messages de notre famille
Franchir le seuil du millénaire*